U0672544

金角庄园

海桀中篇小说选

海 桀/著

中国言实出版社

图书在版编目（CIP）数据

金角庄园：海桀中篇小说选 / 海桀著. — 北京：
中国言实出版社，2016.1
ISBN 978-7-5171-1696-7

Ⅰ.①金… Ⅱ.①海… Ⅲ.①中篇小说—小说集—中
国—当代 Ⅳ.①I247.5

中国版本图书馆 CIP 数据核字（2015）第 292907 号

出 版 人：王昕朋
责任编辑：胡　明
文字编辑：张凯琳
美术编辑：张美玲

出版发行　**中国言实出版社**
　　　　　地　　址：北京市朝阳区北苑路 180 号加利大厦 5 号楼 105 室
　　　　　邮　　编：100101
　　　　　编辑部：北京市西城区百万庄大街甲 16 号五层
　　　　　邮　　编：100037
　　　　　电　　话：64924853（总编室）64924716（发行部）
　　　　　网　　址：www.zgyscbs.cn
　　　　　E-mail：zgyscbs@263.net
经　　销　新华书店
印　　刷　北京温林源印刷有限公司
版　　次　2016 年 1 月第 1 版　　2016 年 1 月第 1 次印刷
规　　格　710 毫米 × 1000 毫米　1/16　印张 19.5
字　　数　327 千字
定　　价　43.00元　　ISBN 978-7-5171-1696-7

目录

金角庄园

1

个儿刚够 1 米 65，体重不足 100 斤的郝昆，穿了件当年的运动体恤，脚蹬一双军用胶鞋，骑着老婆的电动车来到金角庄园东门口，上前给门卫保安说，你好，我是应约到物业来应聘的。保安毫无表情地打量他一眼，说谁让你来的？他说肖主任。滴的一声，保安打开磁卡门，把他放了进去。

这儿是本地富豪的居住区，清一色的三层西式别墅坐落在气候宜人的南岭湖畔，里面亭台木桥，活水潺潺，花草繁茂，浓烈的异域氛围里，给人以神秘的深度和想象。他看了一下别墅群内道路的走向，凭感觉沿着整洁的人车通道一直往南走，穿过精心修剪的园艺长廊和条状的绿地，看见电子围墙边的浓荫里，有一栋装修雅致，与别墅风格类似的二层红顶小楼，知道肯定是这儿了。

果然，容貌靓眼、打扮时髦的庄园物业主任肖薇正在一间大办公室里等他，见面马上绽开笑脸迎上来，说你好，你就是郝所长吧。郝昆急忙摆手，不不不，我可不是所长，也从没当过所长，郝昆，以前是民警，现在是百姓。她愈加甜蜜地笑着，说我是肖薇，知道你要来，一直在等你。说着，一面热情地和他握手，一面把他带进办公室，让到沙发上，麻利地用纸杯给他沏了杯茶，忽闪着种了睫毛的大眼睛直率地说，我听薛总介绍了你的情况，说你刚退下来。他说是的，薛远是我高中同学。太好了，你的情况我们非常满意，我们就想找你这样有经验、有能力的人，直说了吧，我们这儿的员工每月工资是2900元，加班补助、夜班补助另算，其他劳动保险按规定执行。郝昆点点头算是回答，他在打量她，刚才进门的时候，他已经注意了，她皮肤上诱人的光泽是美容做出来的，大眼睛上的眼皮是割出来的，都做得相当成功，她的身材也不错，微笑的时候脸上的酒窝很诱人，性格招人喜欢，一看就是个开朗直率的人。见他不表态，肖薇接着说，你的工作主要是负责庄园的保安，责任还是蛮大的。郝昆还是点点头，意思是我知道了。他的注意力在她背后的墙上，那儿挂着制作精美的广告栏，里面物业管理章程、工作流程以及员工情况一目了然，保安有7个，从照片上看只有2个是年轻人，其他5个都上了年纪，其中1个应在60岁以上。郝昆心里一咯噔，金角庄园有168户业主，占地面积近400亩，单是使用的大门就有3个，虽说有电动巡逻车，可保安显然是太少了。像是知道他的想法，肖薇说，实话讲，我们的保安力量是差了点儿，以前是9个，现在是7个，公司招不上人，没办法啊！这刚过完年，又赶上用工荒，人就更难招了，不要说培训过的年轻人，就是退休下岗的都招不上。工资已经从2600涨到了2900，可就是没人干！所以你能来，对我们来说，真是有幸的事！郝昆说我也是退休人员，保安工作没经验。肖薇说，你的情况薛总都给我说过了，他说你刚从派出所副所长的岗位上退下来……不不不！郝昆急忙摇头，再次毫不犹豫地打断她，说我不是说过了嘛，我从来没当过什么所长，在职的时候，就是个普通民警！他说的是真的，所谓派出所副所长，那是薛远瞎扯，纯属子虚乌有。实际情况是，退休了，给你个名头级别照顾照顾罢了。那也一样！肖薇笑得很有魅力地说，像你这样年富力强又有经验的行家，到哪去找啊！郝昆听得不舒服，起身说行吧，我明天早上来上班。肖薇立刻打了个电话，叫来一个名叫小兰的女孩，叫她给郝昆拿来事先准备好的合同文本，看看没啥问题的话，马上就签。又叫另一女孩赶紧收拾房子，对郝昆说，薛总特意交代了，给你腾一间楼上的房，今晚你就可以住这儿，被褥床单昨天我亲自去买的。

签完合同，看了房间，郝昆叼着烟卷在庄园里溜了一圈，不是散心，是排遣，排遣闹心的烦恼和郁闷！好歹也是派出所的老民警，好歹也是有特异功能的人，刚一退休，就来给富人看门守院，低三下四当保安，这要叫亲朋好友们知道，不定怎么议论怎么嘲笑呢……太丢人啦，想起来心里就不是滋味。

走出百十步，后面赶上来个穿制服的，郝昆一眼看出是主任办公室广告栏中保安组的第一个，想必是负责人吧。接着就想起4年前来金角庄园办案，见过这人，当时他就是保安。这人见面熟，上来就满脸是笑跟郝昆打招呼，说我姓叶，树叶的叶，叶茂，茂盛的茂，你贵姓？郝昆见对方没认出他，说我姓郝，郝昆。啥，好困？不不不，赤耳郝，昆，昆仑的昆。属啥的？叶茂紧钉着问。郝昆心里不舒服，干了30多年民警，他最烦的就是遭人盘问，可初来乍到，他不想得罪人，说我属蛇。我属牛，比你大四岁，能当你老哥了。叶茂边说边给郝昆敬烟打火，说我是四川人，四川没啥好烟，就熊猫，你尝尝。他们说你是从派出所退下来的？郝昆更烦，退休就退休，啥叫退下来的，他不想再说什么了。可叶茂跟所有的"见面熟"一样，话匣子一开就来劲儿，说不瞒你说，我当年下岗就干保安，有12年了，在好几个公司里干过，在这就干了八年，这金角庄园跟别的小区硬是不一样，我说的不是富人和老百姓的差别，是邪，邪气的邪！

郝昆心窝突突，不由得停住脚步，询问的眼神盯住了他。

叶茂兴冲冲地说，我是直爽人，实话告诉你，这庄园里发生过两起大案，诡异得很那！郝昆顿时敏感，说破案又不是保安的事，与我们啥关系啊！叶茂神秘兮兮地说，能没关系嘛，4前年88号别墅盗宝杀人，杀死的是业主的二奶，实际上应该是三奶，也可能是四奶，盗走的都是值钱的和田宝玉和艺术品。警察查案的时候，把咱们物业折腾得够呛。郝昆知道那件事，说案子不是破了吗？叶茂哼了一声故意吞吐道，说是破了，其实不是那么回事……郝昆奇怪地看着他，说你有疑问？不是我有疑问，是大家有看法。叶茂头一仰，把握十足地说。是嘛，能有啥看法？叶茂露出得意，狠狠吸了口烟，说给你讲，出事的业主是亿万富翁，说是承包国有企业发的家，名字叫冯达才，案发时人在香港，家里人也都在上海，这边只有小保姆守家。出事前一天，小保姆因母亲病危，回湖南那边探亲去了。临走时，给有钥匙的二奶打了个电话，二奶第二天过来，一个人住在了家里，结果就出了事。那二奶经常来庄园，我们都认识，死得很惨哦，被捅了十来刀，死了几天都没人知道。对了，这二奶可不一般，是个洋妞，说是姓冯的从荷兰领来留学的，在大学里攻读中文，叫什么什么洛娃，白皮肤蓝眼睛，迷人得很哦！郝昆说，是吗？这些事你都咋知道的？叶茂看了看周围，压低嗓音说，实话告诉你，我知道的多了，那案子就是我发现的！你发现的？郝昆愈加好奇地问。当然！叶茂更加得意地说，日期是6月7号中午，我记得清清楚楚，那几天雨后晴天特别闷热，天气预报都是35度左右，我从那儿过的时候，闻到风里有股说不出的恶臭味儿，抬头一看，发现二楼的阳台上飞舞着不少大苍蝇。离开后，越想越觉着不对劲儿，赶紧到办公室给业主家打电话，打不通，又打业主的手机，还是不通，就打他家留下的一个手机号，对方说冯总还在香港，过些日子才能回来。我说你赶紧跟他联系，他家好像没人，房里发出难闻的臭味，恐怕有什么不好的事情。对方一听马上急了，结果当晚姓冯的就飞了回来，进门发现情况不对，立刻报了警。过了几天，说是破案了，凶手是洋妞的同学，也是她的相好，她知道冯达才的太太在上海，新加坡和香港那边都有情人，趁着保姆不在就把相好约到庄园来过蜜月，俩人享受完好酒美食，那相好从洋妞嘴里知道了业主的收藏和宝贝，起了贪心，纷争之下杀死洋妞，卷走宝贝，逃之夭夭。郝昆问，你知道凶手是怎么抓住的？叶茂怪异地笑笑，说不是抓住的，是在高速公路上出车祸碰死的，清理现场的时候，警察在死者身上找到了一件价值几十万的和田玉，经冯达才指认就是他的收藏。郝昆又问，丢失的财宝都找回来了？找回个屁，听人说，真正的好东西一样都没找到。

郝昆不由得摸出烟来，他遇到特别感兴趣、特别刺激的事，第一反应就是摸烟。他给叶茂点着火，深深吸了两口，吐尽烟雾尽量平静地说，大家对案子的说法肯定很多吧？那是当然，但我肯定，凶手绝不是那个车祸死了的相好！哦，为什么呀？郝昆惊讶地问。叶茂凑近他说，实话告诉你，凶手压根就不是外面的，他就在这院里，而且是冯家的熟人！你是说，凶手不仅逍遥法外，还天天在大家的眼皮子底下晃荡？没错，他肯定相当得意！怎么这么肯定？郝昆真正严肃了。叶茂则愈加自信地说，不瞒你说，我当兵那会儿最喜欢看的就是侦探小说，还有日本的推理小说。你当过兵？对啊，所以我这方面有常识，给你说吧，这庄园的电子监控绝对一流，四面围墙上都有电子网，所有的路口通道都有探头，3个大门昼夜24小时有人值班，不要说进出个人，就是进出个猫，也能查得清清楚楚。但案发后，我反复看过监控录像，尤其是凶杀案发生那天晚上和第二天早上的，没有看到一个提着东西背着包的可疑人员进出庄园，也没有发现可疑车辆。办案警察更是反反复复排查了不知多少遍，可以说案发前后进出庄园的每一辆车，每一个人都经过了严格的过滤，愣是没有找到那个带走赃物的人！郝昆说，监控只是一方面，这么大的庄园，业主都是些千万富翁亿万富翁，情况复杂得很，要是晚上、雨天或是断电什么的，人稍加伪装，监控就会看不清，进进出出就更容易了。还有，你说那洋妞长那么漂亮，又是留学生，既能给业主当二奶，又带相好来庄园，谁知道她的社会关系有多乱？还有，公安部门办案是有原则的，宣布破案必有证据。叶茂有些不自在，用力吐掉烟屁股咧了咧嘴，说到底是派出所的，说出话来滴水不漏。不过，我的看法不会错，那相好虽说已经车祸死了，但人肯定不是他杀的，他是个冤鬼！凶手的目标不是杀人，是盗宝，那洋妞被杀绝对是意外，而且绝对是熟人，就是这院里的！而且，而且随时都有继续行凶作案的可能！你想啊，案发是在小保姆走的第二天，罪犯肯定是知道了小保姆回家的消息，才下的手。但他不知道二奶已经住了进去，所以二奶才会被杀，我永远持这样的看法，同意支持的人不少呢！

郝昆若有所思地点了点头，语气友好谦虚地问，你说还有一起大案？

叶茂说还是偷！案子发生在去年7月份，还不到1年呢，这贼趁业主外出家里没人，入室行窃，只不过这次进屋杀的不是人，是狗！狗？对啊，这贼不光把人家保险柜里的外钞、现金，还有金条一扫而光，据说价值几百万呢，还把人家看家的两条澳洲牛犬给杀了，那可是名犬。案子没破吗？没！郝昆惊异，说这贼本事够大的，能入室杀死两条牛犬，可不是简单的事，动静一定不会小，这样的案子咋会破不了呢？叶茂又显出神秘兮兮的样子，说狗是用弩杀死的，现在的弓弩很厉害，网上就能买得到，威力大得很，好的还带瞄准镜呢，准确性极高！郝昆说你真行，咋知道这么详细？叶茂做出无奈的样子，说我不是保安组长嘛，查案的时候他们找我调监控、提供线索搞配合，好几个会都让我参加了。其实，这案子跟那凶杀案有不少相似之处，也是发生在雨天，也是在晚上，也是趁业主不在，家里没人下的手。办案警察对案发前后的监控录像、进出人员以及各种车辆，反复排查，也是没找到嫌疑人。郝昆脱口而出，你的意思是，上次的杀人盗宝和这次的杀狗盗宝，是一人所为？叶茂再次露出神秘兮兮的样子，似笑非笑地说，这就不清楚了，反正凶犯来无踪去无影，就像超人，这地儿邪气得很，真的是邪！郝昆说，你知道这么多，没把想法告诉派出所啊？他说没！咱一小保安，破案又不是咱的事，干吗给自己惹麻烦啊，你说呢？对了，肖主任刚才给我交代了，叫把保安这一块的工作制度、注意事项什么的给你看看，待会儿我拿给你看。叶茂说完，露出被烟熏黑的大板牙，冲郝昆笑笑，说北门的磁卡锁坏了，我去看看，咱们回头再聊。说着，加快脚步，匆匆而去。

看着叶茂离去的背影，一种不祥之感麻嗖嗖掠过郝昆的脊背，突然就觉着不该来这是非之地，看着手里刚签的合同，不由得犹豫起来，他不想再听任何与案子有关的事，不想引人注意，不想给自己找麻烦。

2

这阵子，是郝昆一生中最心烦、最孤独、最痛苦，也是最窝囊的日子。

退休七八个月了，他啥都不想干，不做家务，不打麻将，也不练身体，整天无所事事，待在家里闲得慌，连门都懒得出，又不可能整天睡觉，那就看电视吧，又实在没啥好看的，心情越来越坏。这心情一坏，自然烦躁，脾气不知不觉就上来了，看啥都不顺眼，火气越来越大，还都是莫名之火，成天跟老婆干仗。老婆也不是好惹的，比他早退两年，之前是二医院急诊科的护士长，不知是上夜班给上的，还是急诊科整天受刺激，见过的重症患者太多了，长年绷紧的神经一经松弛，人的性情全变了，不光凡事挑剔，动不动就训人耍脾气，还不容人反驳，否则准和你吵，而且吵的时候死不讲理。她最见不得的就是他游手好闲，说你以为你功臣啊？刚 50 的人，到哪不能找点儿活干，赚点儿钱啊！不干也行，你当你的老爷们，饭来张口衣来伸手，我们伺候你，可你不能嘴都不张，手都不伸吧！这话太夸张太过分，他当然得解释得反驳，结果一开口俩人就又"叮光"起来，她水烫了似的跳老高，说你没事找事是吧，横挑鼻子竖挑眼，鸡蛋里头翻骨头，你还让人活不！这种情况下，他要再回嘴，战火烧成啥样，就很难说了，只能拂袖而去。

其实，老婆本是个通晓事理、心地贤惠的人，这些年来，白天黑夜上班的事就不说了，救死扶伤是她的天职，也不说了。要说的是，自打结婚以来，家里大事小事全靠她，基本上没让他操过心。他知道，眼下老婆的心比谁都乱，比谁都烦。儿子28了，恋爱谈了好几茬，总算和现在的对象订了婚。婚是订了，可郝家买房的承诺迟迟兑现不了，房价涨得太高太快，不要说给交警队临时打工的儿子，就是他们全家集所有的收入不吃不喝，买一套七八十平米的新房也得十几年。可又不能不结婚吧，只好咬紧牙关跑贷款，四处求人凑首付，这些事郝昆是不管不问的，他把每月三千多块的工资卡交给老婆，只要有四条熊猫烟抽，家里的事，一概装聋作哑。从前，他在家里烦心的时候，或是不得不装聋作哑之后，大不了去上班一走了之，回来自然风平浪静。可现在不行了，所有老年人活动的地方他都不喜欢，打太极、下象棋，还有集体舞什么的，压根就没兴趣，那就只好待家里。而老婆也邪门，像是故意跟他作对，时时处处看他不顺眼，一句话不对就怄气，结果自然是干仗。搁以前，拌完嘴干完仗过一夜，他软话都不用说，俩人就会自然和好，该干啥干啥。现在不同了，吵完架，老婆就像催命鬼，根本不饶他不说，还直往死里叨叨，像是几天几夜都叨叨不完。他哪能受得了啊，结果自然是战火升级，越燃越烈，直到俩人相互伤害，不可开交。

最近的一次交火，是他把家里的电视砸了。

起因当然还是吵架，老婆不光喋喋不休和他吵，还一个劲地寒碜他，说他窝囊、没本事，一个劲地拿他和人家比，和当官的比。这正是他最不愿听，最忍受不了的，一句两句也就罢了，没完没了的时候，他浑身的血液就成了不断加热的汤水，临近沸点就得降温就得发泄，否则就会爆炸。当时，他正在客厅修理茶几的小抽屉，老婆的嘲笑和讥讽炭火似的烧灼着他，越是忍受，意识里面就越是绞痛，像是炽烈的岩浆在沸腾。终于，理性炸裂，极限崩溃，他拎起榔头，照着跟前正播放《笑傲江湖》的电视机狠狠砸了下去，一声巨响，稀里哗啦间，白烟窜起，飞渣四溅……他愣了，大脑一片空白。他的大脑空白了，可老婆却被他的行为气疯了，她像一头愤怒的母牛，对着他的前胸，不顾死活冲撞过来。眼看避之不及，他本能地顺势一抱，俩人一起摔倒在地，翻滚间相互动手，噼里啪啦打了个一塌糊涂……接下来的事情可想而知，老婆大哭大闹，要死要活，整个单元楼都被她声嘶力竭的叫骂惊动了。

其实，他之所以砸了电视机，除了疯狂发泄的因素，还有一个重要原因，那就是他早就想把这台过时了的电视机给淘汰了，都用了二十多年的东西了，收破烂的50块钱都不愿要，早就该换了。可老婆却不愿意，说换什么换，你就凑合着看吧，媳妇还没娶呢，哪来的钱换电视，你不想过日子啦！他一坚持，老婆准说，有能耐你去赚钱啊，赚来钱咱们换新的看大的，屁本事没有，还想享受！正因为这样，借机砸机，不管主观上咋想，不能不说是潜意识的作为，否则，单纯发泄的力量不可能那么强大。

这之后，绝对出乎他意料的事情发生了。

老婆竟然到法院起诉了他，不是起诉他家暴，而是离婚！接到法院电话的时候，他呆了好一会儿，觉得事情很荒唐，不就两口子干架嘛，都退休的人了，离得哪门子婚！他在电话里对法院办事员说，对不起，我们只是夫妻吵架，她起诉是一时冲动，纯粹是冲动，我们感情深厚，结婚都快30年了，不会离婚的！抱歉，让你们费心了，我自己处理好了！

老婆的起诉，使他恼火至极，更使他震惊。

他的意识里，从未有过离婚的想法，闪念都没有，现在都退休的人了，咋就被老婆起诉，闹到离婚的地步呢！

痛定思痛，他想了很多，反省来反省去，觉得自己的心态有问题，之所以这样，是他太不满意自己碌碌无为的人生造成的，匆匆忙忙几十年，什么成就都没有，就像陈旧碍眼的器物一样废弃了。废弃了的不就是垃圾嘛！可他原本不该是垃圾，应该出人头地，应该大有作为！为什么会这样呢？一大串原因之后，除了对命运的抱怨，就是说不出来由的折磨和痛苦。这样的心态下，他的生活不出问题才是怪事！有了检讨，就得悔过，否则以后的日子真没法过，弄不好，这个家还真会散！这样想下去的时候，再看老婆，就不一样了，尤其看到老婆染过的头发露出雪白的发根，眼角额头布满皱纹，手上的皮肤由于常年接触消毒水，比六七十岁的老妇还要松弛多皱，他的心像是碰到了金黄的麦芒上，说不出的痛感里，猛然醒悟，老婆挑剔急躁，应该与职业有很大关系，急诊护士长责任重大工作艰辛，常年面对生命垂危、命悬一线的各类病人，忍着性子白天黑夜地熬，几十年下来哪有不垮的人！还有，老婆只比自己小 3 个月，50 岁，正是女人更年期最易爆发的年龄，情绪的起伏，性格的改变，肯定与此有关，电视上好像说过，性格好强的女人，更年期遇到的困难往往会更多……想到这些，痛心疾首汹涌而来，这些年平心而论，他还真没怎么关爱过老婆，不必说女人在意的买首饰、买衣服、逛商场，单是他十来年里常说的陪她游祖籍、看亲戚，都退休了也没兑现。平时有点感冒、感染什么的，老婆因为是护士的缘故，也都自己处理了，倒是他和儿子的健康，在她的关爱下，基本上没出过啥问题……

郝昆心里真难受，就在他反省人生，想着怎么把老婆哄得回心转意，好好过下去的时候，老同学薛远打电话，请他去喝酒。他以为是聚会，啥话没问就答应了，没想到请的就他一个人。两人喝了一瓶十来年的"老古井"，肠肚热了，话题一多，不知不觉就说到了他退休的事儿上。薛远说，郝兄，你现在没事一身轻，在家也是闲着，不如过来帮帮忙，到我公司来干怎么样？他问干什么？薛远说，城西欣庆园缺个出纳，你去怎么样？他说饶了我吧，没和金钱打过交道，干不了！薛远说，那就到香翠苑吧，那是个刚开盘的小区，业主有 400 多户，物业这块筹备得差不多了，你去当个副主任怎么样？他说得得得，我这半斤八两你还不知道嘛，压根不是当官的料，干管理非砸不可！薛远想了想，说要不你就到金角庄园得了，那是个别墅群，你给我把那儿的保安工作抓起来，这可是你的专长，你就不要再推辞了吧！郝昆还真就没话说了，金角庄园他知道，几年前发生在那儿的案子他记得清清楚楚。

郝昆喝得晕晕乎乎回到家，第二天早上醒来就挺后悔，他压根不想给人当保安，尤其不想给薛远打工。

上中学的时候，他学习成绩很好，尤其是数学，每次考试都是一百分。薛远和他相比差远了，可以说连边都沾不上。遗憾的是他没参加高考。那是1981 年，他父亲突然因公殉职，他母亲是厂子里的临时工，他高中还没毕业，组织上看他家里生活困难，照顾他参加工作，他到父亲任职过的派出所当了一名户籍警，一干就是 30 年。虽说中间有过中断，但也就 1 年多。十年河东十年河西，30 多年后，他在派出所里没动窝，而薛远则几经磨难，又是练摊，又是搞长途贩运，后来搞起了物业公司，越搞越红火，链锁了十几个小区，成了名副其实的老板。薛远为人平和，没啥架子，熟人朋友有求必应有忙必帮，经常召集本地的老同学聚会联谊搞串联，口碑相当好。酒醒了，脑子清楚了，意识也就回来了，他反应了过来，薛远请他喝酒，肯定是知道了他家里闹矛盾的事，老婆性子直，心里搁不住事儿，把他俩的事告诉了薛远的老婆，她俩关系不错，这就有了薛远请他喝酒的事。薛远出于老同学的情分，想了这么个法子，诚心诚意来帮他，还故意做得滴水不漏，可没想想他是干啥的……郝昆感觉很没面子，但有气没处撒，两口子闹成这样，家里经济紧张，为给儿子的婚房交首付，欠了一屁股的债，不想办法赚钱是不行的。现在既然有事可干，有钱可赚，他还有啥矫情的。还有，他在岗的时候，薛远那边的一个小区里，物业和业主之间因为纠纷大打出手，业主收买流氓痞子报复物业，关键时刻薛远请他帮忙，是他成功说服派出所出面，平息了事件，薛远因此心存感激。此外，找到工作，也是在老婆面前下台的好机会！就这，他顾不得自尊，顾不得纠结，一大早给薛远打了个电话，确认已经给他安排好了，装模作样给老婆的手机上发了个信息，就来到了金角庄园。

3

退休民警郝昆穿上有着金色肩章的灰色制服，戴上黑沿红圈的大盖帽，成了金角庄园的保安。他没当保安组的负责人。肖薇很想让他干，说叶茂话太多，爱编闲传，负责人有每月两百块钱的操心费，让他再考虑考虑。他还是没干。人家叶茂资格老，又有经验，他干吗要撬人家碗里的肉。他已经想好了，要把自己的固有观念还有懒惰习性改一改，心安理得赚钱上班。

可人在江湖身不由己。郝昆是个操心命，凡事不做则已，要做就像模像样。以前在岗位上的时候是这样，现在当了保安依然如此。上班第一天，他提前一小时过来，把整个庄园仔仔细细查看了一遍，168 套别墅共有几排，几类造型，几条道路，多少块绿地，绿地间有几条人造溪流，人造湖周围有几座木桥，别墅的后院大致多少块人造菜地，大概多少棵挂果的果树，多少辆豪车，多少套别墅长期无人居住，电子围墙大约多长，墙里墙外都什么情况，以及消防设施、监控设施等等，全在脑子里过了一遍，还特别到发生过凶杀案的 88 号别墅前看了看。可能长期没人管的缘故，窗户肮脏，墙壁上挂满难看的水痕，枯死的藤蔓缠满阳台，里面不定霉成啥样呢。叶茂说，自从发生凶杀案，这栋别墅就没住过人，业主卖了几次都没卖掉。他这人记性好，只要在脑子里过了一遍的东西，基本上和存硬盘差不多。小时候他就对数学敏感，记忆力超人，只要想记住的东西，不论是数字文字交通道路，还是人脸声音城市地貌，脑子里一过就能记个八九不离十，越是有特点的东西，记忆力就越强，这就是他引以为豪的特异功能。

父亲偶尔发现他记性好，是在他6岁的时候。

一次，父亲和棋友坐在院里的大树底下下围棋，他跟父亲学过几次棋，懂得啥叫死活，就过去看着玩儿。看了会儿没啥劲，正要走开时，父亲和棋友因为一步棋争执起来，越争越厉害，俩人面红耳赤，眼看就要掀翻棋桌的架势。他很害怕，为了父亲和叔叔别打架，他说爸你记错了，那颗白子不是在你说的那个地方，叔叔说的也不对，是在这儿。他拿起棋子，放在了他记住的地方，怕他们不认可，又说，是黑子走到这的时候，白子靠上去下到这个地方的，接着就把走过了十几手的棋一一复原。俩人全傻了，孩子说得对，俩人因为吃子的原因全都记错了，孩子的复盘准确无误。那之后，父亲开始注意他，发现他儿歌、戏曲什么的，一学就会，好些电影台词都能倒背如流。父亲很自豪，但也仅仅是自豪和高兴，并没十分在意，当然也就不可能联想他的未来。至于母亲，就更不在乎了。她的记性生来就好，5岁随父母离开老家四处流浪，19岁回去，连小时候玩伴们的小名叫啥家住哪里发生过啥事全都记得清清楚楚。在她眼里，孩子的记性原本就该这样。正因为如此，俩人对孩子过人的能耐，都没在意。到了20世纪70年代末，改革开放了，人都刚从噩梦中醒了过来，凡事还都不是很明白，也都没有培养孩子的意识，再加上社会主流的引导，上大学的想法会让人觉得很空虚，似乎只有穿上工作服，在厂里当上正式工，生活起来才踏实。后来形势说变就变，郝昆所在的高中大张旗鼓鼓励高考，各种宣传铺天盖地，同学们全都感到了压力。可他并不在乎，数学课上动不动就睡觉。之所以这样，是因为老师讲一遍，该记住的他都记住了，搞懂了记住了，再听自然就没意思，那就只好犯困睡觉。老师知道他有数学天赋，也就不去管他，由他去睡。他的名字叫郝昆，因为经常上课睡觉，大家就都叫他好困，也都挺羡慕的，想想看吧，人家上课想睡就睡，老师根本不管，考试还拿第一，这样的本事谁不眼热。

然而世事难料，就在还有两个多月就要高考的时候，他的父亲因公殉职了……

郝昆的父亲郝志新是名普通民警，当时派出所设在火柴厂边的两间破房里，人手少条件差，业务量相当大。在他的记忆里，从小到大父亲总是忙忙碌碌，很少空闲在家，也很少过问他的学习和生活。父亲的嗜好是看书，稍有空闲，就躺在床上抽烟看书，不到吃饭时间是喊不动的。而且他的书从来不给儿子看，动都不许动。强烈好奇心的驱使下，他趁父亲上班母亲外出，从床底下的书箱里，偷了一本福尔摩斯探案集，躲在外面一气读完。父亲知道后，把他一顿好揍，要不是母亲出手相护，十有八九打烂屁股。凭借超强的记忆力，他把书里的故事记了个滚瓜烂熟，成了同学中有名的故事大王。父亲和母亲关系紧张，两人离婚离了好几次，主要原因是他6岁的妹妹，在离家门不到百米的地方，掉入河沟不幸溺亡。所谓河沟，宽不到一米，水深最多一尺半，是城镇用来浇树的，可就把一个6岁的女孩淹死了。当时正是"文革"最混乱的时候，满街都是造反派，到处都在打砸抢，他刚满8岁，妹妹的死亡，在他心里引发巨大恐慌。恐慌是由家里的混乱和哭得死去活来的母亲造成的，他很害怕母亲会哭死，这使他很想再看看妹妹，很想知道究竟发生了什么，很想弄清楚死亡是什么。可他被远在农村的奶奶领走了，等到几天后回家，一切都结束了。父亲一直认为，事故是因为母亲没有看管好孩子造成的，这使悲痛欲绝的母亲雪上加霜，两人的感情由此破裂。但每次离婚的结果，都是被调解人说服了事。开始的时候，他对父母离婚挺害怕的，后来他们闹腾的多了，也就无所谓了。

父亲的殉职极其突然，出事那天他正好轮休，一大早他去公园散步，太阳出来肚中饥饿，开始往家走，就在已经看到自家大院时，遇上了自杀的事。一名女孩站在街边5楼的阳台上要往下跳，围观者喊声一片。他立刻跑了过去，现场就他一个穿制服的，大家的目光全都看着他。可他没有应对如此场面的经验，看着女孩摇摇晃晃站在栏杆上，只有一手扶着墙，随时都会掉下来，干急没治。更为糟糕的是，那女孩突然发现身后有人，在楼下围观者的惊叫声中，纵身一跃跳了下来。正在楼下的郝志新眼看女孩跳下楼，本能地冲上前想要接住。接是接住了，但不幸的是，他的臂力太有限，女孩的身体直接砸到了他的头顶，强大的重力和惯性致使他的颈椎严重折损。女孩胸骨断裂伤及内脏，当时就没了呼吸。数小时后，父亲抢救无效，不幸离世。

事后，女孩自杀的原因很快查清。她是一名即将高中毕业的在校生，刚满17岁，5天前高她一级已经毕业在家的同校男孩约她上公园，俩人住在同一单元楼里，经常结伴上学什么的，关系比较好，女孩也就背着父母答应了。单独相处时，男孩向她表达爱意，在她半推半就的情境里亲吻了她，接着男孩更近一步，要摸她的胸。她很害怕，就在扭扭捏捏手足无措时，被公园里巡逻的两位大妈发现。而男孩恰好这时将她挤在一棵大树上，把手伸进了她的胸衣。两位大妈被这一幕惊呆了，光天化日之下敢在公园里要流氓，这还了得！两人立刻大喊大叫冲上去，将男孩当场抓住，扭送派出所。两位大妈共同作证，义正词严地说，男孩是在公园里试图强奸女孩时，被当场制止并抓住的。审问结果，男孩承认了亲吻女孩和硬要抚摸的事实。当时正值80年代第一次"严打"，对所有刑事案件，执行从严从重从快的处理原则，仅过了3天，男孩成为当地第一批严打对象被执行死刑。女孩听到男孩被枪毙的消息，顿时崩溃。她和男孩同校上学整整5年，男孩对她一直很好，俩人约会是第一次，亲吻也是第一次，而且是在她毫无准备的情境下发生的。怎么也想不到，这竟然要了他的命。她原本是爱他的呀，爱他当然应该接受他的亲吻，只不过觉着亲嘴之类的事情不应该是学生做的事，不应该那么着急，不应该在公园那样的地方，应该隐蔽些私密些才对，所以在他摸胸的时候，她心慌意乱本能地躲避，但躲避并不等于抗拒啊！据女孩母亲说，听到男孩被枪毙的消息，女孩当时就昏了过去，醒来后，神智就错乱了，一会儿号啕大哭，一会儿哈哈大笑，嘴里一直在喊，我是坏女孩！是我害死了他！我不是人，我不活了，我要死，我要和他一起死！一家人陪了她一夜，天亮后看她睡着了，也就放松了警惕。没想到她是装睡，家人刚一离开，她就跑到露天阳台，爬上栏杆准备跳楼。女孩奶奶发现孙女站在栏杆上，吓得魂飞魄散，本能地想要把她拉下来，没想到适得其反，酿成惨祸。

父亲死后，有人认为他的行为属见义勇为，应该追认他为烈士。但也有人持反对意见，认为他作为一名警察，处事不当，很不冷静，对造成的严重后果应承担责任。最终，事件以因公殉职了结。组织上对他家的后事相当照顾，郝昆也子承父业进派出所当上了民警。

父亲的逝去，在郝昆心里引起强烈震撼。很长一段时间内，巨大的伤痛和阴影一直在心头挥之不去，动不动就会想起父亲咽气前，死盯着他要说什么说不出来，急得额头发紫眼球暴突，最终死不瞑目的情景。他一直想知道父亲为什么死不瞑目，他想要给他说的到底是什么，为此他有过很多猜测和联想，想多了的时候，父亲的音容笑貌自然而然就会浮现在眼前，他会想起父子俩曾有过的少有的亲近，想起小时候骑在父亲的脖子上耀武扬威，或者在草地上翻滚玩耍的情景，想起父亲给他买的一支又一支的玩具枪，当然也会想起父亲的严厉和训斥，但无论怎样，都是那样的亲切和温暖，让他说不出的难过和痛苦。

3年后，父亲祭日那天，他陪母亲去上坟，娘儿俩烧完纸敬完香，从墓地往家走，一向心气平静的母亲有些异样，她脸色泛白神情不安地说，昆儿，昨晚我梦见你妹妹啦。还是她死前的样子，一点儿都没变。我看见她在草尖上奔跑，跑得快极了，像飞一样。我在她身后使劲喊，她就是不回头。可我知道，她是带我去一个地方。我拼命跟她跑，一个恍惚，竟然就到了她淹死的地方，就是以前咱家门前的那条小河沟，跟当时的情景一模一样，我朝她猛扑过去，想要抱住她，但没抱住。她喊了声妈妈，声音惊恐急了，我一下子惊醒过来……说着，她的额头渗出潮气，脸色更加苍白，语气颤抖声音怪异地说，昆儿，有句话早就该给你说了，你妹妹是被人害死的！郝昆脑子里轰的一声，以为母亲还在说梦。妹妹已经死了13年了，出事的时候他只有8岁，父母没让他看尸体，甚至连妹妹怎么死的都没告诉他，就把他送到了奶奶家。8岁的男孩好动调皮，正是贪玩的时候，平时从来不把6岁的妹妹放眼里，两人很少一起玩儿，没多久，妹妹就从他的记忆中渐渐淡去，即便后来偶尔想起，黯然之后，也就是感叹曾有过一个淹死了的妹妹而已。母亲接着说，我说的是真的，你妹妹真是被人害死的！他惊讶无比地看着她，说到底咋回事，我怎么一点不知道？母亲说，是你爸爸不让你知道，他一心一意要让你上大学！他脱口而出，凶手是谁，现在哪里？母亲摇着头深深叹口气，说不知道，案子一直没破，可你爸爸说过，你妹妹是被人摁在水中溺死的，他在她的脖子上找到了凶手留下的指痕，还在现场找到了凶手留下的脚印。他说你妹妹死的时候，手里还紧紧攥着一包豆豆糖，她是被人哄骗到河沟边害死的。郝昆说，爸爸是警察，光天化日之下的案子，而且就发生在家门口，还有那么多证据，应该可以破案啊！母亲说，这是现在说的话，你当时虽说已经记事了，可还太小，根本不明白啥叫"文革"，啥叫动乱，告诉你吧，那时满街都是标语大字报，敢上街的人，左臂都戴红袖章，体育场里天天都开批斗会，批斗对象除了"地富反坏右"和"牛鬼蛇神"，主要是各级领导干部。市委书记成了历史反革命，遭到揪斗，市长成了叛徒、特务，在批斗大会上企图狡辩，被人拿鞋底猛抽耳光，逼迫认罪，导致心脏病突发当场死亡。公检法全面瘫痪，政府机关名存实亡。而且"八一八"和"红卫战斗队"两个革命组织在市中心相互武斗，爆发了死伤百人的大血案，全市被军管。这样的背景下，淹死个小孩算什么啊！而且你爸爸随后就被到来的军管会抽到了驻农机制造厂的工作组，那儿不仅武斗，还公然造枪，他一去就是两年。等到工作组解散，他再回派出所，早已物是人非，那些原本可以作为直接或间接的证据，全都灭失了。你爸爸生前最大的愿望，就是抓住杀害女儿的凶手，可那么多年过去了，他一直无所作为，凶手没抓住，自己倒撒手而去。郝昆说，爸爸没说过什么线索吗？母亲说没，有关案子和工作上的事，他从不给我讲，只要提起这事，我们就会吵架。只有一次例外，他喝多了酒，似醉非醉时告诉我，我们的孩子是被人害死的，抓不到凶手，我死不瞑目。我问他凶手是谁，为什么要害死一个无辜的孩子？他烦躁起来，说这还用问吗，我是民警，罪犯冲我的孩子下手，不就是报复嘛！郝昆说，后来呢，爸爸是怎么追查凶手的？母亲说，他怎么追查的，我不清楚，但有一些事我知道，你妹妹出事前，你爸爸多次奉命抓人，他抄过不少家，还杀过人。爸爸杀过人？郝昆惊得目瞪口呆。是的，1967年到1968年，市里枪毙过几批现行反革命还有罪大恶极的刑事犯，有好几十个呢，你爸爸不止一次当过执法人。郝昆脑中打闪，心里发紧，说你的意思是，妹妹的死与爸爸当过执法人有关？母亲说，他是这样认为的，这么多年来，这一直是他的心病，只要一提起往事，一想到杀死女儿的凶手还逍遥法外，他立刻就会烦躁。

这之后，郝昆的心情再也无法平静。

经反复思考推理，他开始固执地认为，父亲临死前拼尽最后力气想要给他说的，一定是有关妹妹被害的案子，他的手里一定掌握着重要的线索或相关的证据，之所以案子没有告破，一定另有隐情，否则的话，他绝不会死不瞑目！为此，他反复整理父亲的遗物，对留下的文字材料仔细翻阅，希望有所发现。但遗憾的是，一点儿有用的东西都没找到。

他曾找父亲的一位老朋友询问当时的情况，那位退休在家专心练禅习字的老伯说：算了吧孩子，你爸爸活着的时候，只要喝多了酒，就会提起这事，我不止一次对他说，那是发生在混乱年代的事，整个社会就像疯人院，像这种没立过案，一点原始文字记录都没有，连张现场照片都没留下的陈年旧案，查什么查呀！你爸爸说，道理他知道，可他就是忘不了，他经常会在梦里复员现场，有一次甚至在梦境中有过严谨的推理，几乎就要找到凶手时，院里一个姑娘黎明出嫁，噼里啪啦的鞭炮把他的逻辑炸了个粉碎！我说那是你想的太多了，干咱们这行的都知道，别说梦境，就是再严谨的推理，也离不开证据的支持！没有证据，就没有结论！他说他心痛，任何时候只要看到孩子就会心痛，这些年来已经有了病根，你不会明白的。我说咋能不明白呢，人生滋味各不相同，但痛的感觉都一样。自己痛的时候，尤其痛得难忍的时候，要想想他人的痛，想想那些可能比自己痛得多得多的人的痛，感觉就会不一样。可你爸爸根本不同意我的观点。现在你来找我，很可能你也不同意。可你要明白，只要是案子，百分百都能破解的可能根本就不存在！古今中外，几十年几百年上千年的重大悬案谜案多的是。你妹妹的案子，除非出现犯罪嫌疑人良心复活自己悔罪招供之类的奇迹，否则想要大白于天下，可能性微乎其微。

正因为这样，郝昆对那些陈年旧案、疑案、悬案、冤案，总有一种说不清道不明的复杂情感，特喜欢研究案情玩推理，兴趣大得难以想象。没退休的时候，总想搞刑侦，总想显山露水出风头，但从来没成功过。老婆曾感叹说，郝昆，你这辈子最大的悲剧是选错了行，你不应该当警察，应该当律师！

4

上班时间一有空，郝昆就在庄园里溜达，角角落落没有他不到的地方。他是在意直觉的人，直觉告诉他，这个豪华的庄园，不但不是个省心的地儿，还是个令人着迷的地儿，没准怪事邪事说来就来。

果然，上班4个多月时，他遇上了怪事儿。

是周末，天气晴好，大约9点40分的样子，97号业主家的保姆匆匆忙忙慌慌张张冲进物业办公室，说不好了，我家的狗丢了，到处都找不到，你们有谁看到了？肖薇闻声出来，问啥时候丢的？她说也就一个多小时，早上7点半的时候，她牵狗出去遛了半小时，然后狗就一直关在她家后门的小院里，刚才她买菜回来去喂狗，发现狗没了，找遍庄园都没有。肖薇说，不会是跑到外面去了吧？她说不会，这狗从来不乱跑，麻烦你们给找找！肖薇说，我们到哪给你找啊，只能看看监控录像。说着就喊小兰，让她过去看看监控。大约一支烟的工夫，小兰带保姆从监控室出来，说早上的录像都看了，8点以后，庄园内的任何地方都没看到她家那条狗。

狗是名狗，真正的纯种苏格兰金色猎犬，还是刚满4岁的种犬，价值几十万元人民币，庄园里爱养狗的都知道。物业员工也都清楚，那狗长相特别，目光凶悍，遇到的人都本能地害怕。

肖薇挤出笑脸，冲那四十多岁一脸焦急的保姆说，监控录像上没有，说明肯定没有跑出去，否则的话，我们的监控肯定能发现，你回去再找找看，好狗都不爱叫，家里房子那么大，没准跑哪儿你没发现。保姆说，不可能，家里我全找遍了，绝对没有！肖薇耐着性子说，还是再找找，先别下结论，说不定这会儿已经回去了。肖薇说完，招呼大家该干吗干吗，她自己叫上小兰去帮厨。庄园物业中午集体开伙，员工家都挺远的，中午回去很不方便，周边的餐馆都很贵，根本不是能吃的地儿，与其天天吃盒饭倒胃口，不如自己开伙好！今儿是周末，一大早肖薇就给厨房说，中午给大家熬小米粥、蒸包子，要羊肉蘑菇胡萝卜馅儿的，多蒸些，这包子味道鲜美，特别好吃，大家可以买点带回家。

肖薇一走，郝昆不吭不哈来到监控室，细细查看上午的监控录像。录像显示，那保姆遛狗回家的时间是8点零3分，她从铺着石板的林中小路上过来，穿过小木桥，走过木板搭成的休憩平台，在长约30来米的行车通道上看着狗在草丛中解完大便，之后就把狗牵到了自家的后院里。至此，那条身架优美毛色金黄的大狗就再也没有出现过。一连数遍，他查看了所有可能的角角落落，没有发现那条狗的踪影，连一点儿可疑的东西都没找到。刚才，保姆来找狗的时候，他一直静静听着，心里很是纳闷。那么大的一条狗，不可能躲在哪儿找不到，恰恰相反，狗是相当灵敏活泼的动物，它可不愿被人关起来。再者，甭管房子有多大，只要里面有条狗，不论啥动静，首先做出反应的肯定是狗。家里找不到，说明它绝对不在家。狗的习性是看家，尤其纯种的苏格兰金色猎犬，没有特别的原因，它是不可能离家的，赶都赶不走，怎么可能说没就没了呢?! 即便是条一般的狗，莫名其妙没了，主人也是不能答应的，何况是条价值几十万元的名犬！

郝昆觉得麻烦来了，可肖薇显然没有意识到事情的严重性。

果然，中午大家正开饭，业主开了辆大奔气哼哼来了，他二十六七的样子，理着小平头，上身穿件米色半袖，下身穿迷彩短裤，进门就喊：

喂，你们主任呢?

肖薇赶紧上前，说先生你好，我是肖薇。

我家狗丢了，你们找没找啊?

肖薇说，你好，你是 97 号业主吧，狗的事儿，上午你家来人说了，我们和她一起查看了监控录像，没有发现要找的那条狗，要不你再查看一下？

我不看，那是你们的事！我每年给你们交一万块钱的物业费干吗的，不就是让你们给看门嘛！

肖薇赶紧说，坐坐坐，您别生气，有话坐下好好说。

没啥可说的！我家狗丢了，你们赶紧给我找！

肖薇息事宁人，很职业地说，行啊，待会儿我们再给你找找看。

小伙立刻暴躁，说不是待会儿，是现在，马上！我的狗丢了一个上午了，你们要马上给我找！搞清楚点儿，我家狗是在庄园里丢的，你们必须要负责！

肖薇脸上挂不住了，说先生，话不能这么说吧？你的狗，是在你家院里养着的，出院的时候，也都是你家里人牵着的，丢与不丢，与别人有啥关系啊！

小伙额头一红当即翻脸，指着肖薇说，你敢说没关系？知道你们是被谁养着的嘛，我们！小伙把胸脯拍得嘭嘭响，说我们养你们干啥的，吃干饭的吗？你听清楚了，现在矿难赔偿一般是 20 万，我这条狗价值 80 万，要是出了什么意外，造成生命损伤什么的，你们得给狗偿命，少一分都不行！

这话太蛮横，太刺耳，太过分了，言下之意，狗比人值钱！

郝昆忍不住了，他使劲把嘴里一口包子咽肚里，站起身来，把气青了脸的肖薇挡身后，犀利的目光紧盯小伙的眼仁说，先生，说话注意点分寸，这不是你家，懂不懂什么叫规矩！

你谁呀？小伙轻蔑地瞥他一眼。

保安，我是这儿的保安！

一边去，没你说话的份儿！小伙傲慢地说。

郝昆针锋相对，说怎么没有？你家的狗不是丢了嘛，你不是来找我们负责的嘛！请你听好了，据我所知，这座城市里，谁家要是丢条狗丢只猫，派出所是不会立案不会出警的！可人就不一样，不管什么人，哪怕是神经病、讨饭的，一旦确认失踪或出事，都是要立案侦查的，明白了吧！既然你家的狗，比人命都值钱多了，我们小小的物业哪能担待得起，我看你还是到派出所去报案吧！

你……你们想推脱责任！小伙口气愈加蛮横。

说错了先生，这不是推脱责任！郝昆义正词严地说，今天的事情，我们压根就没责任！你的狗丢了，我们深表遗憾。但目前来看，与我们没有任何关系！就像这庄园里养鸟的业主，自己不慎放走了笼中的鸟，养鱼的不慎养死了鱼，还有养那乌龟的，不慎放跑了池里的王八，难道都要我们保安负责，都要我们物业赔偿不成！

小伙的脸黑了，他黑着脸不无威胁地说，你啥意思？想干吗？

没啥意思，我就一保安，能有啥意思！郝昆语气轻松地说，你说你的狗是名狗，那是你的说法，我们不知道。我只是提醒你，要真是名犬的话，劝你还是把相关材料和有关证据拿到派出所去说吧，没准特殊事情会有特殊结果，你说呢？

郝昆说到这儿，现场所有人都露出了钦佩的目光。

小伙噗的一声吐掉嘴角的烟头，横横地说，我不给你废话！走着瞧，狗是在庄园里丢的，要是找不回来，我绝不善罢甘休！

一直愤愤不平的小兰，眼里亮光一闪，把小伙挡在门口，指着墙上请勿吸烟违者罚款的告示和地上的烟头说，对不起先生，我们这儿是禁烟场所，你违规了，罚款 10 元，还有，请你把吐地上的烟头捡起来！

小伙趾高气扬斜乜了小兰一眼，故意从她身边硬挤出门，掏出钥匙，吱的一声打开停在门口的车门，牛气哄哄上了车，几乎在车发动的同时，大奔猛然启动，以三四十公里的速度，沿着人车通道疾驶而去。就在大奔停车的地方，立着的是庄园内限速 5 公里的警示牌。

这有钱人咋都这德行，也太张狂了吧！小兰话一出口，办公室顿时炸锅。有的说，没见过这么不说人话的，咋就这么蛮横呢，不就你爹有钱嘛！接茬的说，没错，人家是富二代！有人纠正，说不是富二代，是官二代，他爹我知道，前几年天天来车接送上下班，是市政府那个那个什么局……你看我这脑子，反正是个大官儿！好了好了，那不一回事嘛，没钱能当官，当官能没钱嘛！听到这，叶茂乐呵呵地插话了，说没错，要没钱，就他这德行，十有八九瘪三的货！

郝昆啥都没说，他脸上毫无表情，脑子里翻江倒海。

翻江倒海并不是因为小伙的无礼嚣张，是因为这起丢狗事件很不寻常，按叶茂的话是邪，真他妈邪！

可郝昆偏就是个不信邪的人！

5

连续两天，郝昆不光反复查看那天的监控录像，连庄园十天内的监控录像都看了又看，对保姆每天遛狗的情景，以及她周围的人，尤其看得仔细，想从里面找出点儿蛛丝马迹，遗憾的是什么都没发现。越是这样，对他来说就越诱惑。他觉着天下所有的邪乎事，之所以邪乎，就是因为人们不知道真相，让邪乎背后的真相大白于天下，对他来说很有意思。他到 97 号业主家前前后后仔细看过，1 米 8 高的木栅栏稠密结实，如果不开门的话，狗是不可能跳出去的。监控显示，保姆遛狗回家到发现狗丢失，满打满算只有一个半小时的时间。其间，没有任何人到过他家，他家也没有任何人出来。他还仔细查看了 97 号别墅前后左右的邻居，8 点到 9 点半之间也都没有任何人出入。可以说，整排别墅上午只来过一辆运送货物的面包车，该车 9 点 10 分停在 93 号别墅门前装卸货物，9 点 50 分离开。93 号离 97 号有近 80 米的距离，中间隔着 3 栋别墅，没有任何异常现象。为此，他不放心，还特意到 93 号别墅看了看，那家在整修一楼的门庭和窗台，砸掉原先的瓷砖，换上漂亮的绿色大理石板，已经搞了六七天了，来回运料都是那辆面包车。值班的老赵说，这辆车这几年常来干活儿，这次在庄园搞装修什么的，前后已经一个多月了，几个干活的工人也早都面熟了。查来查去，一点儿有用的线索都没有，可一条生龙活虎的大狗，硬是莫名其妙失踪了。

按说，郝昆已不再是民警，也没任何人让他去找狗，他只要坚守他的岗位，做好他分内的事儿，每月心安理得领上那点儿工资，将来能哄得老婆开心，好好过日子就可以了。可他就像吃错了药，愣是要给自己找麻烦。昨天下午四点来钟，他特意拦住 97 号业主家买菜回来的保姆，两人有过一段有趣的对话：

你好，打扰一下，我是咱们庄园的保安，请问你家的狗找到了吗？

保姆警惕地翻他一眼，说没！

他马上讨好地说，你到物业报案的时候，我在场，看你挺着急的，这狗真的很重要很值钱吗？

那当然了！保姆脸上肌肉一绷，声调嘶哑地说，这可不是一般的狗，纯种的苏格兰金色猎犬，买它花了几十万呢！

真值那么多钱吗？我看也就那样。

那是你不懂！保姆不屑地说，给你讲，这狗有智商，很聪明的！

是嘛，怎么个聪明法？郝昆努力兴趣地问。

它能听懂他的话。

他是谁？

万东，狗的主人啊！

真的，狗真能听懂人话呀？郝昆眼前闪过那个蛮横小伙的身架和眼神，愈加兴趣地问。

那当然啦，我告诉你，他只要回来就驯狗，有时候一驯就驯一天，那狗也真听话，叫它哭就哭，叫它笑就笑。

郝昆的眼睛瞪大了，说不可能吧，我只听说狗会哭，从没听说狗会笑！

你不相信是吧，我告诉你，那狗不光会笑，而且是随时会笑！

真的啊？

那还有假，只要他笑，那狗就笑，还能笑出声呢！它还会演戏，他都拍了录像，还说要给狗拍什么微电影，一鸣惊人呢！他的朋友啊熟人啊，好多都专门来看狗表演。

真有这么传奇啊？郝昆故意夸张地问。

那当然了！保姆越说越带劲儿，给你讲，你可能都不信，他只要用手做出手枪的样子，对准狗的脑袋，嘴里啪的喊一声，那狗就马上躺倒地上，像是中枪了的样子给他装死。他放一种音乐，狗不管在哪，只要一听见，马上跑过来给他跳舞，站起来跳，还和他握手，还知道搂人的腰，太好玩啦！

你看过吗？

当然啦，看过的人太多了！

这狗实在太聪明了，主人一定爱得要命。

那还用说，给你讲，他对他老子都没对狗好，真的，我这人向来不胡扯。

听口音，你是湖南人？

是，你去过湖南？

我老婆是湖南人。

湖南哪的？

平阳市的，离长沙不远。

知道知道，平阳地方不错。

我没去过，说不清楚，反正是在湘江边上，你和万东是亲戚啊？

你咋知道的？她很惊异。

听你们口音挺近的，湖南离这儿那么远，你能来，应该是亲戚帮忙。

她不由得长叹一声说，唉，啥亲戚啊，其实我在他们眼里啥都不算，也就是来当保姆，来给他们喂狗的，有饭吃，有钱赚，好着呢！

郝昆紧接着说，你们家不止你一个在这边干活吧？

是啊，你这人挺神的，我弟弟也在这边。

给人打工？

农村出来的，不打工还能干啥！

那得看打什么工，像他给人开车，应该很不错的。

她惊呆了，看怪物似的盯着他，说你神还真神，你咋知道的？

郝昆笑了，说我瞎猜，看来是蒙对了？

说对了一半吧，我弟弟开的是自己的车。

郝昆说，那我再蒙蒙看，他的车是面包车！

没错，你到底啥人啊，以前……以前咋没见过你？

郝昆说，我就咱这儿的保安，刚来上班没几个月。你们家在这儿就你们姐弟俩？

是啊！

说着话，俩人就走到了96号别墅的大门前，郝昆眼看保姆就要到家，赶紧故作随意地说，你们家邻居很长时间没回来了？

是的，他家一年多没住人了，原来还有个看家的，说是男人的舅母，后来也走了，他家男人是大老板，好像是在内蒙古、陕西那边做生意，老婆在美国陪儿子读书呢。

到了97号门前，郝昆随意说，哦，是这样，我可以看看你家丢狗的院子吗？

那有什么不可以的，请进，你看吧，就是这儿。

郝昆看了看，不大的小院里，三面都是1米8高的木栅栏，不像其他业主，巴掌大的地方都会种上花草或蔬菜，有的还种盆栽水果，他家院里就栽着两棵大榆树，树冠高大。看了院子，郝昆又满脸真诚地对保姆说，可以到家里的顶楼上看看吗？我的意思是，有时候，家里的狗啊猫啊什么的，弄不好就会跑到楼顶上，没准会留下点什么痕迹。

她说不会的，我们家的狗很少上楼顶！

他固执地说，还是看看吧，你们家狗丢了，我们整个物业都在四处寻找，除了你们家，该找的地方都找遍了，既然来了，看一眼踏实？

她犹豫了一下，说好吧，你想看的话，跟我来！

郝昆立刻从口袋里拿出布鞋套，迅速套到脚上，跟着保姆进屋上楼。人造大理石镶嵌的楼梯一直通到3楼，经过一个长约4米左右的通道，进入一个用作健身的房间。房间里开着一个门，打开就是业主自己建在楼顶上的凉亭，亭子中间放着讲究的中式实木大圆桌，桌边放着四把大躺椅，亭子里面雕梁画栋，古香古色，十分雅致，但与欧式风格的别墅显得格格不入。有棵银杏树高大的树冠已经伸到了楼顶，越过浓密的枝叶，勉强可以看到庄园里的花园芳草、小桥流水。这样的环境里，坐卧在亭子里的躺椅上，喝着极品好茶，望着楼下的风景，享受鸟语清风，一定十分惬意。不过，这个楼顶的凉亭里，显然已经很久没人光顾过了，这从桌面上厚厚的灰尘和木质地板上斑驳的鸟粪，一眼就可以看出来。

我说过，那条狗从来不到这儿来！保姆说。

郝昆叹口气，说那么名贵的一条狗说丢就丢了，你家大老板一定急坏了吧？

大老板早就不在这了，他们有加拿大绿卡，和老婆、女儿在那边搞矿，这里只有他儿子万东，父子俩根本不来往，给你说，狗像他的半条命！

是嘛，怪不得脾气那么大。

在外面还不算啥，回到家那才叫发脾气，狗丢了，他在屋里乱摔东西，啥不顺眼就摔啥，好大的鱼缸都给砸了，就差对我动手了。

那他老婆不管啊？

她立刻压低声音，说他哪来的老婆，女人倒是多，都是小姑娘，隔三岔五换，不知从哪弄来的，我都搞不清到底有多少……

那他一定赚钱很多啊，要不养得过来吗？

他赚什么钱啊！保姆露出鄙夷说，整天只会吃喝玩乐瞎折腾，要不就是喝醉发酒疯，钱都是他老子赚，老子赚钱儿享受！

他们父子不是不来往吗？

反正他有钱！

这种人，你成天伺候，受得了啊？

他对我还可以，我这人凡事无所谓，想得开，主要是习惯了，他要咋样就咋样，由他就是了。

从97号小院里出来，郝昆顺便到没人居住的96号院门前仔仔细细看了看，院里的梨树已经挂果，原先的小菜地里，荒草长得二尺多高，蒙得严严实实的窗子上满是灰尘和蜘蛛网，一看就是久不住人的宅子。这样的宅子，庄园里共有27栋。还有一些别墅，门上挂着公司的牌子，既没人住，也没人经营，那么宽敞那么豪华的房子，就那么白白地扔着养着，到底是有钱人啊！郝昆心中感叹，目光一而再地从楼顶上掠过。

6

就在郝昆不声不响查找狗的下落时，万东又到物业去闹事了。

那天，郝昆一进办公室，就看气氛不对，大家一个个黑着脸，女的玩手机，男的在抽烟，像是有事发生过的样子。

果然，小兰对他说，郝师傅啊，你咋才来，那个97号家的公子哥，刚才又来闹事了，你没见那个嚣张样，好凶啊，我从没见过这么不讲理的人，跟电影上的黑社会没两样，吓死我啦，现在心还乱跳呢！

叶茂给郝昆递了根烟，说那王八蛋刚上班就来闹，硬要叫我们对丢狗事件负责任，逼着咱们肖主任就丢狗的事立刻说出一二三，粗野极了，脏话一个劲往外冒，小肖气坏了，已经给派出所报了案。

老赵说，那小子撂下话了，说狗肯定是被贼偷走的，庄园进贼公然盗窃，物业必须要负全责！说他要找律师，要到法院打官司，这条狗要是找不回来，非让咱们赔偿不可！

短暂沉默后，电工王师傅说，这事还真怪，监控录像我也看了，一点毛病没有，画面很清楚，可好端端的一条狗，咋就平白无故蒸发了呢？我回去给人说，谁都不相信，都说我胡扯！

老管道工何师傅说，啥叫胡扯，这庄园本来就不是个太平地，原先从西面的山脚一直到北边全都是沙荒地，除了野草啥都没有，是专门用来埋死人和枪毙人的地方。南岭湖是后来人工建造的。小时候听我爷爷说，他年轻时当兵在这儿打过仗，死了好多人啊，就埋在这一片的几个大坑里，都是万人坑，你们想想看吧，这样的地方，出点儿怪事，有啥稀奇的。

叶茂说，我早就说过，这是个邪地儿！

正说着，肖薇红着眼睛气哼哼地出来了，说这事到此为止，大家该干啥干啥！我这就去告他，无缘无故欺负人，没那么容易！

郝昆说，不是报警了吗？

报警是报警，我要找人收拾他，耍流氓也得看对象，这年头谁怕谁啊！

郝昆默默吸了两口烟，心里拿定主意，对肖薇说，肖主任，你先消消气，别急，我的意思是，要是狗找到了，会怎么样？

肖薇愣了愣，半天没反应过来，说什么意思，你能找到啊？

郝昆绷着脸说，试试看吧。

大家全都听明白了，瘟气弥漫的房间一下子活跃起来。

叶茂说，老郝，我没听错吧，你要把那家伙的狗给找回来？

郝昆依旧毫无表情，说没把握，我只是说试试。

老赵说，郝师傅，你真要给他找狗啊？这种事，我看还是算了吧，咱们就一保安，到哪找去？再说了，像他那种人，找到了不领你的情，找不到的话，不定惹上啥麻烦呢！

叶茂呷了口茶说，没有金刚钻，不揽瓷器活，你不知道老郝是公安出身啊，啥样的场面没见过，啥样的案子没经过，他说试试，肯定有把握！再说了，那小子已经在广告栏里贴上寻狗启事了，上面说要能帮他找回狗或者提供有用线索的，付酬金1万元！1万元呢，可不是小数。

郝昆说，启事啥时候贴的？

叶茂说，啥时候贴上的不知道，我过来时看见的。

小兰眨巴着眼睛说，郝师傅，你找狗的时候带上我咋样？我对破案特感兴趣，给你当助手，不，不是助手，是当徒弟！行不？我保证，不会叫你失望的！

肖薇说，好了好了别闹了，西园的花墙该剪了，小兰去处理一下，时间不早了，派工单在各位的桌子上，郝师傅，你到我办公室来一下好吗？

一直表情欠佳的郝昆到了主任办公室，不等肖薇开口，闷声哑气说，对不起，找狗的事应该事先给你商量一下。

肖薇似信非信地看着他，说郝师傅，你真给他找狗啊？

是的，狗的下落已经有了。

找到了？肖薇惊圆了眼睛惊大了嘴，说郝师傅，不开玩笑，真的找到了？

找到了！这几天我一直在找，刚才听了大家的那些话，终于确定找到了！如果顺利的话，明天12点之前，狗就可以回到这院里，自己跑回家！

肖薇疑惑的眼睛盯着他，说真的啊，可以透露点详情吗？

郝昆摇了摇头，说不能，我说的这些话，明天12点之前，你千万不要告诉任何人，尤其是当事人。

肖薇说我知道了。

郝昆说还有，我今天不在这儿上班，你得给我按出差计算工资，出租车费还有午餐费要实报实销。当然，我的前提是明天12点之前把狗找回来，如果找不回来，你可执行纪律，按规定扣我三天工资。

肖薇目光闪烁，想了想，说好吧，我答应！不过……

有话请讲！

郝师傅，请容我直言，你刚才说，明天上午12点之前，那条丢失的狗就可以回到这院里？

没错！

自己跑回家？

对啊，明天上午12点前，就是见证奇迹的时候！

肖薇不光疑惑，而且明显不安地说，郝师傅，既然狗会自己跑回来，你干吗还要单身一人到外面去，这到底咋回事？

我要了解相关的事。

你……你不会有什么危险吧，万东这号人可不是好东西。

放心，我不直接和他打交道。

肖薇的眼睛里满是疑虑，说那就好，咱们是物业公司，咱们的各项章程你都看过了，你明白我的意思……咱们谁都不想找麻烦是吧？

是的，个人安全，你就放心吧，我知道该怎么做，绝对不会连累公司和其他的人！我这就走，请你把97号业主家的座机电话告诉我。记住，我们的谈话不可以告诉任何人！

7

第二天一早，郝昆来到金角庄园物业办公室，一看大家神秘兮兮欲言又止的样子，就知道肖薇把他昨天说的话透露出去了，而且绝对是用怀疑的口气透露出去的。之所以透露出去，是为她自己着想，因为她显然不信任他，没准心里已经把他当成了瞎吹大牛的神经病，眼下这种人多得很，提前给大家打招呼，以防意外，一旦有啥事，与她自己没关系。

女人啊女人！

郝昆心里狠狠喊了一嗓子，但并不生气，他是有自知之明的人，肖薇的心态他了解，一个毫不起眼的退休民警，非亲非故的，人家凭啥相信你啊！能尊重你，不给你难堪，已经相当不错了，而且看的是薛远的面子。

他装作傻不兮兮啥也不关心啥也不知道的样子，该签到签到，该打招呼打招呼，对肖薇则啥话不说，换上工作服，沏上一茶杯，到东门值班去了。他胸有成竹，他坚信他说的奇迹一定会发生，今天对他来说是个极其重要的日子，结果重于一切。

到了 11 点半的时候，天空阴沉下来，灰蒙蒙的云层越压越低，天气预报说有小雨，看样子不像是小雨，已经 20 来天没下雨了，干旱严重，这种阴云密布、闷沉无风的天气，很不好捉摸，弄不好小雨就会变中雨。

庄园里平静如常，一切都在郝昆的把握之中。

11点40，郝昆把值班室交给一块儿值班的老赵，起身朝物业办公室走去。

怎么也没想到，一进门迎头看见的是俩警察，他还都认识，大个子贺永波三年前就是他所在的派出所的所长，现在是市分局的副局长，帅小伙叫郭伟，两年前刚考录的大学毕业生，在派出所干了不到半年的内勤，就调分局了。市分局是他向往了30年的地方，怎么都去不了，可人家刚来几个月说去就去，啥原因，郝昆没兴趣，可他就是见不得这种人，一见心里就闹腾。好在他能控制情绪，情绪一平稳，判断就清楚。他们显然是从北门进来的，为什么来？毫无疑问，是因为昨天肖薇不仅电话报案还找人报案的缘故。这么点儿事，分局能来两人，而且是副局长亲自来，如此重视，只能说明另有目的！会是什么，难道是与庄园内的大案有关……郝昆脑子飞快地转着，不卑不亢朝贺永波迎上去，握住对方的手：

贺所长，真是你啊，咋到这儿来啦？郝昆故意亲切地叫着他的老官衔。

岁数比郝昆小点儿的贺永波看着他身上的保安制服，多少有些不自在地说，你问我，我还问你呢，咋这身打扮啊？

郝昆抖擞精神有意提高嗓门说，退休了，来干保安啊！

俩人说话时，肖薇和其他几个显然是叫来谈话的员工都不声不响地看着，这让郝昆立刻明白，他来之前，肖薇等人显然已经对贺永波谈论过他了，而且把昨天他说过的话全都告诉了贺永波。他身上一下子就热腾起来，接着后背就有点儿发麻，他太不谨慎，太不了解女人了，强烈的后悔中，他看到大家的目光都很特别，都麦芒似的往他身上钻，似乎在说，牛皮大王，再有两分钟就12点了，你不是说今天12点之前，那条神秘失踪的大狗就可以回到庄园里，自己跑回家吗？现在公安局的来了，看你怎么交代吧！

郝昆不想让焦点聚在自己身上，一面对贺永波让座一面说，所长是为那条苏格兰金色猎犬来的？

贺永波说，你知道的，金角庄园发生的不是一件事，有的案子还没破，金色猎犬只是其中的一件，基本情况我们已经了解了，该看的地方也都看过了，到这儿来是等你呢。他们说，事发之后，你一直在调查这事？说着，不由得看了一眼墙上的石英钟，钟上的分针已经过了12点。

郝昆的脸说烧就烧，射向他的眼光都像是刺，让他说不出的不安和难受，心跳也越来越快。不由得就有些后悔，他是个不爱张扬的人，第一次处理这样的事，虽说有把握，但不该把话说那么死，给自己挖坑。

突然，电话铃响了，短暂的寂静里，铃声十分刺耳响亮，把大家吓了一跳。

肖薇一把抓起话筒喂了一声，静了大约十来秒的样子，什么话都没说，拿着话筒，看了一眼贺副局长，又大又亮的眼睛死死盯住郝昆，见了超人似的，口气诺诺地说，天哪，那条狗真的回家了！

贺永波眼神猛然一亮，极其惊讶地盯住肖薇说，你说的是哪条狗？

就是那条苏格兰金色猎犬！

不可能吧？

是真的，电话是他们家保姆打来的，这……这太不可思议了！

贺永波惊愕的眼神转向郝昆。

郝昆说，肖主任你问一下，狗是什么时候回去的。

肖薇回答说，有半小时了。

办公室里顿时炸锅！

贺永波想说什么，犹豫了一下转身走向监控室。

小兰跑到郝昆跟前，兴奋而又激动地说，天哪，你福尔摩斯啊！郝大叔，我太崇拜你啦，你一定要收我做徒弟！

大家呼呼啦啦将郝昆围了起来，七嘴八舌，叶茂说老郝，这究竟是咋回事儿，到底发生了什么事，你是咋知道的？

郝昆耸耸肩，不知该说什么。

肖薇见状大喊一声，安静，大家安静！今天中午我请客，我个人请！请大家吃火锅，肥牛管够！咱们到火锅店让郝师傅讲个明白，怎么样？大家齐声赞成，小兰更是拍手欢呼。

大家说笑时，贺永波和郭伟从监控室出来。

肖薇马上笑嘻嘻地说，贺副局长，午饭时间已经过了，咱们一块吃个便餐怎么样？贺永波十分客气地说，肖主任，非常感谢你对我们工作的支持和配合，饭就不吃了，我们和老郝还有点事，有机会的话，我请大家，怎么样啊？

贺永波开车把郝昆拉到一个环境幽雅、档次颇高的茶餐厅，对服务员说，叫你们老板来。两三分钟后，四十来岁气质张扬的女老板来了，和贺永波颇有灵犀地一对眼，马上内敛地喊了声贺哥，啥话没说，留下微笑，就退了出去。很快服务员就茗茶伺候，接着就上来了整瓶的 XO 和几个制作讲究的特色小菜，外加盐煎野生鱼和一罐三味鸡汤。贺永波从服务员手里接过汤勺，亲自给郝昆盛汤，恭敬地说，老郝，吃饭要先喝汤，你尝尝，这汤是山村的土鸡熬成的，很有味道。喝完汤，品完酒，贺永波又殷勤让菜，说这里的鱼绝对是野生的，小菜也是绝对的私房菜，别处是吃不上的，你尝尝。郝昆也不客气，吃喝了一阵，几杯酒下肚，脸上就挂色了。贺永波恰到好处地敬上他自己爱抽的黄鹤楼牌香烟，看着他深深地吸，火候也就到了。

贺永波开门见山，说老郝，你是怎么做到的？

郝昆并不回答，俩人在所里十来年，向来都是他看领导眼色，不光他要看，其他人也要看。整个大东区，贺永波都是个人物，别看只是小小的派出所所长，本事大着呢！不说上通天下接地，黑道白道官道财道，肯定是道道都通。大东区有名的涉毒大案及假钞大案，都是他破的。这样的人，用这样的待遇，对待他这样不起眼的退休人员，在他人来看是不合情理的。比如说，坐在跟前的郭伟，就在用不可思议的眼光一直琢磨着他，打量着他。而对郝昆来说，平心而论，对这位前任领导并没什么好印象。换句话说，贺永波给他的面子他不稀罕。在职的时候，俩人并不投缘，很长一段时间里，郝昆只是在他的岗位上默默无闻干他的工作，上班签到，下班走人，永远忙乱的派出所里，他的角色再平凡不过，打交道的永远是陌生的面孔，所做的事情永远是乏味的重复。事实上，他对户籍工作毫无兴趣，曾多次找领导要求调换工作，遭到的都是冷眼，其中就有贺永波。4 年前，也就是金角庄园凶杀案发生前，所里工作超忙，郝昆突然被临时抽调到刑侦上帮忙，这可是他梦寐以求的岗位啊，他兴奋的心情难以表达。没过多久，金角庄园案发，由于其他案子的缘故，当时人手太紧张，他有幸被分局抽调到了专案组。侦查过程中，一开始他与贺永波的思路就南辕北辙，按说他只是个临时帮忙的，顶头上司面前应该谦逊谨慎多看多学才对，可他在乎的不是讨好，是真相！再三考虑后，他将想到的疑点，以报告的形式交给了专案组长贺永波，贺永波没有理睬。很快嫌疑人发生车祸，案子取得突破，宣告破案。但此时的郝昆，发现了更多的疑点，他在缺乏证据的情况下，仅凭推测再次固执己见，这次不是书写报告，而是在会上公开发表意见。会后第二天，郝昆就被通知返回户籍科。他这才意识到，领导面前固执己见的代价是什么，但一切都晚了。从那之后，身材高大的贺永波就很少正眼看过他，当他再次要求回到刑侦岗位时，贺永波毫不客气地说，怎么，对本职工作不感兴趣啦，局里现在正搞分流，不安心岗位的人请打报告，我们可以向局里上交。为了这些话，他恨了贺永波很长时间。他看得出来，在贺永波眼里，他这样的人可有可无，换个大学毕业的小姑娘才合适呢。有段时间，他在局里主办的公安内部杂志上连续发表了不少东西，有一线记事，有理论浅谈，甚至有法制题材的小小说，这在同事中引起了不小的反响。大家像发现新大陆似的看待他，议论他，羡慕他。唯有贺永波睁只眼闭只眼不说，还在会上不点名地批评他，说有些人也算是老同志了，长期以来不安心本职工作，坐在岗位上胡思乱想、见异思迁，可以说是不务正业！这些人应该想一想，单位上为了培养你，一次次进修培训，花了多大代价，而你又在专业上做过多大贡献，等等等等……气得他牙直痒痒。那之后不久，贺永波因破案率高、工作出色调往分局，很快就被提拔为副局长。3 年了，俩人再没见过面。现在的郝昆，尤其不愿见他！他现在是退休人员，按惯有的说法，是老干部老同志。老干部老同志和在职人员区别是很大的，最起码行动自由、言论自由，说话办事不需要看人脸色，不要受人制约。而且老同志是要受尊重的，不相干的人，不论是什么职位，都没权指手画脚说三道四。而且现在看见他，他心里还是不舒服，话不投机半句多，他并不想跟他来，之所以给他面子，完全是另有隐情，是身不由己。因为，在这个看似不起眼的案子里，这条意外失踪的苏格兰金色猎犬，不仅使他有了新发现，而且是重大发现。

　　贺永波显然敏感地意识到了郝昆的情绪，继续放低姿态，愈加真诚地说，老郝，说实在的，在所里那么多年，你也真能沉得住气，不过责任还是在我，有眼无珠，让你大材小用，委屈你啦！

咋叫委屈呢！郝昆故意无所谓地说，搞户籍我得心应手，别忘了，咱们所的户籍工作是全市的榜样，不光没出过任何差错，我还在管理程序上有过两项发明，受到过局里的嘉奖，很不容易哦！

是，那是你的功劳！老郝，实话讲，这件事，对我触动很大，回去以后我会把你的情况向局里报告。

郝昆连连摆手，说别别别，千万别！我已经退休了，保安工作干得挺好，每月多赚3千块钱呢，一年就是3万多，混个十年八年，个人的啥事都解决了，我可不想惹麻烦！

贺永波说，瞧你说的，咋叫惹麻烦呢？你虽然退休了，但还是咱们局里的老同志嘛！

郝昆说，我算啥老同志，要资格没资格，要本事没本事。说白了吧，我现在就一保安。保安就是保安，警察就是警察！

贺永波自嘲地笑笑，端起酒杯说，老郝，对不起，我是真心的！你在我眼皮子底下藏龙卧虎那么多年，简直就是金庸小说里的活大侠，可我有眼不识泰山！当然，现在说啥都晚了。直说了吧，金角庄园的盗窃案局里一直没放松，昨天肖薇一报案，马上就引起高度重视。但我无论如何没想到，你在金角庄园，而且捷足先登，是不是已经揭开了谜局，你是怎么做到的？

8

好吧，那就说说那条狗的事吧。郝昆平静地说。

事情发生的时候，最初我并没在意，压根没把保姆的话放心上，觉着她来报案，是害怕承担丢狗的责任，故意夸大其词。不就丢了条狗嘛，有啥大惊小怪的，丢就丢了，都是有钱人，再买一条不就得了。可当那个名叫万东的年轻人来物业闹腾过之后，我的想法改变了。我觉得这肯定是一条不同寻常的狗，而且狗真的是丢了。否则的话，像他那样张扬霸道的富二代，是不可能为一条狗来和我们这些毫不相干的保安人员乱喊乱叫的。接着我就想起第一次见到那条狗的情景，当时的时间，大概是早上 7 点 45 分左右，保姆牵着它在庄园里溜达，那狗看到我，出溜一下就蹿到了我跟前，在离我几十公分的地方被保姆拽住了。可它还是往我跟前挣，不是咬人，是要闻我身上的气味。保姆见我退让，说你别怕，它见生人就这样，不会咬你！我看着狗不由得赞叹，真是条好狗，身架高大流畅，金黄的毛色相当漂亮，尤其是四肢及后面的卷毛，以及胸部下方密集的装饰毛，只要看到很难忘记。我在一本杂志上看到过，这种狗在水中无论待多久，毛都不会湿。我是养过狗的人，了解狗的习性，对这种类型的狗十分喜欢，尤其喜欢它丝状闪亮的绒毛。我知道，一般情况下，狗这种极具归家性的动物，是不会丢失的。如果它真的在金角庄园这样严密看管的庄园里丢失了，那就只会是一种情况，有人盯上了它，也就是说，它被有预谋的人偷走了！

能神不知鬼不觉，在主人的家里偷走一条纯种苏格兰金色猎犬的人，会是什么人呢？我的好奇心，像泉眼一样涌动起来。

我开始查看监控录像，感觉里，这事不可能是外面人干的，狗也许还在庄园里，也许已经不在了，但只要是庄园里的人干的，就一定会留下蛛丝马迹。但我错了，我把可能丢狗的那一个半小时的监控录像，仔仔细细反复查看，竟然一点儿可疑之处都没找到，那条狗真像是就地蒸发，一点儿痕迹都没留下。我当然不甘心，到丢狗的 97 号业主家前后仔细查看了一番，还是没有发现异常。我开始仔细查看庄园三个出口的录像，肯定那条狗没有从大门口跑出去！那有没有可能发生意想不到的状况，在其他地方留下线索呢？我反复查看整个庄园的监控录像，看得相当认真，可还是徒劳，一点儿可疑的发现都没有。庄园里的监控设施相当完善，没有覆盖死角，可邪门的是，就是找不到任何破绽。

这时候，我有点儿着迷，这事太过蹊跷。

直觉里，这条狗肯定已经不在庄园里了，我开始对事发时段及其前后庄园里的所有车辆进行排查，没有发现异常。根据门卫记录和监控显示，当天上午包括事发时段，整个庄园共有 13 辆外来车辆出入，在 97 号别墅附近出现过的只有 3 辆，其中离得最近的是一辆金杯牌面包车，该车是给 93 号别墅搞装修的，早上 7 点半就来了，卸下十几包成件的装修材料后，就一直停在那里，离 97 号别墅大门口约 75 米，10 点一刻离开，12 点 40 分回来，给干活的两个工人带回盒饭，直到下午 6 点半离去。

那辆面包车我熟悉，我值班的时候，好几次看到它在北门口出入。

我断定，那条纯种苏格兰金色猎犬，就是这辆面包车拉走的，而且我还断定，偷狗的人就是开车的司机！

等等！贺永波突然插话说，这么断定，有证据吗？

郝昆说没，一点儿证据都没有！

没有证据，你怎敢这么肯定？

凭我的直觉！郝昆迎着贺永波疑问的目光果断地说，我在监控上第一眼看到那辆面包车，就确认我见过开车的司机，接着就想起了司机的眼睛，那眼睛光亮十足，但应该是贼的眼睛。我知道，贼，并不都是毛贼，他们各行各业无处不在，能人辈出，不少贼都过着相当体面的生活，他们的眼睛并不一定怕光，甚至有些是雪亮的。你可以不同意，但很多时候，贼的眼睛的确比一般人要亮得多，灵得多，甚至迷人得多。可当我在监控录像里，对面包车仔细查看后，就很泄气，很不情愿地把它排除了，我觉得它没有作案的可能。首先，随面包车来干活的是三个人，司机也是工人，他们已经在庄园里干了一个多月的活了，据说几年来经常在这干活儿。这符合庄园里的情况，一家公司进来做活的时候，其他人家也有类似需求的话，就会到现场去看，看到活做得不错，令他满意时，往往会找他们给自己干，免得找人麻烦。因此，一家装修公司，在庄园里接连做活是常有的事。其次，他们都是外来干零活的工人，从早到晚忙着干活赚钱，不可能知道 97 号别墅后院里，关着一条价值好几十万的狗。就算知道了，也不会动心，因为要偷盗的话，任何一栋别墅里，都有值得冒险的东西，只要进去，一定会有所斩获，干吗要偷一条凶猛可怕，没准会把自己咬得血糊里拉的猎犬呢！第三，不要说偷狗，他们当中只要有人到 97 号别墅去过，两头的监控都会拍到，75 米的距离，在两个摄像头下根本没有躲过的可能。

虽然如此，直觉还是不断告诉我，盗贼一定与面包车有关。我是固执的人，对自己的直觉尤其固执。因此，当我查看完所有监控录像，没有找到任何线索后，就跟着直觉再次来到了 97 号别墅和 93 号别墅，我在两栋别墅间来回踱步，走了几趟后，眼前一亮，心中豁然开朗。我发现 93 号和 97 号别墅的院子里，都栽种着高大的果树，果树伸展开来的树冠一半都长在院外，形成一道密密实实的绿荫，将三分之一的路面基本遮住。也就是说，如果有人贴着业主院子的栅栏走，监控摄像头是拍不到的。而路的对面恰好是庄园绿化带，两米左右的人造溪流边长着不少风景树，将两排别墅自然隔开。换句话说，两排别墅间的路上，如果有什么状况发生在树荫里，监控根本就发现不了，而且很难有目击证人。这时我的脑海里又闪出了贼的眼睛，这眼睛就长在面包车司机的脸上。

我说了，我是固执的人，对自己的直觉尤其固执。当神奇的直觉不断牵引我时，对它的指令我无条件服从。于是，我找到了97号业主家的保姆，我们交谈了大约十来分钟，我知道了，保姆和业主不仅是老乡，还有亲戚关系，他们都是湖南人。也就是说，万家发迹后，把他老家的一些亲戚带了出来。我还知道了那条狗的确是条名贵非凡的狗，我告诉你，它会笑，它会在主人高兴的时候跟着一块儿笑。谁都知道狗还有大象啦马啦牛啦等动物会流眼泪，也就是说会哭，可谁听说过动物会笑？这狗就会！他还有出色的表演才能，主人，也就是那个万东，只要用手做出手枪的样子，嘴里发出枪击的声响，这条名叫阿忠的大狗立刻就会做出中枪的样子倒在地上一动不动。你说这样的狗稀罕不稀罕？太稀罕了！

贺永波再次打断他的话，说老郝，你说这些和案子有关系吗？

有，当然有！由此我推断出，那个面包车司机是保姆的亲弟弟。

亲弟弟，你是怎么推断的？

长相，我推断的依据首先是长相！老所长，你可能还不知道，我这人有个小小的特点，只要稍用点心，与我有过照面的人，都能在记忆里留下印象。比如说出入庄园的人，只要重复两次，相貌特征基本上都能记住，如果打过招呼说过话，那就记得更牢了。我记得我上班的第3天，一个名叫叶茂的老保安带我在东门熟悉工作，一辆白色面包车打着喇叭要进门，开车的是个二十五六岁的年轻人，我看他没磁卡，叫他下车登记。他很不耐烦，继续按喇叭，根本没有下车的意思，他细长的眼睛里放射出的光泽很是扎人，似乎在说，你这人怎么这么啰唆，没见是我嘛！我这人固执，我说没卡，请你登记！他不客气地说，登什么记啊，我天天在这儿干活，他们都认识。我说那也不行，这是规定！这时，喝茶的叶茂啥话没说就开栏放行。面包车起步的时候，司机很不满意瞪了我一眼。叶茂喝着茶大大咧咧地说，老郝，这是辆搞装修的车，今年在这已经干了一个多月了，这种情况，咱们都是按天计费，一天一结。我说了，我这人有个小小的特点……

贺永波立刻打断他，说知道知道，你记性好，接着说，你到底是怎么推断出人家是姐弟俩的？

当然是长相！当这名司机的姐姐，也就是那个保姆，到物业报案说她家狗丢了的时候，我并没在意，我是在特意去找她，和她交谈的时候发现情况的，确切地说，她一开口我就从她的湖南口音里听出了熟悉的味道，而且立刻就确定和那名司机的完全相同。接着，我就盯住了她的眼睛，这眼睛让我的心跳加倍，我说天哪，怎么可能，她的眼睛怎么会和那个司机的一模一样？天下能有这样的巧合吗？不！我们有可能看到两只外形酷似的眼睛，但你不可能看到眼神里的东西如此相近。我当即断定，他们之间一定有着血缘关系。那天，当我和她话题适当的时候，我问她，你们家不止你一个在这边干活吧？她说是啊，你这人真挺神的，我弟弟也在这边。我说给人打工？她说农村出来的，不打工还能干啥！我说那得看打什么工，像他给人开车，应该很不错的。她惊异极了，说你神还真神，你咋知道的？我说是瞎猜的。她说那你只猜对了一半，我弟弟不是给人开车，他开的是自己的车。她说这话的时候，神态很骄傲。我说那我再蒙蒙看，他的车是面包车！她马上说，没错，你到底啥人啊，以前咋没见过你？我说我就一保安，刚来上班没几天。

贺永波见他说完了，舒了口气说，就这些？

他说就这些！

就这你就断定人家真是姐弟俩，狗是她弟弟偷的？

没错，就这我断定，那条价值不菲的苏格兰金色猎犬肯定是他偷的！

有其他证据吗？

有，我发现她撒谎！保姆不仅对我，对这边所有的人都在撒谎！那个开面包车的小伙子，根本就不是她的弟弟，是她的儿子，亲儿子！

贺永波惊得不轻，这显然是他没想到的。

郝昆对这话的效果非常满意，信誓旦旦地说，我之所以敢下这样的结论，有两个理由。首先，她这样一个看似淳朴的保姆，对我这样一个普通的保安撒谎不合情理。她第一次撒谎，是我问她家乡的时候，我说我老婆是湖南平阳人，就在长沙边上。她说知道知道，那地方不错。其实长沙边上根本就没有平阳这个地方，是我随口编出来的。我想知道的是，她真是一个淳朴诚实的保姆吗？结论当然不是。其次，是我断定那名面包车司机不是她的弟弟。

我之所以敢断定他不是她弟弟，也是出于两个理由，首先，他们俩的年龄相差20岁左右，在咱们中国，没有特殊原因，就两三个孩子的话，间隔这么大的情况很少见。第二点，我在他俩的相貌上发现了印记，我说过我记忆不错，第一眼看到那个小伙子的时候，我就看到他的耳垂又大又长，跟民间所说的福耳很像，而保姆的耳朵和他如出一辙。而且两人都有着细长的眼睛，眼睛的形状和里面的光气实在是太像了，如果不是双胞胎，你很难看到那么相似的眼睛。我突然反应过来，他们应该是母子，而非姐弟！对此，我做了印证，保姆姓张，而小伙子姓弘，这个发现使我异常兴奋，我马上想到，假如真是这样的话，她为什么要把那么大的儿子，毫无道理地说成是弟弟呢？万家掌柜的，也就是雇她的老板，知道这种情况吗？回答是否定的！万家肯定不知道她兄弟姐妹的情况，也不清楚她子女的情况，正因为这样，儿子才可以轻而易举变弟弟。这里的原因，也会有趣，但另当别论。由此来看，这个保姆不简单，她不远千里来到这儿，绝不仅仅是当保姆的！我怀疑偷狗的事与她有关，是他们母子俩合伙干的。为了得到确凿证据，我开始对万家的情况做了解。你知道，我们中国有种特别的文化，就是对他人的私事感兴趣，但凡熟人集中的地方，彼此之间大都了解。不像西方人，对他人隐私很尊重。在欧洲，有人可以把骗来或者掳来的女人，关在地下室里当性奴，十几年不被外界发现。这种事情在我们中国就很难想象。我之所以说这些，是因为我知道，如果在庄园里要想了解一些情况，只要找一个啥都知道的万事通，就可以达到目的。我们物业保安中，就恰好有这么一个人物，这人叫叶茂，是个无所不知的见面熟，我到这儿来第一个熟悉的同事就是他，我向他打听万家大掌柜的情况。他对我说，这人我知道，他叫万有韬，好像是5年前和老婆移民去加拿大了，这儿的房子给了儿子万东。我说这么好的别墅不住，干吗去加拿大？他说有钱啊！我就问他，那个万有韬干啥的，真那么有钱啊？他说这还要问嘛，现在能移民美国、加拿大的，至少得有几千万人民币的资产才有可能。能有这么多钱，一心往外跑的，干净的不多，如果是大老板，钱的来路十有八九不地道，要么就是贪官。我说这也太绝对了吧。他说咋叫绝对呢，这个万有韬，是在西部收购国有矿产起家的，铜矿金矿都干过，脚趾头都知道他的钱是咋来的。有了钱，扔了企业往外跑，你想能是干净人嘛！临走前，万有韬和儿子万东父子反目，彻底闹翻，据他家保姆给她们老乡说，俩人已经彻底断绝父子关系，失去联系几年了。我问他们啥事闹翻的？说是儿子把老子的一个二奶嘛三奶拐走了，你说说，眼下就真能有这事！所以，老子断了儿子的财路，父子俩分道扬镳。结果老子去了海外，儿子拥有了这套别墅。我问这个万东现在干啥呢？他说前些年可怜吧唧的，差点儿将别墅给卖了，庄园外面的广告栏上都有他的卖房广告，后来不知怎么突然就时来运转，牵上了名犬，还开上了大奔。我说看样子是找到了赚钱的行当。他说，可不，别的不说，光他们家一月的正常开支你知道要多少？我说我哪知道，得多少？他说1万多。我说不可能吧，不就养套别墅嘛，哪要那么多钱。他说我给你算，他家保姆每月工资3500元；物业费900；水电费，包括夏季中央空调费，冬季供暖费，设施维修费，平均每月1600元；狗食每月800，给狗洗澡每月200；杂七杂八的开支合计1000，应该只少不多；考虑到万东经常不回家，伙食费算上2500应该差不多；就那大奔车，汽油费每月没有1500能够嘛！其他小钱，像天然气啦，纯净水啦等等，都不给他算，每月1万块肯定是不够的。

贺永波再次打断郝昆，说老郝啊，咱们还是开门见山行不行啊！你直说，那狗到底是不是保姆合伙干的？

郝昆说，不是！经过深入细致的分析，我断定保姆与偷狗事件无关，我之所以排除她，是因为我在监控录像里发现，保姆遛狗回来，把狗关进后院，紧跟着就从原路出来，到超市去买菜了。这之后，她到超市买菜还有狗食等物品大约用了一个半小时，回到庄园，又从原路到自家后院，发现狗没了，马上就到庄园内的主路上去找，找了一大圈没找到，这才匆匆忙忙到物业报案。这不但说明丢狗的事情与她无关，也说明她并不知道狗是他儿子偷走的。否则的话，她是不会去报案的。而她不但报了案，还把丢狗的事立刻打电话告诉了业主万东。

他儿子到底是怎么把狗偷走的？贺永波直奔主题。

郝昆说，偷狗是简单的事，保姆的儿子，也就是那个名叫弘杰的面包车司机，因为经常出入万家，对那条名叫阿忠的狗十分熟悉。事发时，也就是上午8点到9点半之间，上班的做事的人该走的全都走了，早上晨练的遛弯的，也都回家了，庄园内人员稀少，不宜被人发现。他趁同伴在楼内干活的时候，紧贴着业主小院的篱笆围墙，从93号别墅来到97号别墅，给狗喂了块事先放了药粉的它最爱吃的鲜牛肉，轻而易举牵着狗从原路回到车前，把狗抱进车，待药效发作后，从容把车开离庄园。就这样，这条价值几十万的苏格兰金色猎犬就此失踪。

当我有了这样的推断后，我想这条狗十有八九要易主了。又一想，要把这样一条狗卖个好价钱，真正的买主轻易是找不到的。弄不好，狗还在弘杰的家里。这事不能马虎，必须得眼见为实。因此我专门请了假，稍事伪装，骑着电动车尾随那辆金杯面包，一直跑了近20公里，到了郊外的一家农家大院，才把事情彻底弄清楚。原来，弘杰除了与人合伙干装修，还养狗，他偷走那条名叫阿忠的苏格兰金色猎犬的目的，并不是为了卖钱，而是配种！配种下崽，卖大钱，这才是他真正的目的。最初他把想法告诉了母亲，以为肯定会得到默许，没想到撞了南墙。母亲告诉他，万东对阿忠爱之如命，一旦知道，绝对不会饶恕她，叫他不要胡来！可弘杰并不甘心，他打定主意乘万东不在，把狗偷走，配完种立刻就送回来。没想到他犯了个错误，因为没和母亲及时串通好，母亲一发现狗没了，到处找不到，立马就慌了神，不仅到处报案，还在第一时间打电话告诉了万东。这万东一听狗丢了，立刻就赶了回来，家里顿时翻天覆地乱了套。正在93号别墅干活的弘杰知道万东回来了，很是害怕，万东是有名的"二球"，爹娘老子说翻就翻，一旦事情败露他肯定遭殃，因此没敢立刻把狗送回来，一直藏在自己家里。

听到这，贺永波情不自禁点了点头，眼睛更加犀利，说你怎么知道他今天会把狗送回来？也许他看到事情不对，警察也介入了，干脆把狗处理了之，这种事完全有可能发生。

郝昆说是的，的确有可能。可我说了，弘杰害怕的是万东。万东又到物业大闹之后，当天就离开了庄园。他走的时候，我从他家门前路过，看见两个年轻女人在往车上装户外用品，一看就是郊游的架势。弘杰的母亲是万家的保姆，他很容易就能知道万东的情况，因此我断定他会抓住机会立刻把狗送回来。他们装修的不是急活儿，午饭一般情况下是由弘杰到外面买盒饭，他一定会利用这个机会把狗送回来，而且为了安全起见，只会提前，不会推后……

贺永波称赞地说，所以，你认定12点以前，那条苏格兰金色猎犬肯定会自己跑回家!

是的,狗是恋家的动物。

贺永波端起酒杯向郝昆致意。郝昆端起酒杯,兜里的手机突然响了,他没有掏手机,也没像贺永波一样一饮而尽,而是很谦逊地意思了一下,马上放下酒杯,站起身说,对不起,差点儿给忘了,今儿老婆过生日呢,我得回家了!

贺永波露出不屑的样子,说坐坐坐,咱们话还没说完呢,怎么能走啊!把酒喝了,不就老婆生日嘛,待会儿我给买蛋糕!

郝昆说谢谢,蛋糕昨天已经订好了!

那我买酒!

酒我一个多月前就准备了,老婆最爱喝的是蜜酒,桂花蜜,嘿嘿,是我亲手调制的,老婆生日是大事,含糊不得!

贺永波异样的眼光扫了扫郝昆,说老郝,你又出人意料了,想不到你还是位好丈夫。

郝昆说哪里哪里,我这样的人到处都是,退休人员过的是老年人的日子,以前主要忙工作,相互顾不上,现在不同了,生活里吃喝拉撒喜怒哀乐全靠彼此照顾,不与时俱进不行啊!说着,想起什么似的眼睛一亮,盯着贺永波说,贺局,你是我的老领导,有这么个事求你帮忙了,要是你啥时候方便的话,麻烦给局里的大领导说说,关心关心我们老同志的子女。不瞒你说,我儿子警校毕业,在交警的岗位上吃苦耐劳已经快4年了,岗位年年有,很多工作不如他的,还有刚毕业的都转正的转正招录的招录,就他还是个临时工。你跟领导熟,能不能给说说,适当的时候给考虑考虑照顾照顾。

贺永波摇摇头,斜乜了他一眼,说老郝,你故意为难我是吧,这事你比我清楚,甭说你是警校毕业的,就是公安大学毕业的,也得参加考试啊!

郝昆说,打从毕业,笔试面试不知道经过了多少次,算了算了,不为难你了,就当我没说好了,我得走了。

见郝昆真的要走,贺永波不得不站起身来。可他明显不想放他走,请他到这样的地方来,绝不仅仅是为一条狗,他还有重要的话要说,还有重要的事要办。一句话,他需要这个一辈子不得志的已经退休了的老部下。

他觉着今儿是个不错的机会，一旦错过，损失挺大的，应该再努力一下。他握住郝昆的手，说老郝，你知道的，我还有话要说，咱们应该再聊聊，就一会儿行吗？

郝昆歉意地笑笑，说实在对不起，以后再说吧。我现在的首长是老婆，一家人就等着我呢，她就要不耐烦了，万一有所得罪，我可有的苦头吃。话音落地，他的手机又响了，他故意做出无可奈何的样子，掏出手机看了一样，无奈地撇了撇嘴，说抱歉，我真的要回家了，谢谢老所长的款待！

贺永波说，行啊老郝，既然这样，我送你回去！

郝昆说不用，你是大忙人，快忙你的去，我出门打车就行，很方便的！说完，正要匆匆而去，没想到贺永波身形一闪挡住他的去路，两眼炯炯有神，死盯着他说，老郝，不管咋说，也十几年的交情了，你不会真这么不给面子吧。好吧，实话实说，我知道你在重新调查金角庄园的凶杀案！

郝昆脱口而出，你怎么知道的？

你去派出所查过案卷，他们告诉我了。贺永波再次握住郝昆的手，语气真挚地说，老郝，我知道你对我有看法，我承认有对不起你的地方。有些事情我很后悔，是真的！我今天带你到这来，是想知道你对8·12案子的最新看法。说实话，那个案子并未彻底了结，丢失的那些巨额珍宝下落不明，作案凶器没有找到，我心里一直不踏实，当时你有不同意见，可我打压了你的积极性，认为你不懂刑侦，我很抱歉，非常抱歉！

郝昆沉默了，面对真诚，他固有的想法动摇起来。

贺永波显然敏感到了他神色的变化，恰到好处地说，好吧，今天就依你，啥时候你方便了咱们再联系，我等你电话。

郝昆想了想，说以我现在的身份，无权过问任何案子！

贺永波果断地说，这样吧，明天一早你能否到分局来一趟，那儿有8·12的全部案卷，你明白我的意思。

郝昆默默地点了点头。

9

郝昆坐在出租车上，心潮汹涌，思绪翻腾，刚才的电话真是老婆打来的，也的确与生日有关，但不是老婆的生日，是他自己的生日，郝昆今天51周岁。

四个多月来，他在保安的岗位上还算轻松，他不是多话的人，也不喜欢凑热闹，除了脑子闲不住，两条腿也很勤，一有空就在庄园里四处走动，哪儿的栅栏坏了，哪儿的路面坑洼了，哪儿的水流污染了，他都会不吭不哈处理好。如果有的业主家，临时叫他帮帮忙，比如换个水龙头修修电什么的，他都来者不拒，分文不收。不知是心情的缘故呢，还是人勤的缘故，他的身体比刚退休那阵好多了。身体好了，生活充实了，夫妻俩的矛盾也缓和了。这主要是他主动化解的结果。事情其实挺简单，矛盾起来的时候，只要冷静闭嘴后退一步，老婆的火气自然消减一分；后退两步，干戈离手；后退三步，偃旗息鼓。老婆表面凶悍，动不动就歇斯底里不讲道理，可骨子里还是蛮柔情的。两人干架时，虽说她每次都要占上风，而且蛮横的可以，但过后总是该做饭做饭，该忙活忙活，对他的生活习惯和饮食尤其关心。比如说，他以前早上喜欢自己出去吃油条咸菜之类的东西，现在老婆强迫他在家吃牛奶豆浆，还有她自己做的煎饼菜粥；再比如说，他以前烟抽得挺凶，每天至少要抽两包，现在老婆一见他点烟就发火，逼得他烟量减了三分之二。老婆关心他，尽量做得不露痕迹，这让他心里很安慰。心里有了安慰，行为上就有了分寸。既然老婆的心理生理都处在特殊阶段，那他能关心的就关心，能理解的就理解，一旦情况不对，三十六计走为上，离远点儿就是了。每月工资全部上交，用多少要多少，既省心又方便。越是烦恼降临的时候，就越要放开心胸视作玩笑。学会玩笑，就知道了幽默。幽默绝对是好东西，不管啥样的干戈矛盾，幽默面前都会化解得无影无踪，这是他生活里最大的心得。家庭稳定了，后院平静了，他就开始全力以赴干自己喜欢的事。

　　这事就是查案子，暗自调查 88 号别墅凶杀案。虽说案子已经过去了 4 年，但他依旧固执地认为，当初他的判断没有错，他像一名沙漠中的行者，在太阳和星辰的指引下，孤独地穿行在浩瀚的沙海里，他的信念十分坚定，明白只要方向正确，任凭沙丘如何变幻，终究能够到达光明的彼岸。

　　几天后，分局顶楼一间明亮的小会议室里，郝昆见到了市局的蔡局长，分局的主要领导，还有贺永波和其他一些业务骨干。

　　蔡局长十分尊敬十分诚恳地请郝昆谈谈金角庄园凶杀案的情况。

　　下面是他的回答。

　　4 年前，凶杀案发生的时候，我正好在东大区派出所刑侦科帮忙，不仅看到了现场，还参与了现场的勘查和取证工作。当时，强烈的直觉告诉我，罪犯和受害人不可能认识！我之所以这样断定，是因为凶手的杀人方式。他在受害人的身上一共捅刺了 11 刀，刀伤全部集中在胸腹及颈部，下手凶狠，刀刀夺命。现场情况可以看出，死者进行了顽强反抗，最终被罪犯逼到墙角，刺断了颈部的大动脉。而专案组大多数人与我看法相反，认为是熟人作案。就在我想要寻找更多证据，证明自己的推断时，一场意外的车祸使案情豁然开朗。开车的是一个名叫宋跃的大学生，他是受害人科马洛娃的校友，俩人关系非常密切。车是出事的前一天他刚从二手车市上买的，监控显示，事故是由他在立交桥上违规变道引发的，责任完全在他。清理现场的时候，警察从他随身携带的包里发现了一件价值不菲的和田玉雕。这件东西正是金角庄园88号业主丢失物件清单中的一件。紧接着，最有力的证据出现了，经检测宋跃的DNA和受害人科马洛娃下体内以及床单上、地毯上、浴室内提取到的DNA完全匹配，宋跃还在房内的器皿上、家具上、洁具上留下了大量指纹。同时，在庄园的监控录像上，发现了疑似嫌疑人的身影，当时正下雨，他撑着一把带有电子城广告的黄色雨伞跟在一名业主的身后匆匆进的庄园。那把伞被他留在了别墅的卫生间内。证人证实，宋跃星期六星期天基本上都在电子城打工赚钱，那把留在别墅里的雨伞就是他的。由此断定，是他在和科马洛娃幽会后，见宝起意，杀人越货。88号别墅凶杀案就此告破。但业主丢失的大宗财宝，除了宋跃随身携带的那件和田玉雕外，其他的一件都没找到。凶手作案的刀具没有找到。凶手作案时所穿的衣服，应该是血衣，没有找到。其他重要间接证据也有缺失。

我喜欢探疑，一旦有疑点，总要琢磨，我发现宋跃死前的行为与通常重大嫌疑人有很大出入。

第一，据他同学和同寝室的朋友说，宋跃是相当用功的人，在外语上天赋很好，英语、俄语都不错，正学葡萄牙语，他性格和善直率，喜欢和留学生交往，一直没有发现他有什么特别反常或可疑的地方。出事前一天他到二手车市买车，是叫上他的好友一起去的。那位好友说，他和宋跃是老乡，宋跃家里贫困，爷爷身体不好一直有病。说他很能干，上学的费用都是自己打工赚来的。说要买车，好友很吃惊，问他哪来这么多钱？他说是这两年打工攒下的，说刚刚又受聘于一家公司，每周工作16小时，上班时间可自己掌握，待遇很好，但离学校太远了，买辆两三万的二手车，是迫不得已，顺的话几个月就能赚回来。并说爷爷病得很重，他要回家看爷爷，好好伺候伺候他。第二，案发后，宋跃的行踪基本上是在学校里，他一直想做一名网络写手，断定以后靠此能赚钱，正在尝试一部有关都市恋情的奇幻小说，出事后的那几天，小说正在为即将到来的爱情高潮做铺垫。也就是说，凶杀发生后，宋跃每天要写3小时左右的甜蜜爱情，一直沉浸在奇妙爱情的漩涡里，这与凶手通常的表现反差太大。第三，案发现场看，宋跃和受害人关系不是一般的密切，床上、沙发上、地毯上都留下了俩人做爱的痕迹，可以说是相当疯狂。而且他们是在厨房里自己动手做的晚餐，餐后连锅碗餐桌都没收拾，杯子里的高档 XO 也没喝完，就迫不及待地上楼做爱，而且是女方主动，这从扔在楼梯上和地板上的短裤和内衣就能看出来，面对这样的情人，宋跃的凶残没有道理。第四，在宋跃的电脑里发现，案发后他数次登录 QQ，试图与科马洛娃连线。在他的手机短信里，有一条是凶杀发生那天他父亲发来的，说他爷爷确诊肚里长了个大瘤子，现在还是良性的，需要立刻手术，让他想办法打点儿钱，万一没钱的话，就回家再看老人一眼，尽尽孝心，爷爷很想他，病了以后经常念叨。他的回复是，我会尽快回家，你把电话给爷爷，我要和他说话。但几天后宋跃出事的高速公路不是回家的路。

综上所述，如果以极其残忍的手段杀害科马洛娃的凶手真是宋跃的话，作为一名没有前科的大学生，他杀人的动机和行为实在匪夷所思，太反常了。有证人和监控录像证实，宋跃是在案发后的第二天清晨 5 点左右回到学校宿舍的。金角庄园离他所在的大学约 20 公里，穿越市区没有 40 多分钟是到不了的。根据法医鉴定，遇害人死亡的时间大约是清晨 3 点半至 4 点半之间。也就是说，如果凶手真是宋跃的话，他凶残地杀死女友，立刻直奔业主的藏宝间，顺利地拿到了值钱的宝物，然后背着几十斤重的赃物，安全通过庄园的层层监控和门卫，并妥善处理好到手的财宝，而后若无其事地返回学校。要做到这一点，没有两名以上的同伙精心策划和协助是绝对不可能的。大量事实证明，宋跃没有同伙，没有同伙也就没有作案后立刻销赃的可能性。其次，根据科马洛娃和宋跃的手机短信以及俩人的 QQ 聊天记录来看，宋跃对科马洛娃极尽讨好之能事，已经成功获得了女孩的欢心，俩人在网聊中无所不谈，他甚至明确告诉她，对她被冯达才包养一事表示理解，俩人已经在商量等他毕业后一起离开中国前往荷兰的事。也就是说，宋跃是有抱负的人，他做的是出国梦，这个精心策划的梦想通过科马洛娃，在不远的将来就会变成现实！这样的情境下，他怎么可能会杀她，而且那样凶狠那样残忍，而且是在俩人疯狂做爱之后，难道仅仅是为了财宝？不，这不是宋跃的性格，太不符合情理，即便是职业杀手，也未必能如此从容和淡定。

于是，我做出以下推断：

案发那天，宋跃受邀到金角庄园 88 号别墅去见自己的情人，因为不能招摇，他选择傍晚时分趁着小雨前去赴约，并跟在他人身后顺利进入了庄园。俩人一见面，就在大厅的沙发上尽情纵欲，由沙发做到了小厅里的地毯上。一轮又一轮高潮后，俩人饿了，宋跃进入厨房，打开冰箱，找到需要的材料，为自己的心上人施展厨艺。他炒了四个川味小菜，打开来自台湾的海鱼罐头和法国高档XO，庆祝俩人的快活与幸福。酒酣耳热之时，俩人再次情欲勃发，科马洛娃拉着宋跃前往2楼的大卧室，上楼时，俩人一路缠绵，以至于脱光了科马洛娃的内衣。由于酒精的作用，俩人在卧室里再次纵情疯狂，直到筋疲力尽。但俩人的精神依旧亢奋，科马洛娃无意中提到了冯达才的收藏和财宝，并把宋跃带到了三楼的收藏厅，在那儿宋跃见到了陈列在橱柜里的大量的精美玉器和艺术品，他惊呆了。此时，夜更深沉，科马洛娃真的累了，俩人回到二楼的卧室，她很快进入了梦乡。但宋跃躺在富人的豪宅里，躺在美女的身边，脑子异常活跃，毫无睡意，他联想到自己贫困的家庭，联想到可能的人生和未来，不禁感慨不已，思绪万千，这更坚定了他必须摆脱困境出人头地的决心和意志。当纷乱的意识渐渐平静，三楼那些昂贵的玉器、艺术品便神差鬼使浮现在他的脑海里，紧接着他就想到了父亲发给他的那个求助的短信和爷爷的病容。事实上，宋跃是中国第一代留守儿童，当年他出生的时候，正赶上农村劳力进城打工，父母亲把他交给爷爷奶奶，就去了遥远的南方，只有过年的时候才能回来。在他4岁的时候，奶奶因病去世，操劳一生的爷爷既做爹又做娘，疼他爱他抚养他。在他的记忆里，他的亲人就是爷爷，只有爷爷！他是爷爷养大的，现在爷爷有病，急需手术救命，而他却无能为力，什么忙都帮不上。巨大苦闷中，他再次想起楼上那些宝贝，脑海中灵光闪动，那么多的收藏，拿走一两件，那个叫冯达才的家伙一定不会发现，而只要一两件，卖个好价钱，不仅可以解除自己的窘困，爷爷的手术费也解决了，何乐而不为呢！宋跃是个说干就干的人，他见身边的女友睡得很死，立刻小心翼翼地起来，上到三楼，进入收藏厅，拿走了那件价值不菲的和田玉雕。

因为是第一次作案，宋跃离开的时候心惊胆战，打上出租车，他甚至不知道该往哪里去，只是本能地回到了学校。到了宿舍，他把赃物放进箱子，强烈的忐忑中，几次想给科马洛娃打电话或者发短信，但每次都因心慌意乱而作罢，最后决定等她先来电话。难耐的折磨中，他一直等到傍晚都没有等到盼望的电话，终于按捺不住内心的焦虑，打开电脑想和她聊聊，上网之前他还给她发了条短信，但他再也没有得到她的任何信息。由于心里有鬼，他不敢贸然去找她，他觉得她一定知道了他无耻的行为，再也没脸见她了，真是悔得肠子都青了。可又觉得她不可能知道，没准任何人都不会知道。那么多的玉雕摆件，既没有编号，又没有门锁，就那样陈列在橱柜里，丢失一两件是不会引人注意的，即便以后知道了，谁能说清是怎么丢的。虽说这样想，心里还是乱得厉害，坐卧不安中，经过几天极其痛苦的煎熬，他对自己的行为开始后悔。就在这时，他接到了父亲叫他回家的电话，他的爷爷为了不连累家人拒绝治疗，执意回家等死，人已经不行了。经过一番内心斗争，宋跃决定动用全部储蓄，买辆二手车，一是为了开车上班方便，二是为了开车到外地卖掉那件玉雕，然后回家看望爷爷。

宋跃的驾照是大一时利用暑假在老家的县城考取的，因为开车机会少，驾驶技术很不熟练，经验欠缺，再加上情绪混乱，只开了不到 20 公里，就在立交桥上违规肇事，付出了生命代价。

宋跃不是凶手，他至死都不知道科马洛娃已经遇害。

再三考虑后，我将想到的疑点报告了上级，但没有得到任何回复。我在没有证据的情况下，仅凭推测固执己见，最终遭到领导批评，随后结束在刑侦科的帮忙，又回到了户籍科，3 年后退休。

5 个月前，我到金角庄园做了保安，我的同事叶茂是当兵出身，在庄园里做了 8 年保安，他心直口快见面熟，对我说，4 年前 88 号别墅的凶杀案根本就没破，凶手不是死在车祸中的宋跃，另有其人！说那凶手的主要目标不是杀人，是盗宝，荷兰女孩科马洛娃被杀绝对是意外，而且罪犯就在金角庄园！我吃了一惊，问他为什么这么肯定？他说案子是在业主家小保姆因故离开的第二天发生的，不是巧合，是罪犯知道业主不在家而小保姆又回家探亲的消息后，才下的手。但凶手并不知道被包养的科马洛娃已经住进了别墅，所以她才会意外被杀。接着他又告诉我去年庄园发生杀狗盗宝的案子，说盗贼经过精心准备，用弓弩射杀了别墅内看家的两条澳洲牛犬，将保险柜里价值数百万元的外钞还有金条一扫而光。说这案子跟 4 年前的凶杀案一样，也是发生在雨天，也是在晚上，也是趁业主不在、家里没人下的手，办案警察对案发前后的监控录像、进出人员以及各种车辆，反复排查，就是没找到嫌疑人。言下之意，4年前的杀人盗宝和这次的杀狗盗宝，是一人所为，此人犯罪手段极其残忍，至今逍遥法外，而且就在庄园内，随时都有继续作案的可能！

这事对我触动极大，联想到4年前那起凶杀案中的诸多疑点，叶茂的说法不能不令人重视。

那么真正的凶手是谁呢？

我发现自己掉在一个外力强劲的漩涡里。说实话，作为一名退休人员，最初我只想得过且过，在保安的岗位上挣点儿小钱，改善一下家庭境况，并不想多事。可现实的情况是，我越不想招惹麻烦，就越是身不由己。

就在意识混乱心情矛盾的时候，一天傍晚，庄园里发生了意外，一名五六岁的小女孩在和同伴玩耍时，被推下了人工湖。当时我下班正要离开，听到孩子们惊慌失措的呼救声，赶紧跑过去，一眼就看到了在湖中挣扎的孩子。由于孩子是从桥上被推下去的，虽然湖水不深，但她在水里扑腾，站不起来，异常危险。我跳进湖里，以最快的速度把孩子救了起来。赶来的父亲抱着孩子对我千恩万谢，而跌跌撞撞跑来的母亲已经吓得双腿颤抖面色苍白说不出话了。那一刻，看着惊吓过度的女孩抱着爸爸的脖子大声哭叫，我的意识短暂消失，像是飞翔的精灵，神差鬼使中，突然来到一片黑白世界，看到一个扎着小辫儿的小女孩正在水沟里拼命挣扎，她是我妹妹。我曾有过一个小我两岁的妹妹，如果她活着的话，应该能做祖母了。她是在6岁的时候被人摁在水中杀害的。40多年了，我根本就不记得她的模样了，但那一刻，她的相貌突然在我脑海里活了过来，我看到了她跟在我屁股后头缠我闹我跟我玩儿的情景，听到了她喊我哥哥叫我回家吃饭的声音，我的鼻腔酸涩起来，视线模糊起来，满脑子都是父亲咽气前，死盯着我要说什么说不出来，急得额头发紫眼球暴突，最终死不瞑目的情景。刹那间，我明白了，父亲想给我说的一定与妹妹的死因有关，他还有很多很多的话要给我说，有许多许多的事要让我做，但什么都来不及了……

那天回家，我破例喝了些酒，酒后亢奋，睡不着觉，一个人在绿地里转悠，越转脑子越清醒，不由得再次想起庄园里杀人盗宝和杀狗盗宝的事，接着就又想起车祸中死去的宋跃。

宋跃是贼，但他不是杀人犯！

如果找不到真凶，无论他的灵魂去了哪里，都将在深重的冤情里背着杀人凶手的黑锅，永世不得安宁。他的家人，也将在沉重的阴影里，陷入永久的悲伤和痛苦。而真正的凶手，则会逍遥法外，继续作恶。

想到这，我的意识有了明显的不同，我不能混日子了，我要利用保安的便利，将庄园里的两起谜案仔细梳理，力争找到蛛丝马迹，在蛛丝马迹中找到线索，揭开谜底。为此，我到派出所找到昔日的好友，袒露心扉，在他的理解和帮助下，查阅了部分必须要看的案卷。

就在这时，庄园97号别墅那条名贵的苏格兰金色猎犬莫名其妙失踪了。

在对猎犬的查找中，我发现了盗狗者弘杰躲过监控探头的办法，而且在强烈的预感中，借机到97号业主的家里，看到了楼顶的情况。

我是顺着大理石镶嵌的楼梯一直上到3楼的，经过一个长约4米左右的通道，进入健身房。房间里开着一个门，打开就是业主自己建在楼顶上的凉亭，亭子中间放着讲究的中式实木大圆桌，桌边放着四把大躺椅，亭子里雕梁画栋，古香古色，十分雅致。一棵银杏树高大的树冠已经伸到了楼顶，越过浓密的枝叶，可以看到庄园里的风景。但凉亭已经很久没人光顾了，到处都是厚厚的灰尘和斑驳的鸟粪。当我穿着厚实的鞋套跟着保姆从楼上下来的时候，突然有种怪异的感觉，我觉着如果我是贼的话，可以从楼下那株高大的树爬上来，沿着粗大的树枝上到楼顶，再从健身房的天窗进入房内，得手后，从1楼从容而去就是了。

想到这，88号别墅凶杀案闪电般掠过我的脑海，在我的记忆里，88号的后院就有两棵高大的树木。我立刻去了那里，在后院果然看到两棵高大的树木，其中的一棵也是银杏。金角庄园不同于其他小区的是，有许多几十年甚至更久树龄的名贵树种，这些树都是有钱人花大代价购买，由行家移植到自家院里的。别墅后院，几乎家家都有移来的果木或大树。而就在这时，另一个意外的发现使我更加兴奋。我看见88号别墅楼顶的凉亭，竟然和97号别墅的一模一样。继而，在33号别墅的楼顶，也找到了一个完全相同的凉亭。毫无疑问，这3个凉亭，都是同一家建筑公司或者装修公司修建的。

那一刻，我的脑子里阳光明媚豁然开朗。

我就此推断，8·12案发那天，也就是宋跃偷走那件和田玉雕刚刚离开88号别墅不久，真正的凶手到来了。这个人早就觊觎冯达才的财宝，前来作案可以说是蓄谋已久。他不是从门窗进入房间的，而是趁着雨天的阴黑，来到88号别墅北面也就是后院，利用事先准备好的工具，爬上高大的银杏树，沿着粗大的枝脉，上到楼顶，利用工具打开健身房的天窗，进入房间。他就是这庄园里的人，很清楚这家的情况，知道主人一家都不在，看家的小保姆刚刚因故回家。就在他打开灯无所顾忌大肆行窃时，异常的响声惊动了二楼卧室里的女孩科马洛娃，她发现身边的宋跃不见了，以为响声是宋跃所为，好奇心和隐隐的不安使她想要看个究竟，没想到她看见的竟然是入室的窃贼。巨大惊恐中，她发出刺耳的尖叫，拼命逃向楼下。惊慌失措的窃贼，本能地追了上去，他冲下楼梯，在二楼楼梯口试图抓住她，她大声叫喊，激烈反抗。穷凶极恶的窃贼慌乱中拔出匕首，疯狂地刺向女孩。被刺的女孩拼命呼救，招致歹徒更加凶狠的杀害。

杀人后，歹徒想起有过的预案，对现场做了处理，然后迅速回到三楼，在对作案现场再次处理后，背走了盗得的翡翠和玉器。他是从正门出去的，紧贴别墅的篱笆，在夜幕和树荫的遮蔽下，按照预定的路线，躲过他知道的监控探头，成功地回到了自己家里。

那么这个人是谁？

他为什么要到88号别墅行窃？

他又是怎么知道88号业主收藏翡翠和玉器的呢？

10

要知道凶手是谁，得从88号业主的发家史谈起。

业主的名字叫冯达才，是亿万富翁，同时拥有中国国籍和澳大利亚国籍。他的第一桶金，是在国有企业堡山铜矿当采购科科长时赚得的。确切地说，是伙同矿长利用追缴债务非法获得的。之后，堡山铜矿濒临破产，企业解体前他利用和矿长的关系，承包了四个工区中的一个，并很快使之扭亏为盈，不久，他就承包了整个矿区。数年后，铜矿失去开采价值，他也早已赚得盆满钵满。紧接着，他得到了煤炭价格将要大涨的准确信息，大胆利用手中资金及人脉资源，低价收购了一家名叫宏达矿业的严重亏损的国营煤矿，利用逼迫工人廉价买断工龄等手段，强制裁员三分之二，迅速提高生产效率，发了大财，成了省里的明星企业家。之后，宏达煤矿所在地发现天然气，冯达才及时将煤矿脱手，腾挪跨省到处投资，采金、开钨矿，还在家乡援建校舍，修桥盖庙大办慈善，很快就当上了全国劳模。10年前，他开采银矿意外亏损，就此金盆洗手，不再涉足矿产，专事国内外期货生意，一年里约有一半时间在国外或香港。这人对玉石情有独钟，尤其是和田玉和翡翠，收藏了不少玉雕精品。我知道的这些，是通过网络搜到了一本写他的报告文学，在那上面看到的。当下的所谓名人，特别是暴发户，树碑立传意识很强，个人传记之类的东西很容易找到。这本报告文学，就是他当了全国劳模之后，花钱请人编写的，他还出了一本纯铜版纸印刷的图文并茂的集子，那上面直接将他称为明星企业家、慈善家、收藏家。当然，他还是个好色的家伙，上海、香港养着二奶和三奶，那个名叫科马洛娃的荷兰女孩，是他从德国带回来的，女孩来的时候刚满 18 岁，他兑现诺言，让女孩当上了留学生，学金融专业。如果不出事的话，明年拿到学位，他会带她去澳大利亚，至于是留在那儿委以重任，还是当四奶，就不得而知了。

　　我之所以说这些，是因为在看那本大肆吹捧冯达才的报告文学和令人肉麻的图文集时，从中看到了一个人，这个人的名字叫万有韬，也就是金角庄园 97 号别墅业主万东的父亲，我对这人很感兴趣。巧合的是，那条名叫阿忠的苏格兰金色猎犬正好是那时丢的。当我知道那个没有教养蛮横霸道的万东就是万有韬的儿子时，不禁大吃一惊。我说过，我只要用心看过的东西，不论是文字数字图像，还是人物景物地方，都能在相当长的时间里保持记忆。我马上想起在那本报告文学里，万有韬是宏达矿业的总工程师兼副总经理，那本图文集里有他的照片。根据书里的文字和集子里的照片，我发现万有韬是冯达才从堡山铜矿带到宏达矿业的，之后，冯达才走哪儿，就把万有韬带到哪儿，直到他出国。而且万有韬和冯达才不仅是老乡，还是亲戚，万有韬的舅舅赵光明是冯家的女婿。

　　既然冯达才和万有韬是亲戚关系，俩人在金角庄园一起买房，而且都在楼顶建了那么个凉亭，那么 33 号别墅也在楼顶建有同样的凉亭，他们会不会也是老乡，也有某种值得玩味的关系呢？令人鼓舞的是，一打听果然如此，他们全都是湖南人，尤其令人兴奋的是，33 号别墅的业主名叫赵光林，在那本图文并茂印刷精美的集子里，我看到了他紧挨着冯达才和省级领导合影的照片。我就此断定，他是政府官员，并在政府网站上，轻松查到了他的相关信息。此人 3 年前从省国土资源局一把手的岗位上退了下来，在省人大常委会任副主任，今年元月份带着从市财政局辞职的老婆去了美国。他的儿子是从企业副总经理的岗位上去美国留学的，据说现在美国做生意。我立刻联想到，这个赵光林和冯达才、万有韬应该是亲戚，也就是说，万有韬的舅舅赵光明和这个赵光林应该是兄弟。

至此，我恍然大悟，原来金角庄园88号、97号、33号别墅都是冯达才一个人买下来的。为了证实我的推测，通过做物业老板的朋友帮忙，我查到了10年前这三栋别墅是由一个叫彭燕的女人，在一次性优惠百分之五的基础上用现金购买的。而这个彭燕是冯达才老婆的妹妹。

说到这，郝昆喝了一大口茶，目光愈加有神，嗓门愈加洪亮地说，对不起，绕了这么大的圈子，大家费神了。可如果我们把这三家发生的事情都串联起来，就会很有意思。大家看，97号别墅是丢狗，88号别墅是杀人盗宝，33号别墅是杀狗盗宝。三栋别墅都是由冯达才买下来的，而三栋别墅的业主相互是亲戚。

这是偶然的吗？

不！

事实上，冯达才之所以能够发迹，除了个人的精明外，主要靠远亲赵光林在政府部门的关照和帮扶，他很清楚，朝里没人，想要做大是不可能的。为了达到目的，颇有心计的冯达才首先在万有韬的身上下足了功夫，他用利益的链条将两人的命运紧紧绑定后，共同谋划攻关，终于取得了赵光林的信任。之后，冯达才伙同万有韬逢山开路遇水搭桥，开始了生意场上的黄金历程。为了报答赵光林的大恩，以获得更大的利益，冯达才果断地给赵光林和同伙万有韬在千里之外的富豪区各买了一套别墅，统一装修，连后院里的大树都是一起精心移植的。三个亲戚住在一起，以示亲近和义气。还有，赵广林对数字3情有独钟，他手机号的尾数，家里电话的尾数，以及停放在后院车位上的车牌尾数都是3，冯达才对此很清楚，给他的别墅特意买的是33号。

古今中外有句相同的老话，70%的凶杀案都与熟人有关。

88号别墅的杀人盗宝和33号别墅的杀狗盗宝也不例外。

凶手不仅知道88号别墅藏有大量值钱的精美玉器，而且知道33号别墅有很大的保险柜，里面装着大量的财宝。他怎么知道的，因为两栋别墅他都去过，不仅去过，而且相当熟悉。在88号得手后，眼看那个死了的宋跃当了替罪羊，3年多平安无事，他盗宝换来的钱也花光了，就故技重施，事先准备好电动工具从容作案。他知道33号有两条用来看家的澳洲牛犬，专门

海桀中篇小说选

备好先进的弓弩来射杀。他成功地躲过监控探头，通过别墅后院的大树上到楼顶，打开了楼顶健身房的天窗。他之所以能一次次轻松打开天窗，是因为他自己的家里也有一个构造完全相同的天窗，他已经琢磨透了打开天窗的方法。再次选择雨天，是因为雨水可以将留在楼顶的痕迹冲得干干净净。他的谋划和行动非常成功，如果不是那个名叫科马洛娃的荷兰女孩突然出现，造成意外杀人，两起盗窃可谓完美。

说到这儿，郝昆停住了，极其静穆的气氛里，他意味深长地望了望贺永波和所有与会的人。大家也都在看他。

贺永波盯住郝昆说，凶手是万东。

是的，就是他！郝昆坚定地说。

11

看守所审讯室里，万东对他的指控拒不认罪。

当听到郝昆对他作案过程的详细叙述，看到警察在他家地下室里搜出的弓弩，在视频上看到他销赃的香港老板详细说明买卖情况，拿出冯达才丢失的翡翠玉器，以及俩人有过的钱款交易记录后，万东终于低下了头。

万东被带走了，郝昆看了看窗外沉沉的夜色，说对不起，我好困，我真的好困……说完头往桌上一磕，房间里顿时响起深重的鼾声，闷雷似的滚动着。

原载《北京文学》2014 年第 5 期

老羊皮

1

6月5日正午时分，嘎曲镇派出所民警老羊皮，奉命骑摩托车到60公里开外的大石头羊圈出警。

肇事的人名叫文苍，俩人不仅是熟人，还是相当好的朋友，交情很不一般。

按说，这样的关系，由他出警很不合适。而且文苍投案自首的电话，也是打给他的。更为巧合的是，文苍电话打进来的时候，他刚刚收拾好自己的东西，准备回家，儿子后天高考，他得回去陪陪，根本没想接电话。可正在电脑前忙活的内勤小吴说，杨哥你接一下。老羊皮说，咋恁没记性，谁是你哥？叫老杨！小吴嘿嘿两声，叫了声老杨。老羊皮提起话筒，就听一个仓皇的声音说，我找杨昆！杨昆是老羊皮的大号，一般人很少知道，就连所里都没人叫，冷不丁被人喊，他本能地觉得出事了。果然，在得知他就是要找的杨昆后，电话里的声音马上就变了，说杨所长啊，我是大石头羊圈的文苍啊！老羊皮说，给你说过几次了，我早就不是什么所长了，我是杨昆！啥事啊？我闯祸了，我向你投案，我自首，我该死……老羊皮顿时冷静下来，脑海里急速地翻腾着文苍的为人和品行，嘴上却慢腾腾地说，急啥呀，我正听着呢，啥事慢慢说，到底咋啦！我把人给摔了……文苍说完，就没了声响，好半天才沙哑地叫了声杨大哥……老羊皮说，你现在哪儿啊？听着，我叫你别急，究竟咋回事啊？文苍咳了几声，有气无力地说，昨天朋友家娶媳妇，我去喝喜酒，晚上回来的时候，同去参加婚礼的娘本，搭乘我的摩托车一块儿回家，结果走到半路上，人不知怎么掉了下来，我赶紧停车查看，人已经昏迷不醒了……老羊皮忙问，现在啥情况啊？文苍带着哭腔说，半小时前人已经殁了……

要搁以往，老羊皮肯定说，我知道了，你待在那儿，哪儿都别去，我就来！可这次，他半天没敢声响。

如果嫌疑人说的是实话，案件应属意外事故，嫌疑人已经投案自首，只要控制好局面，按照程序把嫌疑人安安全全带到所里，接下来的事情并不复杂。问题是，这两天辖区内突发连环偷牛案，一伙人乘着夜黑风高，专门偷盗牧民的牦牛，一偷就是十来头，搞得人心惶惶。所里本来就少的人全都上一线了，除了他和内勤小吴，不可能再有人出警。小吴是警校毕业的大学生，来所里还不到 3 个月，除了上网、接电话，再就是眉飞色舞地发短信，据说他的老妈有门路，下基层也就是镀镀金，半年之内就能调到县局，这种人根本就不能指望。而他两周前就已经请好了假，今天必须要回家的。

考虑再三，老羊皮在电话里稳住文苍后，立刻给所长严均打电话汇报情况。

所长说，还是你去处理吧，我们这儿人手正吃紧，实在抽不开。

老羊皮急躁道，别给我说这些行不行啊！我的假批过都两周了，马上要回家，儿子后天高考，你又不是不知道！

所长说知道……

知道还食言？老羊皮吼道，这都二十多年了，好季节里我他妈啥时候休过假！好不容易轮上了，正赶上儿子高考，又给我往黄里搅！

所长说对不起，这几天太忙，实在没办法的事！坚持一下好吗？回头我给你加倍补偿还不行嘛！……你又不是不知道，总不能把这么大的事，交给一个刚从警校毕业的娃娃吧！再说了，嫌疑人和你是熟人，又是找你投的案，说明对你很信任，处理起来应该比较顺利。

老羊皮愈加冲动，说不行！……我老羊皮啥时候求过人啊！……这次就算我求你了！……实在不行，处分我好了，反正我是要退休的人了，你看着办吧！

老羊皮气冲冲地说完，啪的一声将手机扔在了桌上，可没等他点上烟，手机就响了，唱着那首他永远也听不够的《祝你平安》。

所长说，不要激动嘛，不是不让你回家，但工作也要干，这是命案，马虎不得！我的意思是，你马上动身去大石头羊圈，按程序把嫌疑人带回来交给小吴，这样的话，就可以工作回家两不误。你不是准备全家游海南嘛，那就去吧，我给你多批一周的假。

这可是你说的！老羊皮闷声闷气地说。

没错，是我说的！只要把嫌疑人带回来，你走人就是了，大石头羊圈也就几十公里路，现在动身，快点的话，晚上就可以赶回来，明天回家误不了事嘛！

就这样，老羊皮穿上刚换下来的制服，骑上了去大石头羊圈的摩托车。

大石头羊圈在麻吉岗日山根的峡谷里，那儿散居着六七户人家，属于山口外一个叫隆台庄的小村子。由于他们的羊圈，都是用河床里的大石头垒起来的，山崖下齐刷刷的一片，很是特别和壮观，久而久之，人们自然而然就把那儿叫成了大石头羊圈。

大石头羊圈不通公路，只有一条勉强能走手扶拖拉机的便道，因长期过往车辆不多，加之从未有人修护，坑坑洼洼不说，遇上洪水冲出的沟坎，就只能抬车而过。几次下来，他腰酸臂困、目眩耳鸣，关节疼痛、脑袋闷胀，心慌得直往嗓子眼里噎，几次差点儿跌倒。这是没办法的事，嘎曲海拔4400米，高寒缺氧，待得时间长了，各种高原病症就会纷至沓来。他的体质以前算是很不错的，今年刚满48岁。48岁的男人无论从哪个方面讲，都应该是在顶峰上。可对他来说，45岁上就已经身心交瘁，杂病缠身，力不从心了。还好，到年底他就可以申请退休。退休后，他准备在省城找个合适的地方，开个台球馆。他这一辈子就喜欢台球，手感好极了，是有名的无冕之王。

不知不觉间，云层阴沉下来，炸雷滚过，飕飕的劲风夹裹着豆粒大小的冰雹铺天盖地。老羊皮赶紧将雨衣绷在头上，蜷缩到横在风前的摩托车跟前。强风下的冰雹可不是闹着玩的，他就亲眼看见过鸽子蛋大小的冰雹把羊打死的情景，也就三两分钟，天堂地狱两重天。好在冰雹总是来去匆匆，雷声滚过了，疾风扫过了，天也放晴了。然而，这次的情况很不一样，冰雹过后，天色更加阴黑，先是很大的雨点噼噼啪啪跌落下来，紧接着，冰凉的雨点儿就变成了雨线。也就眨眼的工夫，整个草原就笼罩在了雨雾之中。

老羊皮见阴云里的山头已是白雪皑皑，心里顿时嘀咕起来，山上已经下雪了，看样子，雨不会小，可他顶多走了一半的路，还有 20 多公里呢。

老羊皮抖擞精神，顶着冷雨，使尽浑身解数开着摩托往前冲。

不知过了多久，可能十几分钟，也可能二三十分钟，他担心的事情终于到来了，摩托车在湿滑的草滩上突突了几声熄火了，怎么也发动不着，而该死的大石头羊圈根本不见踪影。

他心里那个气啊——

——毫无疑问，这个案子又是喝酒惹的祸！

这几年，买摩托车的牧民越来越多，喝酒骑车的也越来越多，草原上地广人稀，喝醉了，顶多摔在那儿，出不了什么大事。可要上公路或者带人走夜路，那就凶多吉少。想到这，他猛一激灵，案子要真如文苍讲述的那样，是单纯的意外，他去大石头羊圈，也就是照章办事履行程序。可要不是呢？经验告诉他，对待任何案子，都不只是履行程序，何况命案。

再说了，文苍的人品他真的了解？

想到这儿，老羊皮毅然弃车，朝着大石头羊圈疾奔而去。

2

7 年前，比这个季节早两周的样子，老羊皮认识了文苍。

那是个星期一，刚到上班时间，文苍就骑马到所里来报案，见到代理所长的老羊皮扑通一声跪倒在地，号啕大哭，说是昨天夜里，3 个外地口音的蒙面人，拿着手枪和砍刀，把他们大石头羊圈的几户人家全抢了。问抢了些啥，有没有人员伤亡？说抢走的是他们刚挖的冬虫夏草，大家没敢反抗，也就没有伤亡，但每家至少数斤的鲜虫草全被洗劫一空。他是最惨的，被抢的虫草有十多斤。问哪来这么多？说是除了自己挖的，主要是看今年虫草成色好价格高，一咬牙拿出全部的积蓄花血本收购来的。

大石头羊圈坐落在雪山旁的草山下，山上气候潮湿，低矮的高原植被十分茂密，是冬虫夏草理想的生长之地。每年产草季节，周围的牧民们纷纷上山挖虫草。大石头羊圈的几户人家，更是近水楼台先得月。遇上好年份，仅虫草一项的收入，就能有 6 位数。以前，由于高寒偏远的缘故，外人很少到这儿来。这些年，随着经济的发展，情况有了很大的不同，探矿、采矿的，贩卖药材、收购羊毛的，盗猎珍稀动物的，一夜之间纷纷涌入，特别是随着冬虫夏草价格的一路飙升，每到挖草季节，各路人马纷至沓来，给当地治安带来很大压力。

老羊皮了解了一下案情，直觉告诉他，犯罪嫌疑人并未走远。大石头羊圈周围没有正规公路，交通很不方便，西北两面雪山连绵、荒无人烟，南面是嘎曲镇，只有向东穿过黄羊滩越过嘎曲河直奔国道才是安全的去处，而那儿至少有 70 公里，没有十几个小时是走不到的。

有人疑虑，说会不会是当地人干的？

老羊皮肯定地说，不会！这么偏远的地方，民风朴实得近乎原始，他来十几年了，从没发生过邻里相劫的案子。也不大可能发生里勾外连的事。当地的牧民全都相互认识，谁家来了亲戚朋友，酒都拿来一起喝，怎可能把强盗往里引。再说了，即便有人有贼心来想，也没贼胆敢干，再傻的人也不会在自家门前自掘坟墓。由此推断，这几个人十有八九是从百里之外的矿点上跑出来的。矿上工作环境恶劣，生活极其艰苦，所雇农民工不顾危险开溜的事儿常有发生。既然不顾性命跑出来了，顺路打些野食儿，应该是顺理成章的事。

事不宜迟，老羊皮当机立断，带人在嫌疑人可能出现的路段巧妙巡回，第二天一早，没费吹灰之力就将自投罗网的 3 名嫌疑人来了个人赃俱获。

文苍等人怎么也没想到，价值上百万元的虫草，能在被抢不到 30 个小时就失而复得，简直就是做梦啊！

老羊皮说是运气好，要是嫌疑人手里的枪是真的，或者他判断失误，那伙人不向东走直奔嘎曲镇，那麻烦就大了。

事后，文苍和几名乡亲一起，召集方圆百里的亲朋好友，把老羊皮等人请到大石头羊圈，杀牛宰羊，载歌载舞，像过年一样盛情款待，千恩万谢。

然而，乐极生悲。

就在那天傍晚，醉了醒醒了醉的老羊皮执意要回。众人劝说不了，只好放行，派专人把他送回了嘎曲。他走了，留下来的民警小宋却出事了。

出事的时候，大部分宾客都已散去，小宋已醉得人事不省，倒在热乎乎的毡毯上鼾声如雷。不曾想，就这时候，一个 9 岁的男孩，不知怎么看见了小宋腰上露出来的手枪，强烈好奇心的驱使下，他见周围没人，就想看个究竟，结果枪一拿到手，就舍不得放下了，跑到外面叫了两个小伙伴，三折腾两折腾枪就响了，将自己的大腿当场打断。

男孩被送到嘎曲医院的时候，已是第二天的凌晨，由于伤情严重，再加上路途颠簸，失血过多，男孩严重休克，生命垂危。幸好当地医院救护得当，并及时安全地把病人送到了近两百公里远的县医院，一场大祸才得以幸免。

这起重大事件，在县局引起强烈反响，相应的调查立刻展开。

焦点很快集中到了老羊皮的头上。

深刻反省的老羊皮一而再地主动检讨，承担责任，想要减轻处分，但还是被局里查办了。

原因是除了严重失职引发重大后果外，老羊皮还涉嫌严重违法违纪，借工作之便为个人搜刮钱财。

原来，文苍等6人为了表示对老羊皮的感谢，共同商量决定，每人拿出1万块钱，对老羊皮诚表心意。没想到，他们热辣辣的心肠遭到了老羊皮断然的拒绝。思之再三，觉得很没面子，又觉得老羊皮也许是故意谦让，毕竟这是他们发自内心的极其真诚的愿望。于是文苍做主，几个人乘老羊皮酒酣之机，把钱巧妙地装到了他的大衣口袋里。不曾想，老羊皮因喝醉了酒，压根就不知道自己的大衣口袋里装着6万块钱。更不知道，调查人员到大石头羊圈了解案情时，有人将那天给老羊皮送钱感谢的事也都说了出来。

在为自己辩护的日子里，老羊皮一下子瘦了七八斤。

三周后，事情的来龙去脉终于查清楚了，清是清楚了，但老羊皮刚刚批复任命的所长职务被免了，不光免职，还背了个记过处分。年龄本身就大啦，又背上个处分，这辈子基本上也就交代了。

大伙儿都替他喊冤。

他真冤！

在嘎曲干了十几年了，按常规几轮所长都干过了，可他始终因这样那样的缘故，与升职擦肩而过。这次，好不容易如愿以偿，原想干上两年，能够离开嘎曲，调到县城工作，至少退休前能到海拔相对低一些、生活条件好一些、离家近一些的地方干几年，没想到代理所长半年多了，正式批复刚刚下发就惨遭免职。

那之后，老羊皮郁闷了很长时间。

3

老羊皮赶到山脚下时，天已经黑透了，阴森森的谷口劲风透骨，寒气逼人。这儿的海拔，比嘎曲镇又高了几百米，虽是 6 月天，昼夜之间 20 多度的温差是常有的事，只要太阳落山，立马冰火两重天，更别说冰雹之后、冷雨之后了，高原上特有的坚硬的风，就像毒针的尖尖带钩的刺。

好在老羊皮真是习惯了。

习惯了高寒环境的人，经得起风蚀，耐得住寒冷，忍得了饥饿，受得住寂寞，凭着敏锐的感觉和超人的记忆，他沿着崖壁，径直朝着大石头羊圈走过去。

大石头羊圈远离村镇，交通不畅，再加上总共只有二十几口人，电力问题一直没有解决，人们世世代代一直是日出而牧，日落而归。天黑之后，用大石头垒砌而成的院墙外，酥油灯的光亮很难被外界所看到。正因为这样，黑黢黢的峡谷中，你要在河流的咆哮声里，听到藏獒的叫声，才能够确定要找的地方。

老羊皮听到藏獒发出的警告时，浑身的骨架都要散了，他又饿又累，筋疲力尽。与之相应的是，他的眼睛照样好使，顺着黑沉沉的崖壁看过去，立刻就在斜坡上看到了白晃晃的石圈圈。这可不是适应性强不强的问题，而是来自基因的独特能力。他的父亲就有一双鹰的眼睛，站在高处能分得清 20 里之外的牛和马，晚上走山路如履平地。比起父亲他差得远，可比起常人来，他的本事要强得多得多，尤其是夜视能力。

藏獒的叫声越来越近。

记忆里，文苍的家就在第一个大石头羊圈的边上，找到他，稳住他，天亮之后找到受害人家里，再找到相关的证人，抓紧时间把案情梳理明白，赶在下午 3 点最后一趟班车前回到嘎曲交差，应该来得及。

无论咋样，这次陪儿子高考的事，绝不能黄！

然而，天有不测风云。

老羊皮无论如何没想到，已经自首，并在电话里再三向他保证一定老老实实在家等他到来的嫌疑人文苍失踪了。

一开始，他压根没往坏处想，文苍家院门开着，灯亮着，狗咬着，他喊了几嗓子没人应答，推开亮灯的屋子里面没人，掏出手机打电话，没有信号，没有就没有，他渴得不行，见炉火上炖着热茶，不管三七二十一，倒上一大碗喝了再说。人不在家，可能是遇上什么要紧的事儿了，马上就会回来。

但他想错了，回来的人不是文苍，而是文苍的女儿文吉，一个身材高挑相貌漂亮的女孩子。

文吉惊讶地望着身穿制服的老羊皮，满脸的怀疑和戒备，说你是谁，干吗这么晚到我们家来？

他定了定神说，你是文苍的女儿吧，我是你阿爸的朋友，几年前到过你家。

文吉笑笑，说我知道了，你是老羊皮叔叔，我阿爸经常提到你。

原来文苍的女儿文吉，今天下午刚从州上赶回家来，说是州上的民族歌舞团招收歌唱演员，她去年在省艺校学声乐毕业，还没找上合适的工作，此次是个好机会，要去闯一下。回家来，一是来拿户口本，二是趁家中安静，专心复习一下必考的文化课。

回家不久的文吉，对发生的事情一无所知，说他阿爸走了六七个小时了。走之前，打电话对她说，你要的东西都给你找出来了，在炕桌上放着，阿爸有事，要出两天门。极其意外的文吉，既惊讶又生气地说，你没搞错吧，都3个月没见了，我那么远回来，你连面都不照，也不问问我的情况，像话嘛你？文苍支吾几声，说对不起，阿爸有笔生意要做，很重要的生意，机会难得，不能错过！文吉不依不饶，说你明明知道再有几天，我就要到州上竞聘考试了，还非要走，啥意思啊你？不行，你必须回来看我！文苍干笑两声，突然话语果断地说，放心吧，你动身前阿爸肯定会赶回来的，家里安静，没人打搅，你就好好复习复习功课，等我两天行吗？文吉犹豫，说你确定回来吗？当然！文苍爽快地说。

就这些吗？老羊皮严肃地问。

文吉目光躲闪了一下，没有说话。

后面的话，她是不能说的。

事实上，她是坐着文苍给她安排好的手扶拖拉机回大石头羊圈的，俩人通电话时，她正坐在颠簸的车厢里受罪，文苍给她说的最后几句话是压着嗓门说的，说箱柜右下角的绣品里，有一张银行卡，上面有整整10万元，是给她近几年的生活费，密码是她生日，让她到家立刻拿上。她很惊讶，说干吗给这么多？文苍说，拿着吧，年初就给你存好了，以后自己在外不容易，一定要照顾好自己，钱该花就花，千万别受委屈。话没说完，信号就断了，紧接着，一道刺目的闪电劈开云层，炸耳的霹雳山崩地裂般从头顶滚过，豌豆粒大小的冰雹打得她抬不起头，幸好开车的大叔给她遮了块羊皮，才无大碍。

你知道你阿爸现在哪里吗？

文吉摇摇头，父亲到底在哪里，她真的不知道。

那你阿妈呢？

老羊皮问。

文吉露出痛苦，说阿妈去世。前年2月份，一天夜里，阿妈突然肚子剧烈疼痛，她常肚子疼，就化了点麝香水喝了，以前疼的时候，都是采取这样的办法，十分灵验。谁知第二天早上，疼痛不但没好，而且更重了。大石头羊圈的几户人家，没有懂医的，看病要到几十公里之外的乡上，或者去百里之遥的嘎曲镇，路途十分艰难，很少有人外出看病。阿妈是个不愿离家外出的人，生活里除了丈夫孩子就是牛羊，让她骑马到嘎曲，她认为是让她去受罪。结果，又拖了两天，眼看人已经不行了，才送到了嘎曲医院，当天晚上人就殁了。医生说，病人患的是肝病，也就是肝包虫后期，如果早点送来，手术完全可以治疗。

老羊皮叹口气，来到院子里，到了这会儿，他有点儿慌神了。

种种迹象表明，文苍可能逃跑了。

一个老实巴交主动报案自首的嫌疑人突然逃匿，绝对是个糟糕透顶的坏消息。老羊皮想不明白，如果文苍自首的情形是真的，虽说有醉酒驾车的嫌疑，但主观上绝对不是故意的，再加上主动报警自首，所负的责任应该是能够承担的。可要是逃匿，事情的性质就会截然相反。

明明知道事情的后果，干吗还要这样做呢？弄得害人害己，自欺欺人！

问题是……问题是老羊皮越想事情越蹊跷，总觉着文苍不是个逃匿的人，要逃早逃了，干吗自首啊？

那就一定是事出有因。

会不会是在死者家里守灵呢？

老羊皮找到死者家时，已经10点多了，院子里弥漫着柏香的气味，嘤嘤嗡嗡的诵经声从敞着的门里持续不断地传出来。

这是藏族的习俗，专门请来僧人在为死者念经超度。

老羊皮敏锐的目光注视了一下院子，微弱的光线里，看见停放着4辆摩托车，悬着的心顿时放了下来。看来，他的判断没错，文苍应该在这里，时代真是不同了，只有三二百米的路，也要骑车才肯走了。

然而进屋一看，心口立马一阵突突，灵堂里并没有他要找的文苍。他赶紧亮明身份，迅速查问。死者的儿子热旦说，出事后，文苍给他拿来了两万块钱，一直跑前跑后张罗料理，但今天下午一直没来，也没在其他地方看到过他。老羊皮按照职业惯例，看了看死者，拍下照片，详细问询。热旦说，阿爸年事已高，都70岁了，身体也不怎么好，出事那天，家里人劝他不要去，可他非去不可，谁的话都不听，结果出了事。说到文苍，家属们没有太多的怨恨之词。说事情不能全怨文苍，人家好心带他回来并没有错，要怪只能怪他自己，都那么大岁数了，可就见酒不要命，一点儿也不安分。可话又说回来，既然出了事儿，事因又只能听一面之词，按照规矩，应有的赔偿是少不了的。

到了这份上，事情基本上算是清楚了。

可老羊皮心口依旧堵得慌，总觉得事情不简单。

按说死者家属已经明确了态度，人家既没说上告，也没说追究，只是提了提赔偿的事，碰上这样的运气，你文苍不好好感激人家，不好好来给死者守灵谢罪，干吗要玩失踪呢？

4

　　老羊皮离开受害人家时，风停了，云散了，满天都是银晃晃的大星星，比光盘里闪烁着的大钻石晶莹得多、耀眼得多、漂亮得多。这样明澈美丽的星空，只能在这海拔五千米的高原才能尽情地拥有和享受。每次进城，夜晚的时候，看到灰蒙蒙的天空，他总是想念嘎曲的夜色和明亮的星光，他给儿子讲过许许多多由他编造的有关天空、星星和宇宙的故事，可儿子越大越不喜欢，更别说老婆了，听见他说牧区的星空就会来气。当然要气，像他这样成年累月不着家，不管老人，不顾孩子，里里外外全都扔给老婆，奔不出前程，买不起新房，又挣不上啥钱的男人，谁愿忍受啊！受苦受累孤独寂寞不说，还要提心吊胆、担惊受怕，连最起码的安稳日子都没有，凭啥呀！正因为这样，每次回家或者想家，老羊皮总是带着一颗负荆请罪的心……比如此时此刻，如果没有这件该死的案子，这个时间，他肯定是在床上或者某个温馨的地方哄老婆。老婆是俩人早恋的结果，高一那年，俩人同桌不到一周，他就把人家骗到树林里约会了。因为都没考上大学，她靠着当局长的叔叔帮忙，在邮局当上了一名正式工。而他当了兵，复原回来分到了基层的派出所。当他知道昔日的恋人依旧单身时，立刻全面出击，她搁不住他死缠硬赖穷追猛打，俩人很快就结了婚。婚是结了，孩子都满 18 岁了，俩人的心却越来越远。尤其最近，他发现老婆对他的态度已经由以往的抱怨变成了麻木，仿佛他的存在对她来说无所谓得很。一句话，她已经不在乎他的情感诉求和生存方式了。

老羊皮和老婆的关系出了问题，大问题！

可这又能怪谁呢？

老羊皮运气不佳倒霉透顶。

老羊皮疲惫不堪心境苍凉。

回头看看，和他一起下牧区的，升职的升职，调动的调动，十年前就已经走光了，混得最好的，已经是省厅的处长，差的，也是县局的主任科员，像他这样，二十多年了，还在基层的基层混光阴，既没发财又没赚钱的，绝对数不出第二个。

之所以这样，用老友们的话说，与他的个性有关。

比如说，10 年前发生的那件直接影响他命运的事。

当时，老羊皮刚在一起追捕盗猎分子的行动中立了功。紧跟着，他准确判断，带人伏击数天，将一名重大车祸逃逸嫌疑人干净利落地摁在了楼前的街道上。

那天是深夜，灯光下，那人见是老羊皮，并不反抗，只是连连磕头，大声叫喊，大哥，警察大哥！求你们了，求你们先别把我带走吧，我有话说！要搁以往，类似的求饶老羊皮是不可能回应的，有话到派出所说好了，抓捕现场哪有听嫌疑人讲话的道理。可那天老羊皮偏就中邪似的说，干吗呀你，想说啥啊？知道不，我们等你四五天了。那人说，知道，我全都知道……老羊皮一愣，说你知道什么？那人抬起头，低声嘀咕道，你们一直在对面楼上。惊讶的老羊皮不动声色，说知道还自投罗网？那人叹气说，我儿子做完截肢手术才 8 天，因为没钱，今天出院了，我不能不回来。老羊皮不由得盯了那人一眼说，宁愿被抓？已经这样了，只好碰碰运气，求你们让我看儿子一眼吧！那人说着又磕起头来。老羊皮不耐烦道，早知今日何必当初，起来起来！那人哆哆嗦嗦站起来，绝望之际，悲情爆发，涕泪横流，哭喊道，警察大哥啊，求你们了！求你们网开一面吧，就一分钟！不，只要看一眼就行，看一眼，怎么制裁我都行，多加刑期、判重刑都可以！老羊皮发火道，胡搅蛮缠呀你！犯法的是你，干吗扯孩子啊！说着，老羊皮突然放缓语气，说四十多的人了吧，瞧你这没出息样！好汉做事好汉当，这会儿当什么孙子呀你！走吧，到了派出所，可以给你老婆打电话！那人傻傻地瞅着老羊皮泪流满面，说她手机换了，我不知道她在哪儿？是真的……我们已经离婚，孩子判给我了，现在是由偏瘫过的奶奶带……说出事那天，我因孩子刚做完手术病情不稳，心里十分烦躁，再加上中午没吃东西，一个下午干下来，脑子昏沉的厉害，眼看太阳落山了，可就是不想停下来。儿子的手术费花了三四万呢，多跑一趟毕竟能挣 30 块钱。硬撑到天黑时，下起雨来，雨并不大，我也就没开雨刷器。突然，我的眼前一阵晕眩，恍惚间，车子转过一个近乎直角的弯道时，我猛然看到右前方很近的地方有个骑自行车的人，急忙打了一把方向，踩了一脚刹车，感觉是躲过了，也就没停车。到了工地的停车场，我长长地出了口气，终于可以回家了，可就在这时，一道雪亮的闪电中，我突然看见卡车后排的车门上有扎眼的刮痕，过去用手一摸，借着朦胧的灯光，看见自己手指头上竟然有鲜红的血迹……我立刻明白发生了什么，赶紧跳上车，朝着出事地点赶过去，结果，到了那个该死的弯道时，我在近乎昏迷的状态里，看到的是闪烁的警灯和被人抬走的尸体。

那人说完，戴铐的双手捂着脸，痛苦地蹲在了地上，抽泣道，我悔啊，悔死我了，当时真该立刻下车自首的！老羊皮说，可你毕竟没有报警，也没有自首，天下没有后悔药。那人抬起头来，哽咽着说，我当时心里猫抓似的，太乱了……都怪我啊……那人又哭出声来。老羊皮看他倾诉后情绪起伏、筋疲力尽的样子，掏出烟给他一支，自己也点上深深吸了一口，说这么多天了，也该良心发现，该想明白了吧！那人说，不知咋了，我鬼迷心窍，出事以来，心里想的全是残废儿子的可怜和未来……老羊皮说，那现在呢，也该替受害人想想了吧，就没想过你给人家造成的痛苦和灾难嘛！

那人磨磨叽叽、可怜巴巴地说，想过了，全都反反复复想过了，我该死！求求你们了，让我再看孩子一眼行不？只看一眼，立刻就跟你们走，我绝对说话算话！要不走路掉井里，出门让车碰死我！老羊皮说好啦，你要早想这些，会有今天吗？那人再次涕泪横流道，我认罪，我伏法，大哥啊，求求你了，让我再看一眼孩子吧，他是个不到 3 岁的没娘娃，已经失去了一条腿，而且没钱看病了……老羊皮犹豫了，想了想说，好吧，那就让你看一眼，上楼吧。可那人依旧跪在地上，既没有道谢，也没有起来的意思，而是把拷着的双手颤颤悠悠举到老羊皮的面前。老羊皮说干吗？那人鼓足勇气说，能给我打开吗？我不想让老娘看见。老羊皮盯了一眼那人手上的铐子，回头对同事说，给他打开吧，既然是见孩子和老人，还是人性些好。

手铐打开了，那人带着老羊皮上了5楼，打开门直奔卧室，见了床上的孩子径直扑了过去，待到老羊皮反应过来，那人已经抱着孩子两个大步蹿上阳台，眨眼的工夫就飞身跳出了窗口。

出事后，老羊皮差点儿丢了饭碗。局长在大会上说，要不看他多次立功，这样重大的过失，开除公职并不算重。

那之后，老羊皮被嫌疑人的亲属告上法庭，索要巨额赔偿。要不是单位出面承担责任，聘请律师，并对嫌疑人的老母亲支付抚慰金，天晓得麻烦成啥样。

有人说，女怕嫁错郎，男怕干错行，像老羊皮这样心慈手软死脑筋的人，压根就不该干警察。

也有人说，老羊皮人不错，是个好警察！

他自己则说，得了吧，我啥本事没有，只是个糟糕透顶背运透顶的尕民警。

的确糟糕，的确背运，照他老婆的话讲，跟傻瓜差不多。

5

天亮了，老羊皮本身就黑的脸，跟非洲森林里的部落酋长没啥两样。

整整一夜，他找遍了大石头羊圈所有的人家，谁都不知道文苍的下落。都说这几年文苍变得厉害，自从女儿考上艺校，特别是老婆去世后，他把家里的牛羊全都包给了人家，几个月不着家是常有的事。

老羊皮愈加沉不住气了。

一般情况下，他是个自控能力不错的人，遇事沉着冷静很少烦躁焦虑。但在这个天空湛蓝、云朵洁白、空气爽得令人陶醉的早上，他心急如焚。

事情明摆着，文苍跑了。

他的黑脸上，蛛网似的皱纹抽了几抽，使劲哼了几声，肚子里笑笑，掏出烟来丝丝拉拉往肺里猛吸。

他背运时总这样。

以他的性格，就此交差是不可能的，他可不是推脱责任害怕麻烦的人。按说，他应该马上到第一现场，也就是文苍和受害人喝喜酒的人家了解清楚相关的情况，再到出事现场进行勘察，对整个案子做出基本判断，然后再确定下一步的行动。可要这样做的话，他就必须放弃回家的打算。如果不这样做，那就立刻按既定方针赶回嘎曲，回家陪儿子高考。问题是，他的摩托车坏在了路上，近 60 公里的草滩路，没有摩托车是赶不回去的。当然，他可以从牧民那儿借上一辆。虽然他答应所长，一定把嫌疑人带回所里，然后再回家，可毕竟事态的变化不以人的意志为转移。再说了，根据业已掌握的情况看，这并不像一起恶性案件，他完全可以向所长保证，陪儿子完成高考，马上停止休假，回来把那该死的文苍捉拿归案。

老羊皮决定向所长汇报情况。

他踩着雪渣往山上爬，昨天还是绿茵茵的草山，一夜之间全都白雪皑皑、银光闪闪。灌木和草丛挂满了雾凇，柔和的光线里，白里泛绿，冰中透蓝，异彩纷呈。但他无心留恋，他知道的，待一会儿，太阳升高时，这些鲜美的景象，很快就会在阳光的温暖里渐渐消失，到不了正午，雪化了，冰消了，草山依旧是草山。就像他的生活。昨晚折腾了一夜，他心慌气短，头晕目眩，浑身没劲，就想倒在热炕上昏睡一场。而且胃里不舒服，阵阵恶心难以忍耐，是吃药吃的。昨天下冰雹那会儿，他腿上的关节炎说犯就犯。因为赶路，干吞了两粒药，没太在意。晚上大概是精神高度集中的缘故，身体基本上被忽略了。待到松弛下来，强烈的疼痛排山倒海，两个膝盖像刀剜似的，他赶紧吃药，在火炉边抱着两腿烤了好一会儿才没倒下。药是特效药，就是副作用大，吃了就恶心，可不吃又不行，百般滋味只有他自己心里明白。

老羊皮咬紧牙关爬到有经幡的山头时，大概用了 80 分钟，也就几百米高的样子，把他骨髓里的热量都要耗尽了。没办法，身体太乏了，海拔太高了，再加上心率过快，脚下打滑，每上一步都得使出吃奶的劲儿。

还好，尽管信号微弱，总算和所长联系上了。

所长说，老羊皮啊，辛苦了！……我们这边打掉的不仅是个盗窃团伙，现正扩大成果呢，人手吃紧，州局的多杰局长亲自带人前来支援……你明白了吧，我的意思是，你要再接再厉，案子到底是什么性质，要查清楚了再回来……你听我说，大石头羊圈虽说只有几户人家，但是既有土族，又有藏族，周边还有蒙古族，通信、交通都不方便，在那儿办理涉命案子，一定要掌握好政策原则，不能留下隐患，这方面你有丰富的经验……这么着吧，我叫小吴马上去大石头羊圈，跑腿的事儿就交给他，年轻人嘛，正好锻炼锻炼，你也悠着点儿，身体要紧……

挂断电话，老羊皮心头百感交集，什么再接再厉，什么悠着点儿，不就叫他放弃休假继续工作嘛，装啥糊涂！

他的心口有点儿疼。

和所长通话时，他几次想说回家的事，几次话到嘴边又忍住……所长当然知道他的个人问题，之所以只字不提装糊涂，也是迫不得已。

想到这儿，老羊皮迅速翻出文苍的手机号码，只要找到文苍，事情的转机立马就会出现，强烈的希冀中，他迫不及待地拨了一下，预料中的关机使他血往上涌，再拨，再拨，依然如此。

该死的东西，会跑哪儿去呢？

他的脑子里乱腾得厉害。

家是回不去了！

他想硬着头皮给老婆打个电话，可说啥呢，这么多年了，这样的事不知发生过多少次，该说的话早就说尽了，该吵的架也早就吵够了。可要不说不吵也不行，你自己保证回家的，就在昨天上午还打电话，说好晚上一定能到家，结果中午变卦，说是今天下午绝对到家！这可好，一变再变，连个商量的余地都没有，人家心里啥滋味啊……

那就给儿子发短信？

不，万万不可！明天就是高考，你答应得好好的，一定要陪人家的，突然食言变卦，扰乱了孩子的心情，影响考试成绩事情可就大了……

这不行那不行，你总得有个交代啊！

……

还是给老婆发短信吧。

老羊皮抽出手写笔，在手机屏幕上一笔一画写起来：

老婆啊，我真该死，现在出警在外，又回不去了，全是我不好，老放空炮，见面时你们看着办吧……

……

该下山了，老羊皮抬头看看，蓝得透亮的天上，耀眼的白云自由自在地舒展着游走着；低头瞧瞧，山谷里碧绿的草坡鲜得发亮，弯弯曲曲的涧流银光闪闪；而永无止息的风，正悠然地抖动着身边的经幡，发出呼呼啦啦的声响，浪涛似的，回荡在十万大山的怀抱里，回荡在他起伏着的心潮里……

老羊皮的鼻腔像是被草烟呛了，眼睛也酸涩起来，像是要流泪的样子，扯得心口隐隐作痛。不知咋了，这还不到 50 岁，动不动就伤感。尤其最近，不大的事情就会让他动感情。比如说，年前所里的大黑死了，大黑是条老狗，有 13 岁了，大家见它越吃越少，叫都叫不出声，就都知道是大限到了，这种事儿谁也没办法，万事万物都这样，大自然的规律嘛，死就死了，不就一条老狗嘛，没了，再养一条就是了。只有老羊皮例外，早早晚晚去看不说，还给大黑订牛奶制作特殊狗粮。后来看大黑实在不行了，他请来兽医，为大黑实施了安乐死，并亲自将它用毛毡裹好，埋在了河滩上。大黑虽说是条狗，毕竟朝夕相处十几年了，眼看着它这样老死，心里实在不好受。

这搁他以前的性格，绝对不可想象！

同事们私下里没少议论，都觉着他老了，有啥好事都紧着让给他。

3 个月前，嘎曲派出所成功截获了一批境外走私的香料，价值不菲。省报的记者来采访，大家一致推举老羊皮为采访对象，他是头号功臣。谁知无论漂亮记者怎么询问怎么启发，老羊皮硬是红着脸啥话不说，最后竟然很不礼貌地转身走人，弄得记者没脾气，只好作罢。后来文章见报，女记者还是没有忘记老羊皮，把他的事迹写了不少，不但夸他是铁胆柔肠的男人，还说男人心境深秘起来的时候，比星空要深邃得多得多！

6

老羊皮从山上下来，直接去找受害人的儿子热旦。

直觉告诉他，这个叫热旦的年轻人，似乎对文苍比较了解，他想找他询问一下文苍近几年的情况。

热旦很热心，见了老羊皮马上把他让到偏房里，请他坐在火炉旁喝奶茶吃糌粑，对父亲的死，只字不提。灵堂内，请来的经师在念经，隔着墙壁听得清清楚楚。其他人也都相当自然，该放羊放羊，该做事做事。

老羊皮当然了解藏族人，了解他们对生死的态度和看法，更了解他们的生活方式。这样的地方，想要做什么最好的方式就是直截了当，他对热旦开门见山。

文苍不在大石头羊圈，你估计他去哪了？

热旦不加思索地说，不知道，可能不会走远。

你咋知道的？老羊皮追问。

昨天上午他说了，过两天就回来。

那就是说，你知道他走？

我咋知道！

热旦脱口而出，不耐烦起来。

老羊皮笑笑，给热旦让烟点火，几口烟一吸，俩人再次轻松下来。

接下来打算咋办，就这么了结了，还是有啥想法？老羊皮问。

热旦警觉起来，说人已经死了，我还能有啥想法，就算有想法，又有啥用，你们不会让文苍去坐牢吧？

老羊皮说，他是主动报案，既然有自首行为，就应该配合我们及时结案，而不是失踪。对了，他这几年做生意吗？老羊皮不经意似的问。

是的，这几年大石头羊圈的人，都在想方设法做生意。

他做啥生意？

什么都做，贩虫草，收羊毛，捣皮子，逮住什么做什么。

知道他和什么人来往吗？比如说，最近……

最近？热旦犹豫了一下，突然想起什么似的说，对了，潘瘸子前些日子到他家来过，好像有十来天了。

老羊皮心头一紧，紧跟着问，什么潘瘸子，你见过他吗，是哪儿的人，长什么样，个多高，真名叫什么？

热旦说，只知道他是姓潘的老板，叫啥不知道，也不知道是哪儿的人，这两年，靠着文仓的帮助，他时不时地到这一带收购虫草，个子跟你差不多，是个瘸子，瘸的好像是左腿，大家都叫他潘瘸子。

老羊皮面门一热，心里骤然扑腾。

3年前，在派出所独自值班的老羊皮接到群众举报，州公安局通缉的涉毒杀人嫌疑犯范孤，出现在了镇东的桥头面馆里。老羊皮急忙询问详情，但对方已经挂断手机。他赶紧打电话向出警在外的所长汇报情况，糟糕的是所长的手机不在服务区。高原牧区就是这样，山脉连绵，地广人稀，一旦远离乡镇，没有手机信号实属正常现象。老羊皮不敢犹豫，立刻向县局汇报情况，然后用最快的速度全副武装开车直奔嘎曲桥头。

范孤在逃已经两年多了，老羊皮知道这是个危险的家伙，心狠手辣，生性狡诈。根据内部通报，在逃期间，他曾到过西藏和新疆，给人的感觉是伺机外逃。怎么也想不到，竟然出现在了嘎曲这样的地方。可他干吗要来这儿，有几个人，带有什么武器？……想到这，老羊皮的脑子里闪电般掠过一串行动方案。

然而，计划不如变化快。

他的车刚到桥头，还来不及对周围的环境进行基本观察时，范孤和一个同伙已经吃完饭从饭馆里大摇大摆出来了。虽说事先没见过，也来不及打开电脑做更多了解，但嫌疑人的瘸腿特征，马上就将目标彰显无遗。目标还在，太好了！老羊皮深深吸了口气，立刻拿起手机，但不等他接通县局的信号，警觉的范孤一见警车，立刻朝着只有十来米远的一辆切诺基跑过去。

瞬间之内，老羊皮根本来不及多想，拔出手枪，一踩油门，就冲了过去。

无论如何不能让嫌犯逃走！

出乎意料的是，狡猾的范孤见警车突然加速冲过来，他没有立刻上车，而是果断地拔出了手枪。

说时迟那时快，老羊皮猛然看见对手拔出枪来，彼此的距离也就只有40来米了，而且警车还在往前冲，想要躲闪根本就来不及，本能的反应里，他狠踩了一脚刹车，几乎是同时向左猛打了一把方向。刺耳的刹车声里，伴随着两声闷雷似的枪响，他的右额骤然疼痛，强大的气流里，似有无数钢针呼啸而来……

也就三五秒吧，老羊皮回过神，发现自己竟然没事，子弹只是擦伤了他的右耳稍和头皮，摸了一把，满手是血，疼得钻心。

再看范孤，已经钻进了那辆切诺基，眨眼的工夫，车身猛地一抖，就窜了出去，迎头碰上一辆行驶的中巴车，就在碰撞即将发生的瞬间，切诺基猛然加油，在中巴车来不及做出反应的情况下，已经绕了过去，紧接着三拐两拐，将一辆小车挤入桥边的地摊，一片惊叫声中，切诺基窜上国道，扬长而去。

老羊皮看得目瞪口呆。

事先，他只知道范孤腿有残疾，心狠手辣，不知道他的车技竟是如此高超。

老羊皮看了一眼风挡玻璃上的两个枪眼，不由得又摸了一把血糊里拉的耳朵和疼得钻心的头皮，子弹肯定擦伤了头骨，就差了那么一点点！

一股血气蹿上来，老羊皮拉响警笛，猛踩油门追了上去。

他的车技并不差，车也是崭新的一汽丰田，虽说风挡玻璃被打穿，但对驾驶影响并不是很大，不一会儿就将在逃的切诺基收入视野，紧紧咬住。

县局的指示非常明确，天网已经撒开，盯紧目标，避免交火，随时报告。

是的，上了国道的嫌犯已经插翅难逃，前方肯定会有来自县城方向的警力拦截，身后嘎曲镇的警务人员已经追赶而来，周围是广袤的草原，范孤的出路只有一条，那就是束手就擒。

然而，如此狡猾如此凶残的范孤，对自己的处境难道真的一无所知？似乎不太可能，那他为什么还要往县城的方向跑，自投罗网啊？

难道说……

老羊皮的脑袋里轰的一声，突然想起前面不远的地方，有一条数年前废弃了的通往山里的岔道，他因公务曾在道上骑摩托车走过，越野车开进去没有任何问题，而底盘低的车则相当困难。如果嫌犯真是要往那条道上跑，那就麻烦了，他是四轮驱动的吉普车，在草原的便道上如鱼得水，很快就会将尾巴甩掉。而且前面不会遇到任何堵截，待到大批警力赶到，很可能已经跑得不知去向。更可怕的是，范孤这样命案在身的涉毒重犯心狠手辣，身上有枪。

再有几公里就是岔道了，直觉和经验告诉他，必须拦截！

即便冒险，也要行动！

老羊皮加大油门追赶上去，准备随时抢夺先机将对手挤下路面，然而，出乎意料的事情再次发生——

——嫌犯似乎早就料到了这一幕，他占好路面，掐好火候，在一个弯道上，突然减速猛打方向，硬生生将老羊皮挤下了路基……

由于车速太快，又是弯道，虽说他全神贯注，但猝不及防中，本能的躲避，使他来不及反应就已经冲下路基，侧翻打滚……

范孤跑了，他得意地放慢车速，使劲摁响一串胜利的喇叭，然后猛踩油门，扬长而去。

困在车里的老羊皮眼睁睁地看着。

数分钟后，两辆警车赶来，把受伤的老羊皮从变形的车里救了出来。

第二天，缉捕人员顺着那条岔道，在一条荒僻的山沟里发现了那辆黑色的切诺基，车是从崖壁上掉下去的，几十米深，摔得七零八碎。经鉴定，车里那个死相极惨的人，不是范孤。

那之后，范孤又蒸发了似的，消失得无影无踪。

老羊皮为此住了四个多月的医院，他左手的手臂严重骨折，手术两次，才算是好了。这次事件使他失落之极、沧桑不已，有时整天不说一句话，动不动就会自言自语莫名其妙发脾气，他觉着自己栽得太窝囊了。所里的同事、亲朋好友没少劝他，都没啥用，在他看来，从警二十多年的人，发生这样丢人的事，绝不是大意或意外的问题，他觉着自己技不如人，而且反应太差，而且盲目自信……

可又实在不服气！

就那么一个瞬间啊，以往的敏锐和感觉哪儿去了？要是提前点一下刹车，或者在碰撞的刹那选择强硬，与他对打方向，结果绝对是大相径庭。然而，生死关头亮剑交锋哪来的"要是"，哪来的"或者"……

他惭愧，他内疚，悔得撕心扯肺。

事实上，事发的那个瞬间，他并非没有反应，他清楚地记得，当他踩死油门的时候，高度敏感的脑海里至少划过两个疑问，虽说都是闪电般的刹那，但意识的确反应到了。

既然反应到了，为什么迟钝？

不，不是迟钝，是犹豫……

……看来是老了，该是抱憾回家养金鱼打台球的时候了。

然而，又绝不甘心！那家伙并不比自己年轻多少，两人相差还不到三岁，不就一个回合的交手嘛，凭什么认输？凭什么败下阵来！问题是，这不是甘心不甘心的问题，你只是一个最基层的派出所里的普通民警，缉捕范孤这样的大案要案，你根本就没有参与的可能。一生的机遇，也许就这么一次，你已经得到过了，是你自己没能抓住，非但没有抓住，还以丢人的完败收场……

他的心疼啊，煎熬似的。

伤愈后，县局领导找他谈话，准备给他挪个地方换个岗位。可他不知咋了，一口回绝，说他高寒地区习惯了，哪儿也不想去，坚决要求返回嘎曲，年龄到了就退休。

从那之后，他不知不觉有了一个习惯动作，一闲下来就会情不自禁地摸他耳朵和脑袋上的伤痕，凡是与范孤和瘸子有关的信息，都会格外敏感，甚至成为一种莫名其妙的念想，而且动不动就会在梦境里与之拼死格斗，每次的场面都惊心动魄，都惨烈血腥。

他并没想刻意做点儿什么，也不想出风头，更没想过当英雄，就是骨子里的倔强和不服！

3年来，他一直憋着那口鸟气，范孤那张色泽如铁的刀形脸，阴森森的亮眼睛，尤其是他得意地放慢车速，看着他使劲摁响一串胜利的喇叭，猛踩油门扬长而去的情景，时不时地就会浮现在眼前。

怎么也想不到，无心插柳柳成荫，就在他即将选择退休的时候，人生的机遇似乎再次从天而降。

潘和范两字谐音，俩人都是瘸子，直觉告诉他，这个和文苍有染的神秘兮兮的潘老板，很可能就是在逃的范孤。

老羊皮异常兴奋，他不由得抹起袖子，看了一眼手臂上留下的伤疤，摸了摸被范孤打伤的耳朵和头皮，牙齿咬得嘎嘣作响。

7

老羊皮从热旦家出来，立刻朝文苍家赶去。

已经快 10 点了，按正常时间估计，小吴应该说到就到。

现在，他满脑子都是文苍。

只要找到文苍，一切都将豁然开朗。他始终认为，文苍应该回家才对，他是个没有前科的人，事故应该是意外，意外事故，谁都有碰上的可能。碰上了，能够用积极的态度正确对待，自首了，对受害人的家属主动给予赔偿了，这些不都值得肯定嘛。那他和潘老板会是什么关系呢？如果仅仅是单纯的生意上的往来，他没有消失的任何理由。可万一不是呢……还有，那个神秘的潘老板，真的是范孤吗？

……

老羊皮吸着凉爽的空气，朝着文苍家大步流星。

推开文苍家的木栅门，他迅速扫了一眼宽大的院子，没有看见期待中的摩托车，倒听见堂屋内有异样的声响，像是有人在绝望的呻吟。

他几个大步蹿到门前，果断地将门推开。

不大的屋子里，只见文苍的女儿文吉衣衫不整，脸色苍白，牙关紧咬，极其痛苦地扶着套间内的墙壁抖作一团。

他吓了一跳，四处稍一打量，一个箭步蹿进卧室，里面没人，也没发现可疑之处，忙问女孩怎么啦？

　　文吉咬着嘴唇，勉强支撑住身子，极其痛苦地说，对不起，我……我要犯病了……你……你能帮帮我吗？……

　　老羊皮脑子里轰的一声，面对身穿内衣的文吉不知所措。

　　快，快啊……帮帮我……包……包里……

　　包里怎么啦？

　　包……包……

　　包在哪儿，说，快说啊！

　　老羊皮急了。

　　文吉瞪着眼睛想说，可她的呼吸更加急促，嘴里白沫直冒，什么也说不出来，继而，面部肌肉强烈痉挛，身体在剧烈的扭动中抽搐起来，幅度越来越大，头碰在墙上咚咚作响。

　　到了这会儿，吓坏了的老羊皮哪里还顾得上多想，他将文吉紧紧抱住，毫不犹豫地将大拇指的硬指甲使劲顶向女孩鼻根处的人中穴，一下一下又一下……不知过了多久，觉得拇指和手腕酸困时，文吉已不再扭动挣扎，僵硬的身体也松弛下来，软软地瘫在了他的怀里。

　　老羊皮抱着瘫软的女孩，浑身乏力，双腿打战。

　　毫无疑问，这女孩是犯病了，犯了很严重的病。

　　什么病？他不知道！

　　紧要关头，他只是本能地掐住了她的人中穴，这在他很小的时候就知道，人犯晕的时候使劲掐人中管用。当年，他大哥顽皮，不幸从房顶上掉下来背过气去，奶奶和母亲一人拼命掐他的人中，一人拼命掐他的拇指和食指间的合谷，硬是把没气了的大哥给掐醒了。

　　他把女孩抱到炕上，猛然想起女孩说她的包，看样子包里很可能有药。

　　可包在哪呢？

　　他在屋里转了两圈，没有找到。

　　约半个来小时，女孩醒了，大概是犯病后体力严重耗损的缘故，她躺在那儿，无力地喘息着，清秀的脸庞愈加苍白，两只无神的眼睛，不安地望着他，喃喃地说，怎么啦叔叔，出什么事了？

你晕过去了。

老羊皮冷静地说。

对不起，我太糟糕了，没……没给你找什么麻烦吧？文吉摸了一下被掐肿的人中，声音微弱不好意思地说。

老羊皮笑笑，说没什么，你的包……

包，什么包？

老羊皮耸耸肩，摊了摊手，心说我哪知道什么包啊，是你自己说的。

是我说的吗？

女孩努力欠起身，惊讶地望着他，突然她反应了过来，说对不起，我知道了，肯定是我让你拿包里的药。说着，满脸歉意地从风衣底下拽出了随身的包包。

老羊皮赶紧上前，扶她躺下，努力放缓语调安慰道，好了，没事了，你这是怎么啦？

我犯的是癫痫。

老羊皮吃了一惊，这样的病，他知道一点儿，好像就是民间所说的羊角风，跟神经错乱没啥两样。

女孩看着他的反应目光闪烁，神情复杂地说，小时候头部受过伤，昏迷了 5 天才醒过来，因为没去大医院，治疗不彻底，落下了病根。说着，愈加不好意思，连声道谢后，说真是对不起，让你费心了，其实，我已经很长时间没犯病了，只要不刺激，不生气，一般没事……没想到，回家倒不行了。

以前犯病时，怎么治疗啊？

老羊皮耐心地问。

我随身带药，吃两片，休息会儿就好了……

特殊情况呢？

他钉着问。

那会很麻烦，也很危险。

女孩说着，突然烦躁起来，冲动道，医生说……像我这样的，弄不好，应聘的时候……会有麻烦。

什么麻烦？

过不了体检关……考也白考！我……我咋这么倒霉啊……

文吉说着，像是再次耗尽了能量，极其疲倦、极其虚弱地歪倒在炕上，两行清泪泉涌似的漫出眼眶。

老羊皮紧张起来，这样的氛围里，面对这样一个显然需要帮助需要安慰的纯真女孩，他不光没有经验，而且心神慌乱。

女孩倒笑了，说对不起，你不用担心，我就这样的人，早有精神准备。对了，你有孩子吗？

有呀！老羊皮顺口就答。

男孩女孩？

男孩，今年 18 岁。

18 啦？女孩想起什么似的突然盯着他说，正好大我 1 岁，那……他不参加高考啊？

当然参加！老羊皮脱口而出。

女孩马上疑惑地盯住他说，那你咋不回家陪他？

老羊皮被噎得心口闷疼，掩饰不住，干咳了几声，见女孩忽闪着眼睛等待回答，只好再次堆出笑脸，嘿嘿两声说，有他妈呢。

文吉不由得长叹一声，说是啊，我阿爸明明知道我要应聘考试，还是把我扔在这儿，到没人知道的地方去了，而你也一样……

老羊皮脸色青里泛黑，冷汗淋淋。

看着他的尴尬样，女孩敏感地说，对不起，我不该这样说！可也没有错，难道我说得不对吗？连子女的前途和高考都不在乎，只知道赚钱，能算合格的家长嘛！女孩越说越冲动，不由得发泄起来。

狼狈、痛苦的老羊皮默默地望着发泄的女孩，渐渐沉静下来，冷不丁冒出了一句，你阿爸对你不好吗？

女孩一愣，说好归好，这不是一回事儿……

说嘛，咋不是一会回事儿。

没啥讲的！

老羊皮温和地看着她，轻声说，也许你错了，我是说你阿爸，他不是不想回来，你想想，他是你阿爸，咋会不愿陪你应聘呢！我敢保证，此时此刻，他不定多么想你，多么焦急呢，也许……也许真有什么重要的事情，太忙了，脱不开身。当然也包括我，做父亲的，哪有不关心孩子前途的，只是有的时候，遇上的事儿会使你身不由己，甚至遗憾终生。你说得对，说得好！我不是个好父亲，离子女希望的标准差得太远，真的不够格！可我此时此刻，非常非常想念他……说着，他不由得站起来，动情地说，文吉啊，作为你的长辈，我真心希望你好，你得赶紧振作起来，必须参加应聘考试！你要知道，人吃五谷杂粮，哪有不害病的，就连神仙都不能幸免。现在的医学很发达，你的病肯定能看好，州上不行到省上，省上不行到北京，总之，一定能治好！

女孩惊讶地审视着他，看着他真挚的神态和慈祥的目光，像是突然意识到了什么，脸猛地一红，说不好意思，我刚才说的不完全是那个意思……

那是什么意思？

其实……其实我一直担心我阿爸。

担心什么？

担心他会出啥事儿，他不是这样的人！

老羊皮笑了，说不是这样的人，那是啥样的人？

他还是挺好的，本来，他答应得好好的，前天一定把证件亲自给我送过去，陪我应聘考试！怎么也想不到，他突然变卦，不但不去给我送证件，还害我临考前几百里路往家跑。我回来了，他倒走了，实在让人憋得慌。不过现在已经没事了。对了羊皮叔叔，想知道这次高考的作文题目吗？

老羊皮愣了一下赶紧说，当然想，你知道啊？

文吉调皮地笑了。

就在这时，院门外响起摩托车的马达声，俩人几乎同时跳将起来，跑出门外。

来的是小吴，一见老羊皮，马上急迫地说，老杨，你真在这啊，文苍那家伙归案了吗？老羊皮见势不妙，慌忙摇头摆手。可不知究竟的小吴，愈加冒失地说，不是已经自首了嘛，咋还没归案，非要自食其果啊！老杨急了，一个箭步窜上去，恨不能捂住小吴的嘴，但已经晚了——

——遭到骤然刺激的文吉，突然两眼发直，脸色惨白，强烈的抖动中，牙关紧咬，四肢痉挛，呜呜呀呀……哑巴呼救似的喊了几声，直挺挺地倒了下去。

8

文吉再次从神智昏迷中醒过来，已经临近中午了。

老羊皮给她服药后，一直坐在她的身边守候着，直到她悄然睡去又安然醒来。

他用低沉平缓的语调，给她讲了车祸的事，告诉了她可能的情况和结果。眼见女孩情绪渐渐安稳，他的心情也平静下来。

现在，老羊皮已经有了一个初步的决定，要在这大石头羊圈守株待兔蹲点儿，直到文苍出现。

不料他的决定遭到了小吴的反对。小吴说，根据犯罪心理学的一般规律和他的分析判断，文苍虽说打了自首电话，但由于无法排遣的恐惧，以及害怕对后果承担责任，神智慌乱间，三十六计走为上，十有八九逃逸了。大石头羊圈天高地远，交通不畅，通信闭塞，总共只有几户人家，在不知道嫌疑人去向的情况下，根本没有蹲点儿守候的必要。

这让老羊皮很不高兴，在他眼里，小吴不过是个刚成人的孩子而已，不就上了个警校嘛，张口犯罪心理学，闭口规律判断，懂什么啊！但长江后浪推前浪，他还没傻到跟年轻人较劲的地步。再说了，小吴的话也不是没有道理，如果这只是一个单纯的交通意外，事故认定已经不是问题，嫌疑人有自首行为，当事人又没有正式提出其他诉求，事件只是一个按章处理的问题，蹲点儿真的没必要。然而，小吴的判断和他的想法并不完全是一回事。

事实上，潘瘸子才是他兴趣的焦点。

没有诱饵，不能钓鱼，但未必不能捉鱼！

老羊皮高度兴奋，情绪饱满，忘记了疲劳，忘记了回家，甚至忘记了陪伴儿子高考的事，他要待在大石头羊圈，像一只隐伏在崖壁上的雪豹，静静地等待猎物的出现。

但这还是一个秘密，在没有得到确切证据的情况下，他还不想把他的猜疑和想法告诉小吴，为此，他必须固执己见，必须坚持留下来守株待兔，他把握十足不容置疑地说：

文苍那人我了解，他不是个坏人，根本就没有逃逸的可能，他既然答应女儿回来，就一定会来！

咋这么肯定？小吴不屑地说。

老羊皮叹口气，说你当爹以后就知道了。

不行，我要给所长打电话！

老羊皮说，随你的便，这儿没信号，要打的话，得往东边的山头上爬，爬到有经幡的地方就可以了。说到了山顶，别忘了帮我个忙，给我家里打个电话，该咋说你知道的。说着，拉过小吴的手，在他掌心里写下一串手机号码，然后眯起眼睛堆出笑脸，用力拍了拍小吴的肩膀，压低嗓门说，去吧去吧，回来我给你烧羊肉汤，这儿的肉鲜，美得很！说完，点着烟四平八稳吸起来，吸得丝丝有声，恨得小吴咬牙切齿满脸情绪。

小吴走了。

老羊皮在火炉边靠着土墙坐下来，太困了，太累了，几十年来从没这么疲乏过，乏得连喘息的力气都没有，真想躺到热乎乎的大炕上就那么睡死过去，可是不能，那丫头吃了点儿东西，服了镇静药，睡得正香……其实……其实也没什么，她睡她的，你睡你的，能有啥事？那年冬天，到药水泉出差，遇上暴风雪，几个人挤在人家的大炕上，夫妻为界，男女分开，一连睡了好几天……还有一次，出警在外，不得已住在牧民家里，还不是照样男女混住，你能做什么，什么都做不了……可现在不行，不管你怎么想，绝对不能往人家炕上躺……那躺地上总可以吧，找些铺垫的东西，抱床被子过来，美美睡上一觉……可想归想，身子不当家，一动心就慌，慌得要从嗓门里蹦出来……

　　已经有段时间了，他时常胸闷、头晕、恶心，睡到半夜，动不动就被自己的心跳惊醒。一开始，还以为是累了，没太在意，直到有天早上，起床时眼前骤然晕黑，急速跳动的心脏不光隐隐作痛，而且伴有明显的停滞和间歇，他才慌忙跑到医院看医生。检查的结果是心律失常。医生在得知他没有家族病史，平时很少喝酒、基本不喝浓茶咖啡之类的饮品后，告诉他，心律失常在高寒缺氧地区是常见病，建议他服药治疗，规律生活，好好休息，最好到海拔两千米左右或更低的地方休养一段。那之后，他开始小心对待自己，不光随身携带调节心脏的药品，而且彻底戒酒，大量减烟，毕竟心脏病不是闹着玩的……

　　其实不光是心脏病，他的关节也很糟糕，动不动就疼痛难忍，还嘎嘎作响，听上去像是机器装置，很是吓人。肺部和气管也不好，一次感染，打了近一个月的吊针，好是好了，但不彻底，经常胸闷气短、憋气干咳，中药西药不知吃了多少，都没什么明显效果，折磨得他痛苦不堪。一天上午，他在街上闲逛，碰巧遇上了到嘎曲购物的文苍，说话时，文苍见他面容憔悴，咳嗽不止，询问原因，他不想多说，轻描淡写应付了之。怎么也没想到，第二天，文苍从大石头羊圈特意下来找他，给他用顶级的冬虫夏草装了两大瓶纯药胶囊，至少有500克。500克的顶级虫草，能值好几万块钱呢，他哪里敢要。可文苍说，靠山吃山，大石头羊圈没啥好东西，就是产虫草。虫草是什么，是药。药是拿来治病的，不是用来牟利的，你就给我一次报答的机会吧，谁叫咱们有交情有缘分呢！

　　结果非收不可！

　　冬虫夏草生机润肺名不虚传，两大瓶胶囊吃下去，他不光呼吸系统的病症消除了，人也精神了许多。但身体的状况大不如前，稍不留神，就会感冒，只要感冒，炎症就会接踵而至……

他的眼睛也有毛病，老毛病了，海拔四千多米的高原不光严重缺氧，紫外线辐射相当厉害，待得久了，眼睛常年肿胀充血、视线模糊、眼睑溃烂、遇风遇冷泪流不止……一位寺院里的老藏医，特意为他配制了清凉去火消炎止痛的眼药，是用棕熊的胆汁调成的，非常珍贵……老藏医说，根据他的病情，虫草和熊胆要经常使用，才能保证病情的稳定。

虫草、熊胆堪比黄金，偶尔获得赠予的机会，那是他为人做事得到的报偿，想要常用，以他的收入，跟上天揽月没啥两样……

看来，身体的零件真的破旧了老朽了。

伤感像山洼里的雾，缠缠绵绵弥漫开来，很像那次同学聚会……

是在省城五星级的大酒店，全部费用由两男一女三个做了大老板的同学分摊，他只是带着嘴巴去，会友叙旧醉场酒，难得一乐。哪里想到，山中方一日，世上已千年，曾经的同窗早已物是人非，不光彼此的身份天差地别，彼此的境遇更是天翻地覆。

人世沧桑啊！

偏偏他这个来自牧区基层的小民警，遇上了当年的初恋。那时候，俩人花前月下没少缠绵，留下过不少浪漫回忆。可现在，人家拥有数百万资产的店铺，浑身上下珠光宝气，年轻得像三十左右的少妇。哪里像他，双目红肿，黑皮寡瘦，皱纹都快勒破肉皮了。可他还是异常激动，眼看人家根本就不愿认他，还是再三上前搭讪，好不容易聊上了，几杯白酒下肚，显然兴奋的初恋，直打直地说，这么多年没见了，我还以为凭你的能耐，最起码也是正科了，没想到竟然还在牧区熬光阴，竟然还是个尕民警。庆幸啊，幸亏我当初有眼，没嫁给你，否则的话，现在的人生不定多苦难呢！

是的，她说得对！

他无语，他默默地望着她，咚咚作响的心一个劲儿地疼，比犯心脏病时难受得多得多，说啥呢，一直那样美好那样幸福那样纯真那样珍贵的初恋记忆，刹那间，竟然只是一个虚空的梦……

清澈的泉流浑浊了！

神圣的宝塔崩塌了！

他真傻！

是的，除了傻，还是傻！

唱歌的时候，大家争先恐后来了一轮又一轮，只有他默默地坐在旮旯里，他很少唱歌，连那首最著名的便衣警察都不会唱，可大家非要让他唱，没办法，那就唱藏歌吧，藏区待久了，别的没学会，藏歌倒是能唱一两首，用藏语唱，唱他最喜欢的《黑帐篷》——

风雪夜里
有一顶黑帐篷
牛毛编织的黑帐篷啊
孤灯闪烁
照亮我生命
风的声音
雪的絮语
送我一首歌
给我一个梦
……

唱啊唱，他唱得嗓音沙哑，他唱得泣不成声。

大家都以为他醉了，失落的人借酒浇愁很容易醉，也很自然。

其实他没醉，他的心里明明白白，他没毛病，他很正常，只是不可抑制地想喊、想唱、想吼、想哭……

那天，他的泪水感动了不少同学，尤其是女同学。

大家都来安慰他，越是这样越难过……

以前，他常常这样想，人这一辈子啊，咋过都是过，偏远地区草原深处，一辈子没见过世面的人多得是，好多人连州府啥样都不知道，可人家照样活得好好的，悠闲自在快快乐乐，啥叫压力啥叫郁闷根本就不知道，哪有城里人那么多的痛苦和烦恼……

现在，他的想法变多了，不能不变！

别的不说，每次回家老婆的怨气就受不了。以前哄哄就能过去，最多听她唠叨唠叨，这两年说不行就不行了，人家已经看透他了，看透了也就受够了，受够了那言语那眼神那态度自然也就不再客气了，叫你不受也得受……

不光老婆，早就长大了的儿子和他也隔膜了。

那次回家照看患病的老父亲，曾对他崇拜有加的儿子相当不满地对他说，老爸，你就不能想想办法调回来啊！这么多年了，你啥时候顾过家管过我啊？我爷爷病成这样，我妈都累倒了，让我去医院陪床，都两天了，落下的功课一大堆。他不无尴尬地说，你都这么大了，偶尔照顾一下老人也是应该的嘛，你又不是不知道，我这阵子实在太忙……儿子不屑地翻他一眼，毫不客气地打断他说，得了吧，是你没本事，以为我不知道啊！

一句话，呛得他整整一夜没合眼。

没办法，感情这东西，向来就近不就远，想靠理解去滋养，那是幼稚，没人侍弄的花草，茂盛了才是怪事！

还有……儿子说得对，你就是没本事……没本事，又没门路，混不出个人样来，那就只好活该……活该的事儿，不忍也得忍……

……

老羊皮怎么也没料到，就在他胡思乱想似梦非梦的时候，失踪的文苍已经不声不响回到了大石头羊圈。

9

文苍进家的时候，老羊皮靠在火炉边的土墙上睡得正香。

听见屋里超强的呼噜声，文苍异常紧张，他摸着腰里的刀把一个箭步就冲了进去，立刻就看到了坐在地上耷拉着脑袋呼呼大睡的老羊皮。他悬着的心稍一下落，又狂跳起来，女儿文吉怎么啦，为什么不在……可没等他挪步，纹丝不动呼噜震天的老羊皮突然沙沙哑哑地说：

文苍嘛，你到底回来了！

吃了一惊的文苍立刻上前，想把老羊皮拉起来，但没敢拉，他见老羊皮用力朝他挥了一下手，两眼放电道：

放心吧，我没事，你女儿也没事！说着，揉了揉眼睛，使劲打了个哈欠，直起腰板说，你这两天去哪儿了，有个姓潘的老板，你是不是和他在一起？……我在问你话，这两天去哪儿了，是去找那个姓潘的老板了吗?

是！有些愕然的文苍脱口而出。

老羊皮忽地一下跳起来，大声叫道，好啊，说，快说，他在哪儿?!

喊叫间，上山回来的小吴到了，女孩文吉也从套间里出来，全都惊讶地望着他，可他什么都顾不得了，双手揪住文苍，急切地喊道，说话呀！他在哪儿，他是瘸子吗？到底姓潘还是姓范？你们认识多久了？是啥关系呀？

说，快说啊！

原来，这个神秘的潘老板让文苍代收虫草已经两年多了。

俩人以前并不认识，是一个名叫华旦的朋友介绍来的，说有个人品不错的大老板，专在山里收虫草，为人慷慨，讲信誉，特意气。问他手里有没有现货，有的话，不妨打打交道。他当然愿意，这些年虫草年年挖，但大石头羊圈地缘高寒，太过偏僻，采集的虫草拿到嘎曲镇的收家那里，或者县城的商贩那里，价钱压得很低，好货无好价，拿到省城去卖吧，来回三千多里路，受不住折腾不说，由于没和城里人打过生意交道，心里也没底。认识一个人品好的收草大老板，他真是求之不得。结果，事情顺利得超乎想象，那个潘老板不光慷慨义气，付钱更是干净利索，不管多大的金额，一旦交易，立刻现金支付，绝不拖欠。就这样，一来二去，俩人成了相当不错的生意伙伴。今年以来，潘老板更是把大石头羊圈一带的虫草收购全权委托给他，由他直接代理。免了他上山挖草之苦不说，利益收入更是翻上加番。

这两天，文苍之所以消失，主要是他出事后，内心惶恐，考虑到可能惹上大麻烦，自己手里尚有20多斤鲜虫草，是用潘老板的款子重金收来的，他必须把货亲手交给潘老板，然后再来料理其他的事情。

问他潘老板现在哪里？

他说不知道，和这个潘老板交往以来，生意上他只是收购虫草，拿回扣，其他事情一概不知。至于潘老板的行踪，更是知之甚少，认识这么长时间了，连他叫啥都不知道，问了几次，都没问到。说这人性情孤僻，相当神秘，每次来只为生意，完成交易马上就走，从不过夜。说这是行内规矩，不容任何人打听。由于虫草生意金额大，风险高，他一直不敢多问。两年多来，只知道他从来没有固定住所，忽东忽西，有时开吉普车，有时开摩托，电话平时很难打通，有时几个月不见踪影，有时又幽灵似的说来就来，有两次甚至半夜三更来敲门，事先根本不给你打招呼。说这次去送货，事先早就联系过，动身前俩人约好在70公里开外的尕托乡见面。没想到，他辛辛苦苦赶过去，潘老板又给他打电话，说很对不起，生意绊住了，我离尕托还有几百里地呢，你先回去吧，最好再收点儿鲜货，过几天咱们再联系，也许我会去找你。

就这样，文苍又急急忙忙赶了回来。

老羊皮要过文苍的手机，看了一下他和潘老板的通话记录，手机显示通话一分钟。他记下手机号码，问俩人在电话里还说了些什么？文苍说，就那几句话，他很想问问他到底哪天来，但已经挂机了。他问潘老板平时来是几个人？文苍说，来过很多次了，每次都是独来独往，只有一次是两个人。问潘老板还和大石头羊圈的什么人有来往？文苍肯定地说，没有！

老羊皮抑制不住内心的亢奋。

看来，这个神秘的潘老板十有八九就是通缉了几年的重大嫌犯范孤。这真是踏破铁鞋无觅处，得来全不费工夫！然而，这只是他个人的判断，在没有见到这个潘老板之前，他还不能确认这个人就是范孤。

老羊皮拉着小吴走进文苍家的大石头羊圈，静悄悄的石圈内，俩人踩着松软的羊粪，晒着暖烘烘的太阳，迅速交流了一下情况。

小吴说，要不把情况向所长汇报？

老羊皮说不用，我决定蹲点儿，等候潘老板上门。

小吴惊得差点叫出声来，说这么大的事，你来决定？……

老羊皮笑笑说，脑子进水了是吧。

小吴有点儿急，压低嗓门严肃地说，你别开玩笑好不好，这种事，擅自做主，万一出了差错谁承担？

当然是我！老羊皮十分坚定。

小吴固执道，我看还是请示一下所长吧。

不！老羊皮果断地说，所长做事的风格我很清楚，在没有充分证据，不能确定潘老板就是范孤时，这种事他是不会答应的！

小吴为难道，那你何必呢……和你在一起……

老羊皮乐呵呵地接过话说，倒八辈子霉了！是吧？

小吴冲动起来，说咱的任务，不是抓捕你说的范孤！

没错！老羊皮认真地说，咱的任务的确不是抓捕范孤！可你想过没，带走文苍回去交差太容易了。可要放走一个通缉在逃的重大嫌犯，没准就会出大事。

小吴执拗道，问题是，你咋知道那人就是范孤，万一不是呢，或者发生意外怎么办？再说了，那个文苍的话，就那么可信？

老羊皮说，怀疑当然可以，咱蹲点儿不就是为了证据嘛。

可这样做，有悖我们的工作原则。小吴勇敢地顶撞道。

老羊皮火了，说不要给我讲原则，说属相、论警龄你都小两轮呢。

伤了自尊的小吴一脸的情绪和无奈。

老羊皮使劲吸了两口烟，稍稍冷静了点儿，说好吧，我本来就没权对你发号施令，你可以上山去给所长打电话，把事情汇报清楚，请转告所长，在没见到那个潘老板之前，我是不会回去的。老羊皮说完，撇下小吴，转身走了。

他要赶紧拉上文苍到受害人娘本的家里，好好稳住热旦的情绪。

10

夜幕降临，阴沉沉的山谷里，除了水流的声音、牛羊偶尔的躁动，以及藏狗发出的沉闷叫声外，没有任何声响。

老羊皮叫文苍陪他上山打电话。

小吴上山汇报情况，所长的反应完全如他所料，说小吴啊，你告诉老杨，保持职业敏感是必须的，但在没有可靠证据的情况下，千万不可盲目从事，你们的任务是处理文苍意外致人死亡的案子，有关范孤的情况让他回来详细汇报。

情绪不稳的小吴，从山上下来，就一直想着带走文苍回去交差的事儿，对老羊皮关注的范孤的案子兴趣不大。在他看来，老羊皮不过是个即将退休的老家伙而已，混了一辈子，人生乏味，业绩平平，所谓一事无成百不堪，该回家了，还不甘心，想在最后的日子里弄出点儿动静罢了。而他就要调到县局了，在来大石头羊圈时，他接到母亲的电话，说他的调令已经发出，并告诉他，到了县局好好干，想办法给他弄个学习的机会，一年后就能把他调回家，也就是回省城。他有这样的好前景，干吗要跟老羊皮这样的人瞎折腾呢?!

回到文苍家，小吴再也没有了起码的耐心。他以所长的口吻对老羊皮说，所长说了，咱们的任务是处理文苍的案子，让咱们立刻把嫌疑人带回所里，其他事情要你当面汇报。

说者无心听者有意，见到父亲后的文吉，一直疑虑重重提心吊胆，她很想亲口问问父亲到底发生了什么事，很想听父亲亲口把事情原原本本给她讲述一遍。可一直没机会。越是这样，她的心里就越是不安、越是烦乱，总觉着有什么可怕的事情就会发生。这会儿，突然听见小吴这样说，她的情绪顿时失控，直愣愣地盯着父亲，泪水夺眶而出，紧跟着一声尖叫，疯了似的猛然推开身前的老羊皮，扑向文仓，一面挥舞拳头在父亲的胸脯上使劲捶打，一面放声大哭道，你说，你说啊……你究竟干了什么？……说啊……这到底是咋回事啊！……

到了这会儿，文苍挺直胸脯，任由女儿捶打。

文吉这样的病最怕刺激，一旦刺激了，尽量由她释放心结，说过也就过去了，以前这样的事儿没少发生过。可这次情况大不相同，在很短的时间内因过度焦虑、猜忌和惊恐的文吉，已经犯了两次病，她脆弱的神经和衰竭的心智，已经经不起任何的刺激和打击。没等大家采取措施，她就口吐白沫浑身痉挛抽风倒下。

几个人找药的找药，倒水的倒水，好不容易才再次控制住了文吉的病情，多亏她随身带有药品，否则的话，天晓得会出啥事。

倒是文苍神情镇定，说不碍事的，她这是老毛病了，从小就有，据说是伤了脑子造成的。

老羊皮警觉道，你说的"据说"，是什么意思？

文苍面相为难吞吞吐吐道，杨警官，你不知道啊，文吉她……她不是我亲生的……

老羊皮吃了一惊，不动声色，让他接着讲。

文苍沉重道，有十四年了，是冬天的事，我们这儿遭遇了一场大风雪。当时，我和媳妇恰好在丈人家帮忙干活儿。风雪过后，村里人在一间倒塌的房屋中救出了一个不到3岁的小丫头，孩子的父母不幸遇难，跟前又没什么亲人，媳妇没和我商量，就把孩子抱回了家。我和媳妇结婚四五年了，一直没孩子，医生说是媳妇的问题，跑了不少医院，钱没少花，可就是没啥效果。现在，突然有了这么漂亮的一个丫头，我俩立刻就达成了收养的共识。就这样，聪明乖巧的文吉成了我的女儿……糟糕的是，在跟我们生活两年后，一天下午，她在外面和其他孩子玩耍时，有个男孩抢走了她口袋里的糖果，她一气之下就晕了过去。从那之后，只要有谁惹了她，或者啥事儿不如她的愿，或者受到刺激，她就嘴唇青紫，两眼发直，背过气去。后来，我把她带到州医院检查，才知道患的是癫痫病，据说是周岁时，从炕上掉下来摔坏了脑子……为了避免危险，我和住在县城里的妹妹商量后，把媳妇和她安顿到了城里，文吉也在城里上了学，直到她上完中学，上艺校……

整整一天，文吉的状况一直不怎么好，老羊皮费了很大的劲儿，才稳住了父女俩的情绪，并使小吴的心态有了变化，同意留下来蹲点儿。

老羊皮到达山顶，叫文苍远远等着，自己走到经幡跟前，接通所长的手机，将掌握的情况和自己的分析详细汇报了一下。所长说，好吧，既然你坚持认为你的判断，明天我会把情况向县局汇报，范孤不是一般的嫌犯，你要高度警惕，随时保持联系。

挂掉电话，老羊皮很不高兴地嘟囔了一句脏话，本来嘛，这儿的海拔五千多米，打一次电话，上山下山最快也得一个半小时，能把人累个半死，随时保持联系，尽他妈胡扯！

好了，该和老婆说说话了，可又能说啥呢，明天儿子高考，考啥样暂且不说，他这个当爹的最起码的心愿是没法了啦……他心里酸溜溜的不是滋味，鼻子有点儿堵，胸口有些闷，闷得前胸后背隐隐作痛……他知道的，这个电话不打远比打要好，因为结果已经在那儿了，重复痛苦，实在没必要。

可又不能不打！

果然，电话一拨通，老婆开口就撒气，你不是不回来了嘛，还打啥电话呀？

老羊皮努力控制住嘭嘭的心跳，嘿嘿两声，低声下气说，不就工作嘛，没办法的事儿……

就你有单位，就你有工作啊！老婆压着嗓门，拧着嗓音爆发了，一年三百六十天，你啥时候顾过家啊！

老羊皮再傻笑两声，可怜巴巴地说了几声对不起。

得了，你这一辈子对得起过谁呀！老婆像是要摔电话了。

老羊皮赶紧说，不就对不起你嘛！我知错了，真的知错了！老婆啊，我知道的，咱家有你在，我不管在哪儿也就放心了……

啥都有我，要你这男人干吗呀！

老羊皮说好好好，你看这么着行不，我保证，这次儿子高考完，咱们全家不光游海南，还到香港去看看，咋样？要不你说去哪儿就去哪儿，名山大川由你选，好好补偿一下还不成嘛！

得了，这话我听十来年了！

老羊皮赶紧干笑两声，说你就不能再信我一次嘛，我是你老公，再信一次还不行嘛！

你叫我信啥？你这样的空炮手，我还不了解啊！

这次绝对是真的！绝对是最后一次！……能给儿子说说话吗？

老婆断然拒绝，说行了，明天高考，你不陪也就算了，少来影响他情绪！

老羊皮冲动起来，闷声闷气道，我发誓，办完这个案子，马上回去，谁要再来这鬼地方干，谁他妈就不是人！说着，心里一酸，有气无力道，求你了老婆……知道不，我出警的地方没信号，为打这个电话，我顶着月亮，爬了一个多小时的山路……才……才打通的……这会儿，我脚下的海拔有5千多米……很……很不容易的……

你不容易，我容易吗?!

老羊皮一听声音不对，后悔得直咧嘴，但已经晚了，他最害怕的事情发生了，老婆又在电话里哭起来了。

你……你听着，要不是儿子高考，我……我要和你搭话，我……我不姓王……呜呜呜……呜呜呜……

……

挂断电话，老羊皮心口泛潮，半天透不过气来，他知道自己真的很笨，是个不善表达的人，越是关键时刻，越是面对亲近的人，就越不知道该说啥，想好了也说不好，就像此时此刻，他真想对老婆对孩子说的是，我想你们，我想死你们啦！但说出来的，不知咋了，就是不对味……可还想说，千言万语全都大浪似的在他的胸腔里汹涌澎湃，漫过了所有的感触和知觉……

泪水扑扑啦啦滚落下来……

……可他不能哭出声，绝对不能！

不但不能哭，还必须立马从这该死的情绪里解脱出来！

想到这儿，他粗粝的手掌在脸上使劲抹了一把，十根坚硬的手指捏得嘎嘣作响，心里的那根弦，也绷得嘣嘣有声，文苍就在十步开外等着他，小吴还在山下，而那个幽灵似的家伙说来就来，是的，越来越强烈的直觉劲风似的扑打着他，刺激着他……

毫无疑问，情况比预想的要复杂得多得多，这是属于他的最后机会，也是命运最后的眷顾，一定要稳，稳稳当当掌控局面，稳稳当当出奇制胜，不能出任何差错。

老羊皮下山的时候，明晃晃的月亮挂在当空，皎洁的银光照耀着连绵的雪山，照耀着寂静的峡谷，照耀着沉睡的草原，也照耀着他脚下的那条灰蒙蒙的似有还无的山路。

无影无踪的风，吹得经幡哗哗作响。

他知道，这些印满经文的经幡只要被风吹动一次，就等于诵经一遍，都是什么经，他不清楚，也不想知道，只要是祈福，只要是吉祥就行！

他双手合十，朝着天地，朝着呼呼有声的经幡拜了几拜，心里默默地念叨着，天地有灵，菩萨保佑，让我的儿子平安入梦，让我的儿子顺利高考……

11

夜深了。

文苍守着女儿睡在套间里的大炕上。

老羊皮吸着烟喝着茶，在火炉上耐心地烤着两个大土豆，这是他和小吴的夜宵。最平常不过的土豆，在这远似天边的地方异常珍贵，不是尊贵的客人，牧民们绝对不会轻易拿出来。

小吴靠近老羊皮，没话找话说，问你个事儿行不，你干吗要叫老羊皮？

老羊皮说，这还用问啊，不就外号嘛！

小吴不解，固执道，我说的是为啥要叫这名字？

老羊皮不紧不慢地翻着手里的土豆说，我咋知道，是他们要叫，你要真有兴趣的话，找件光板老羊皮做的大衣穿穿，可能就知道了。

啥叫光板老羊皮？

咋，你连这都不知道？说着，他忽然感慨道，也对啊，你这么大的孩子，哪见过那玩意儿啊！

小吴有点儿不高兴，一样穿制服，谁愿被人叫孩子啊，可嘴上却说，确实没见过，你给说说不行啊？

老羊皮说，有啥说的，想想不就知道了，以前人穷，羊皮大衣挂不起面子，就直接把羊皮缝成光板大衣穿，那玩意儿丑陋，像我一样，可就是挡风、隔潮、暖和。

小吴似乎感觉到了什么，赶紧套近乎说，想儿子了吧！

老羊皮抬起手习惯性地抹了把脸，叹了口气，自语似的说，不知道这小子准备得咋样。

你不是说没问题嘛！

老羊皮话题一拐，说参谋参谋，要是考上了，填报什么学校好。

当然是公安大学啦！小吴故意讨好。

老羊皮摇了摇头，叹气道，还公安大学呢，他喜欢的根本就不是这行当，就是考上，将来也不是这块料！

不一定吧？

错不了，这小子从小就爱养猫喂狗侍弄花草，像他妈。

听人说，儿子像妈有福气。

老羊皮无奈地哼了一声，心说大概你像你妈吧。

小吴哪里知道他的心情，只顾信口开河道，我现在知道，为啥小你十来岁的所长是你上司了。

老羊皮吸了口气，说你还知道什么？

还知道你为啥老是关键时刻缺运气。

不光是运气。

没错，还得加上倒霉，要不咋老犯错误呢！

老羊皮又深深吸了口气，做作道，不不不，你说的不对，问题的关键既不是缺运气，也不是犯错误。

那是什么？

老羊皮没劲地自嘲道，明摆着嘛，大材小用！说着，不等小吴再开口，连声说，好了好了，睡你的吧，后半夜你还得守夜呢。

小吴心里不屑地哼一声，心说睡就睡，没事找事，守什么夜啊，真是可笑，好歹也干公安几十年了，咋能仅靠一个当事人的传言，就凭感觉抓逃犯呢？都啥年代了，这样的职业素质，要不是亲自碰上，说出去不定传成啥笑话呢。

曙光映亮天幕时，大石头羊圈传出几声响亮的狗叫，跟平时没啥两样，这样的时辰，下山喝水的岩羊，捕猎的雪豹，偶尔跌落的山石，都有可能引起狗的叫声，没人当回事儿。

只有一个人例外，这就是老羊皮。

老羊皮听到狗叫时，炉中的残火映照着黑黝黝的房梁，身边的小吴睡得正酣，压根没把守夜当回事儿。

再有一会儿，天就亮了。

老羊皮看着白蒙蒙的窗户，警觉地听了会儿外面的动静，翻身起来，到院里拿了些干牛粪加到炉膛里，提起水桶到二百来米远的河边去提水。

已经是 6 月份了，游窜的晨风依然刺骨，碧绿的嫩草上，绽放的花瓣上，洁白的霜渣晶莹透亮，天空湛蓝，一丝云朵都不见，鸟儿清脆的鸣叫声回荡在空荡荡的峡谷里，看上去听上去很有点儿辽远忧伤的味道。

他已经想好了，吃完早饭，再做一下文苍的思想工作。昨晚两人下山时，他已经将有关范孤的情况给他做了必要的交代。他相信，像文苍这样祖祖辈辈守着大石头羊圈生活的人，本质上应该是善良的淳朴的，再怎么着，也不会堕落成范孤那样的人。可也不能完全放心，毕竟他和那个可疑的潘老板已经有过两年多的交往，天晓得这期间他们之间发生过怎样的事。思来想去，他必须要和他开诚布公，只有在他真正明白利害关系，完全主动配合的情况下，才好叫猎物上钩就擒。待会儿，还要叫小吴和文吉好好谈谈，然后送她到嘎曲镇。一则这丫头病得不轻，必须先到医院看看病，然后根据情况，尽可能地把她送上去州府的班车去应聘，能否聘上是一回事，去不去是另外一回事；二来小吴既然不想在这儿待，回去也好，能把情况直接向所长汇报。自己和文苍留下来，等候那个潘老板的消息，确切地说，应该是等待猎物的到来。

他就这么自信！

他就这么固执！

然而，人算不如天算。

就在老羊皮刚刚打满水，正要提桶回还时，狗再次叫了起来，不是一两只，是所有人家的狗都在叫。

老羊皮猛一激灵，不对，好好的，怎么会有这么大动静？

也就十来秒吧，一种熟悉的声音突然触动他的耳膜，由远而近，越来越强地回荡在清晨的峡谷中……

老羊皮顺着声音传来的方向一看，骤然加速的心脏，顿时就在胸腔里狂跳起来——

空透的视线里，两辆吼叫着的摩托车，正从峡谷的坡道上急驰而来！

刹那间，老羊皮像被电击了，扔掉水桶，拔腿就跑。

为什么紧张，为什么要跑，他不知道，他只是在瞬间爆发的直觉引领下，朝着文苍家拼命奔跑。

老羊皮拼命往回跑的时候，几乎一夜没睡的文苍已经起来，他见老羊皮去提水了，也没拦他，本想做点儿啥，见小吴还在睡，就轻手轻脚提起奶桶去羊圈，他要挤点鲜奶给大家好好烧点奶茶喝。

到了羊圈，正碰上前来赶羊的桑吉，桑吉比他小两岁，人很能干，他的羊群和牦牛就是包给桑吉的。大清早见面，自然要说点啥的，但又没话说。桑吉也一样，他知道文苍出了事，也知道文苍家来了俩警察，这样倒霉透顶的事情，摊到谁头上都不好受。可又不能不吭声，只好没话找话，瞅着摩托车来的方向，说这么早的，谁来咱们大石头羊圈啦？

摩托车的声音文苍早就听见了，但没在乎，不就来了辆摩托车嘛，跟他啥关系啊，他现在头疼的是即将到来的官司和女儿的病。至于老羊皮给他敲的警钟，压根没往心上放。昨晚陪老羊皮上山，两人一路没少聊，说潘老板可能是在逃的通缉犯，他根本就不信。在他看来，潘老板是少有的好人和能人，不奸不猾不欺不诈，在这么偏僻艰苦的环境里，凭着诚信收虫草，不知帮了多少卖草难的人，赚的是拿命换来的辛苦钱。因此，不管老羊皮怎么启发他开导他，有些话他还是没吐口。人家对他那么信任，常年把几十万元的现金交给他，收购的价格基本上由他说了算，从不在钱多钱少的问题上和他计较，分成的时候说一不二，他感激都来不及呢，无论如何不会坏他的事。再说了，你说他是坏人他就是坏人啊，一面之词谁信啊！退一步讲，就算他真的犯了法，帮不上他的忙也就罢了，至少不能没良心。还有，替潘老板收购来的 20 多斤顶级虫草还在自己的手上，这可是价值百万的货，要是有个三长两短，怎么得了啊……

怀着这样那样的心思，文苍翻来覆去睡不着，被折磨了整整一夜。

这会儿，冷不丁听桑吉一说，他回过神来，眼睁睁地看着两辆摩托车径直朝着他家开过来，知道坏了，来的人十有八九是潘老板。

文苍慌了。

惊慌失措的文苍顾不得多想，撒腿就往家跑。

12

来人正是潘老板。

潘老板就是在逃嫌犯范孤。当所有人都认为他潜逃在外，有可能偷越国境逃命时，他却悄无声息地溜到这高寒偏远、人烟稀少的山里，靠着手里的毒资做起虫草买卖来。

一进院门，范孤就觉着不对劲儿，骑在车上警觉地冲屋里喊了两声文苍，不见动静，对随同说，你去看看在没在家。

随同是个三十来岁的黑脸壮汉，下车就往屋里撞，天不亮就出来了，骑了近3个小时的车，这会儿又冷又饿，只想着赶紧进屋喝杯奶茶暖一暖。

可没等他进屋，房门一响，出来的人竟然是个身穿制服的警察。

这人顿时惊出一身冷汗，说时迟那时快，不等小吴做出任何反应，背有重大前科的恐惧使他在本能的驱使下，疯狂地扑了过去。

这一切发生得太快，太突然了。

猝不及防的小吴根本来不及招架，就被对手掐住喉咙扑倒在地。

其实，小吴起来，收拾好地铺，就听到了摩托车的轰鸣声。可他太大意了，以为是老羊皮在发动车，根本没往别处想，直到摩托车开到院门口，还以为是老羊皮在弄车。结果一出门，猛然看见面前有个凶悍的陌生人，愣怔间，想掏武器已经太迟了。好在他身手敏捷，在被扑倒的瞬间，就势发力，猛然一滚，摆脱了掐住他咽喉的两只手。清醒过来的小吴，拼命反抗，但他哪里能是壮汉的对手，不到两个回合，太阳穴上就重重挨了一拳，顿时眼冒金星，天塌地陷。可他的意识没有崩溃，在第二次打击到来前，他使尽肌体能够爆发的全部力量，将对手从身上掀了下去。然而，俩人的实力太过悬殊，仅仅翻了个滚，他又被人牢牢压在身下，只觉得鼻梁眼眶猛地一疼，炸裂开来的痛感里，无数个被金剑刺穿的血红的太阳泰山压顶似的砸将下来……

院里短兵相接时，惊慌失措的范孤没有下车，他拔出枪来加油就跑，正好碰上狂奔而来的老羊皮。

狂奔而来的老羊皮，一眼就认出了嫌犯范孤。眼看范孤手里有枪，而且掉转车头要跑，他举枪就打。俩人相距也就 20 多米的样子，要搁平常不说百发百中，打个不动的人绝对十拿九稳。只可惜他从河滩上一路狂奔而来，虽说只跑了 200 来米的样子，但在这海拔五千米的地方，这样剧烈的运动，即便是 20 来岁的小伙子也是吃不消的，他跑得眼前黑眩，脑袋胀痛，心脏都要破胸而出了，别说 20 多米，就是五六米也没有打中的把握。好在是他先开枪。炸耳的枪声，摧毁了范孤的心理和判断，心惊胆战中，他对着冲过来的老羊皮胡乱开了几枪，猛拧油门，夺路而逃。夺路而逃的范孤，迎面遇上从羊圈跑回来的文苍，他抬手就是两枪。文苍一个跟跄栽倒在地。范孤冲上便道，呼啸而去。

老羊皮冲进院里，正好看见黑脸壮汉骑在小吴身上，抽出藏刀，朝着小吴的咽喉猛刺下去。生死关头，小吴扭动脖颈的同时本能地抬手招架，锋利的刀刃刺穿他的手臂扎在他的锁骨上。紧接着，壮汉又将血红的匕首更高地举了起来，朝着小吴的心窝扎了下去……

老羊皮的枪响了——

——老羊皮的枪几乎是抵在壮汉的后背上打响的，十来米的距离，他不知道自己是怎么蹿过去的，甚至不知道枪是怎么响的，一切就都结束了。

刚才还骑在小吴身上痛下杀手的壮汉，瘫软在地，垂死的抽搐着。

满脸是血的小吴，惊恐地爬了起来，强烈地喘息着直瞪瞪地望着老羊皮，当他明白过来后，两腿一软，慢慢倒了下去。

老羊皮开着摩托朝着范孤逃走的方向拼命追赶。

他从没这么疯狂过，也从没开过这么快的车，他不知道范孤会往哪儿跑，也没想该往哪儿追，高度专注高度敏感的意识不容他推敲判断，只是跟着感觉朝着嫌犯逃走的东边一路狂飙。约20来分钟，他鹰似的眼睛，终于在山坡的便道上看到了那辆蓝色的大摩托。

不可思议的是，又追出十来公里，在翻过一个山坡上的大垭豁口时，范孤竟然在空旷的山梁上提着手枪等着他，就像是事先约好，等待决斗似的。

惊讶不已的老羊皮停车下车，盯了他一会儿，毅然决然地朝他走过去。

当走到相距40来米的地方，老羊皮掏出枪来，他也没把枪口瞄准对方，只是把提着的枪紧紧握在手里。

其实，范孤之所以在这儿等他，并不是想要决斗，而是他的车里没油了，俩人相距已经不到两公里，在这一览无余的大山坡上，跑是没处跑的。但他绝不会这样认栽。他在冒出了无数个包括拼命在内的念头后，要用最安全的方式试试运气，赌上一把。

可老羊皮并不知道他葫芦里到底卖的是什么药。

又是你，真是冤家路窄啊，不过，你命挺硬的，我以为上次把你翻死了。范孤不无戏弄地说。

老羊皮不动声色，全神贯注紧盯着对手的眼睛。

范孤掏出一个漂亮的扁烟盒，拿出一支烟冲老羊皮说，要不要来一支，掺K粉的，带劲得很！

老羊皮从腰带上取下手铐，在手掌里掂了掂。

范孤打着火，极贪婪极过瘾地吸了几口，两眼精光四射。

做个交易怎么样？你要钱，还是金子？他信心十足地说。

老羊皮没听见似的，摸出烟，打着火吸得丝丝有声。

范孤朝前走两步，老到地说，开价吧，100万，不，200万怎么样？这是你的机遇，200万，你这一辈子不吃不喝也未必能赚这么多，我一次性支付，怎么样？要不给你金子也行，我包里有现货！

老羊皮哼哼两声，再次把手铐在手掌里掂了掂。

范孤又朝前走两步，生怕他听不见似的，大声说，放心吧，我是不会要收条的！天地之间，就你我两人，无论发生什么事，对他人来说都没证据。没证没据的事，就像这天上的鹰一样，飞来了，也就过去了，一点儿痕迹都没有。

如果我不愿意呢？老羊皮闷声闷气地说。

范孤嘿嘿一笑，说你害怕啦？实话告诉你吧，这种事我遇多了，也干多了，否则也走不到今天！说白点儿，这在我来看，什么都不算！你太老实，想想看嘛，放我一马，也就天知地知，你拿钱，我走人，两不相欠！……不要死脑筋啦，现在是啥社会，你比我清楚。许多人坐在家里，收收信息，打打电话，就都成了百万富翁，像你这样卖命吃苦的能有几个？……我看你岁数也不小了吧，该是享受享受的时候了，可还在这么高这么远的地方认真遭罪，何必呢？

到了这会儿，老羊皮终于知道范孤为啥要在这儿等他了。

可就在这时，他右侧的腹部疼痛起来，越来越厉害，是来自里面的扯肝扯肺的疼……扯得天在摇摆，地在晃动……但他的意识相当清楚，他知道自己受伤了，是在救小吴的时候，那个中弹倒下的歹徒，没来得及把匕首扎向小吴的心窝，却在瘫倒的瞬间，下意识地把匕首挥向了身后，刀尖正好划过老羊皮的腹部……当时，感觉里并无大碍，他甚至没有低头看看伤处，连眼皮都没眨一下，就跨上了追赶范孤的摩托车……现在看来，该死的刀子肯定伤到内脏了……一丝悲凉悄然滑过……可他明白，这样关键的时刻，稍一分神就会遗恨千古，他绝不会再让嫌犯从视线里溜走！

他想到了开枪，但死不争气的心脏一直在高度狂跳，跳得他呼吸急促，恶心难忍，全身颤动，这么远的距离，是不可能命中的……

……那么，必须要靠上去！

他双手举枪朝着范孤一步一步走过去。

范孤惊慌了，他惊慌失措地把枪指向老羊皮，说你身上有血，你受伤了，是被我打伤的，你就要死了！

放下武器！老羊皮喊了一声。

笑话！范孤边说边往后退，显出随时转身逃跑的样子。

站住！老羊皮咬牙切齿地喊道，再动一步，我就打碎你的脑袋！

范孤站住了，说你也一样，再往前走，我就开枪！咱们……咱们不能好好谈谈吗？有啥要求你只管说，说啊！

老羊皮没听见似的，还在往前走。

俩人的距离越来越近了……也就十五六米的样子了，可老羊皮还是坚定地往前走着，到了这会儿，他已经完全将生死置之度外，他坚信，只要多接近嫌犯一步，获胜的概率就会加大一分……

现在，他锐利的目光，已经清楚地看见范孤忽大忽小阴森惶恐的眼睛了，最多也就10米了吧，他站住了。不可思议的是，他一站住，狂烈的心脏突然就平静了下来，像是跳累了该休息休息似的……随之而来的，是一阵强烈的眩晕，身体也轻飘起来……可他的意识依然清楚，这样的距离，终于使他能够放心，即便嫌犯开枪击中他，也绝对跑不了！

他的枪口指向嫌犯的前胸，紧紧扣在扳机上的食指开始加力。

就在这时，出人意料的事情发生了。

范孤突然扔掉手枪，扑通一声跪在地上，举起双手求饶道，别……别开枪，千万别开枪！我认栽，我服输，我投降！……

……

一阵清风迎面扑来，老羊皮的身子摆了几摆，脚下似乎愈加轻飘，可他的意识更加专注，他紧盯着跪在地上的范孤，一手把枪指向他的脑袋，一手拿着手铐慢慢靠过去……一步……一步……又一步，到距离两三米时，他把手铐扔过去，用沙哑的嗓音命令范孤10秒内把自己铐在摩托车上。

范孤绝望地瞪着老羊皮，愣了两秒钟，无奈地避开老羊皮锋利的目光，极不情愿地把自己的一只手铐到了摩托车的避震器上。

这时，老羊皮身子一歪，软塌塌地倒在了地上，他太虚弱了，虚弱得连动弹一下的力气都没有了。但他没有昏迷，他奇怪地看着范孤坐在那儿朝他又蹦又跳，嘴里不断发出困兽般的嚎叫，就差挣断胳膊扑过来了……

他不知道，范孤之所以扔掉手枪束手就擒，绝不是认罪伏法，而是他的枪里没子弹了，事实上，他的枪口对准老羊皮的时候，恶狠狠地扣动了无数次扳机。

尾声

文仓的右肺被子弹击穿，当天中午由接警赶来的武警车辆紧急送到医院，保住了性命。

小吴伤势无甚大碍，事发后，他带伤果断指挥大石头羊圈的牧民群众，报警的报警，追踪的追踪，直到找到失血过多奄奄一息的老羊皮。

他把老羊皮抱在怀里号啕大哭。

老羊皮望着他，古怪地笑笑，撂下最后一句话，我……我他妈真想儿子……也……也不知道这小子……考……考咋样了……

老羊皮的追悼会很隆重，是和端掉范孤老巢的总结会一起开的，会上小吴发言，他眼含泪水只说了一句话，我改名了，请大家以后叫我小羊皮！

原载《啄木鸟》2011 年第 4 期

莫日根

1

猎民莫日根说，他能看到猎物的灵魂！

莫日根这样说的时候，方圆数百里的猎民们也都这样认为！如果问得详细点儿，想要知道猎物灵魂的具体模样和形态，莫日根往往猛然睁大细小眯缝的眼睛，从焦黄的眼仁里射出一线幽幽的光亮，死盯着你，神秘兮兮地说，真的有，不信到森林里去看啊！那儿的灵魂多得很，看见了自然知道！就好像火星上真的有生命，单靠嘴巴是说不清楚的。

之所以这样，是因为莫日根有着非同常人的本事和能耐。

比如说，一座盖满了森林的大山，只要他转上一圈，大概有多少头驯鹿，多少头狍子，有没有食肉动物，有没有狩猎价值一清二楚。站在山顶一看，能根据不同时辰说出不同猎物所在的位置，什么时候在哪儿食草，什么时候在哪儿饮水，什么时候在哪儿休憩，什么时候适合围猎，全都心中有数。多少年了，只要他进山打猎，从来不会空手。再比如说，任何猎物，只要叫他看见，是公是母，公的是否成熟，母的是否怀胎，一眼便知。人说他的眼睛比鹰隼的还亮，能看清一里外吃草的兔子，他的嗅觉有时候比猎犬还要灵敏，抽抽鼻子，就能从空气里分辨出不同猎物的种类和气味，能够判断出猎物的去向和距离。太神了，方圆百里的猎民们没有不服的。

此刻，莫日根正坐在家里的大阳台上，为他的儿子莫希那和关妮花谈婚论嫁的事情伤脑筋，他的心碰在了成把的麦芒上，不是一般的烦！

关妮花是猎民关长山的姑娘，歌唱得好，舞跳得好，人品、长相、性格都没的挑，据老伴儿乌娜吉说，看上妮花的小伙子多了去了，连县城里的都有，儿子莫希那为了得到她，苦苦追了四五年，也就是说，关妮花还在上中学的时候，儿子莫希那已经死心塌地在追她了，追来追去终于有了结果，关妮花答应嫁给他。儿子莫希那欢天喜地不必说，老伴儿乌娜吉更是高兴得合不拢嘴，恨不能立刻就把媳妇娶回来。只有莫日根整日里皱着眉头不吭声，他的心里充满了矛盾和遗憾。儿子生下来的时候，他已经五十出头了，用乌娜吉的话说，儿子比他的老命宝贝得多得多！这是真的，他曾经有过儿子，不幸的是九岁那年因肺炎夭折，那之后，过了整整十四年，乌娜吉一直没有身孕，就在他心如死灰时，石破天惊的事情发生了，临近五十岁的乌娜吉居然怀孕了，这显然是神的眷顾和恩赐！随着儿子的降生、长大和成人，莫日根和乌娜吉经历了常人难以想象的苦难和折磨，养育的艰辛不必说，关键是他们的期望太高了，尤其是四代单传的莫日根，望子成龙的心情不用想就能知道。现在，已经23岁的儿子要娶媳妇了，对他莫日根来说，人世间到哪儿去找比这更大的喜事啊！但他高兴不起来，一点儿喜悦的心情都没有。他清楚地知道，关妮花不是鄂伦春人。她户口上写的是鄂伦春族，其实不是，关妮花父亲的父亲是蒙古人，娶了个鄂伦春姑娘，生下来的儿子关长山跟了妈妈的姓，自然就成了鄂伦春人。而关长山娶的是汉人。总之，关妮花血统复杂，越追溯，离鄂伦春人越远。莫日根对整个猎民村的情况都了解，他一心一意想要儿子娶一个纯粹的鄂伦春姑娘！

为什么这样做呢？

事情非常简单，那就是他莫日根认为，鄂伦春人就要绝种了！

这不免耸人听闻，可他有他的道理。就拿猎民村来说吧，谁都知道是鄂伦春人聚集的地方，村子依山傍林，视线开阔，环境优雅，清一色红顶白墙的住房，房门前是齐整的花园和草坪，别墅般的舒适和宁静。当年政府建造这个新村，就是为了将县境内散居在山林里的鄂伦春人集中起来，提供良好的居住环境，使他们能够安居乐业。鄂伦春人世世代代以打猎为生，新村自然就叫了猎民村。为了充分体现鄂伦春人的民族特点，村子里家家户户的房顶都用红色的"撮罗子"做装饰，"撮罗子"也就是"斜仁柱"，是鄂伦春人用桦树竿和桦树皮搭建的尖顶小屋，作为装饰矗立在房顶上十分别致，远远看上去很有点儿现代派建筑的味道。可实际上，89 户人家，真正三代以内都是鄂伦人的只有 4 家，4 家有儿子的只有 3 家，两代以内的有 12 家，其他的就不好说了，据说，一些人家与鄂伦春人根本没有任何关系，也堂而皇之地以鄂伦春人的身份住在了这里。总之，在过去的岁月里，鄂伦春人和达斡尔人、赫哲人、鄂温克人、满人、汉人等等民族的通婚十分普遍，久而久之，就形成了眼下的局面。

莫日根对此忧心忡忡，他很清楚接下来发生的将会是什么，很想阻止种族悲剧的到来，但只能是无可奈何，就像老话里说的，你挡得住阳光，你挡不住天黑！

真的挡不住！

儿子莫希那就不买他的账，明确告诉他，自己要娶的姑娘就是关妮花！

莫希那是个倔强的小伙子，和当年的莫日根一样，在婚姻问题上想要强迫他是不可能的！

可莫日根不能甘心，他先是苦口婆心试图说服儿子，屡次三番失败后，就找老伴儿帮忙。糟糕的是，老婆不但不帮他，还坚定地站在儿子一边反对他，骂他死脑筋、老糊涂，对他的说教一点儿都听不进去。事实上，她理想中的儿媳妇就是关妮花，为了把关妮花早日娶回家，她费尽了心思，要不是她千方百计帮儿子，没准进展还没这么快。

莫日根已经连着抽了六锅烟，越抽心越乱，往日最多只要三锅烟，烦心的事儿就会随着烟雾的升腾，消失得干干净净，可今天不行，从起床他就感觉到了异样的气氛和莫名的不安，很像是出事出大事前的征兆，相当的强烈。他的预感非同一般，每次都惊人的准确和应验。

他想到了森林，想到了打猎。

要搁以前，这样心烦意乱的时候，他早就钻进林子里去打猎了。任何时候一进山林，他就精神抖擞，他就神清气爽，整个身心都融在了森林里，像自由的鸟儿和自在的松鼠一样快活！

可现在是禁猎期，打猎是不允许的！

即便允许，也无猎可打。老虎早就没了，熊啦狼啦猞猁啦也基本上绝迹了，野生的驯鹿啦、袍子啦不到远处很难见到，事实上，莫日根不上山打猎已经很长很长时间了，用他自己的话说，猎民的经历是他上一辈子的事！

他的目光落在家里的墙壁上，那儿挂着几架干枯的梅花鹿的大鹿角，还有四不像的头颅骨骼、一头黑熊两只狼两只狐狸三只猞猁的头颅标本和大大小小的"狍角帽"，作为摆设的鸟类标本随处点缀，数把不同尺寸的鄂伦春猎刀挂在墙壁正中的地方。以往，只要看到这些东西，他嗅到的就是森林的气息，听到的就是森林的歌唱，可今天，只要看到墙上的这些东西，他就莫名的心慌，不祥的预感排山倒海。

看来，这注定是个不一样的早晨。

他的脑子里乌云弥漫，不一样的早晨，总是和不祥的征兆连在一起，那就一定会出事！

2

能出啥事呢？

莫日根的目光从窗子里望出去，一眼看到横躺在草坪里的古老的大桦皮船，这只桦皮船比一般的船要长得多宽得多，整个船身是用樟子松和桦树皮做成的。由于年代久了，虽说养护得好，整个船体还是满目沧桑。很多见过的人尤其是收藏家啦、艺术家啦，对它赞不绝口。莫日根清楚地知道，这只船之所以稀罕，是因为走遍整个大兴安岭，再也造不出第二艘这么长这么宽这么讲究的白桦船了！为什么呢？因为即使你找遍所有的山山岭岭，很难找到有数百年树龄的白桦树了，没有了笔直高大、挺拔粗壮的白桦树，怎么可能做出这么大的白桦船呢！为了这只船，他已经得罪了不少的领导和干部。先是县文化馆的馆长，说县上的鄂伦春民俗馆需要一艘桦皮船做展览，让他捐赠出来做贡献，他不肯，馆长就说拿钱收购，几次三番他还不肯，只好作罢。紧接着，县文化局的一名副局长，又带着县博物馆的馆长和工作人员上门来做工作，说桦皮船是鄂伦春人独有的工艺和骄傲，如今，仅凭双手用桦树皮和樟子松能造出船来的人所剩无几了，县里的博物馆准备收藏一艘鄂伦春人手工制作的桦皮船，目的是为了保护鄂伦春人的文化遗产，给后人留下珍贵的实物，他的这只船年代悠久，做工讲究，品相完美，应该放到博物馆里收藏保存。他们为此开出了很高的收购价，可他还是舍不得。村长、村主任都来说服他，以为他是为了钱。他为此很生气，他莫日根根本不缺钱，他之所以不放手，纯粹是舍不得！

这只船的来历不一般，是年近古稀的爷爷，带着父亲和他，花了整整六天的时间做成的！

他清楚地记得，当时是六月初，河水清澈，天空晴朗，到处都是鸟儿的叫声，漫山遍野绿得发亮。做船的前一天，爷爷天不亮就带着父亲和他上了山，那时他刚满10岁，记忆里的爷爷没有牙齿，肤色黝黑，脸上的皱纹像是爆裂的树皮，灰白的头发披在脑后，一说话嗓子里就呼呼直响。他们在山林里走了很久，第二天天色大亮时，来到一片视线相对开阔的山坡上，山坡的上方长满了高大的松树，下面则是密密麻麻的白桦林。一到那儿，爷爷立刻兴奋起来，他换上神服，眨巴着明亮的眼睛，颤抖着身体，敲着神鼓，甩着铜铃，跳着古怪的舞步发出歌唱似的喊叫声，呀格呀呀格呀呀格呀格……继而对着太阳的方向大声喊叫，一会儿在地上打滚，一会儿像要飞翔似的乱蹦乱跳。爷爷的举动令他害怕，父亲莫嘎把他搂在怀里悄声说，孩子，你不要惊慌，你不要害怕，爷爷在和山神说话呢，我们要造桦皮船，造一只很大很大的桦皮船，今天要剥桦树王的皮，如果山神不同意是不行的。他问父亲山神同意了吗？父亲说，会同意的，你爷爷是萨满！什么是萨满，当时他并不十分清楚，感觉里像是和神差不多的样子。他见过爷爷给人跳神治病，一跳就是三天三夜，直至昏迷。还见过爷爷在跳神时，将通红的火炭吞进肚里。爷爷又吼又唱手舞足蹈了好一阵子，然后就在一棵高大、挺拔的松树跟前，扑通一声跪倒，趴在那儿深深地磕了个头，抱住大树轻言细语说了会儿话，还在大树的一块结巴上亲了一口，然后从腰带上抽出锋利的斧子，手起斧落，唰唰唰唰，上下翻舞间，大树的树皮被削掉了一大片。爷爷拿出事先准备好的炭黑，在没有了树皮的白树茬上，专心致志地画起来，一会儿工夫，一个眼睛、鼻子、嘴巴、胡子酷似老人的头像就画好了。画好后，爷爷用猎刀在线条上精心刻画，再用炭黑涂描。爷爷告诉他，这就是鄂伦春人敬拜的山神"白那恰"的神像。爷爷、父亲和他一起跪在神像面前，在用树枝做成的祭坛上献上特意带来的袍子肉，还有一罐公鸡的鲜血。鲜血的气味腥膻刺鼻，爷爷把鲜血不断地抹在山神的嘴上，燃起"阿叉"香，在袅袅升腾的香烟中，祖孙三代跪在神像前深深地磕头，爷爷的嘴里一直说着他听不懂的话。仪式结束后，爷爷充满感激地说，在他真诚的请求下，山神"白那恰"已经同意他们用桦树王的皮造一只桦皮船了！

所谓桦树王，是三棵十分高大的白桦树，它们孤零零地生长在樟子松和桦树林分界的空地上，爷爷说他从没见过这么高大的白桦树，而且树干是这样的挺拔，这样的光滑，几乎看不到大结疤，是做桦皮船最好的材料，是山神的恩赐，为了找到它，爷爷在山林里奔走了好几个月。

剥树皮的时辰到了，爷爷看着天上的太阳嘴里念念有词，突然，他一把抽出腰里的猎刀，同时抽出一条红色的绸布，耀眼的绸布在空中摆了两摆，一圈一圈地缠裹在刀刃上，只留出一点白亮的刀尖。

爷爷要上树了，父亲莫嘎拦住他，要代替他上，爷爷轻轻地摇了摇头，深情地看着儿子，长长地叹了口气，语重心长地说，我老了，你看我上不成树了是吧？是啊，我确实老了，可你帮不了我！父亲说，我行，我剥过桦树皮，剥过很多很多次，不会出错的！爷爷说，你是剥过很多很多的树皮，可你没有剥过树王的皮！这是树王，它已经活了好几百年了，剥它的皮，仅靠小心翼翼是不行的，要像脱一件衣服，绝对不能伤到它真正的皮肉，不能让它疼痛，不能让它流血，一点儿都不行，如果你做不到，它就会死！这样的活儿，人世间只有我能做，我不仅知道这树皮的薄厚和形状，我还能看见树皮里面的嫩皮，感觉得到嫩皮下丰满的汁液，就像看着它血管里流淌的鲜血，而你不行！

爷爷说完，身体不可思议地颤抖起来，像是冷得发抖的样子，越抖越厉害，越抖越精神，接着就跳神似的旋转起来、舞蹈起来，就在他看得眼花缭乱时，爷爷在梦游似的状态里突然抱住大树往上爬，他的手脚难以想象的灵活和有力，像是一下子年轻了二十岁，蹭蹭蹭蹭一气爬上了十来米。那样的高度上，他的双腿紧紧盘着大树，从腰带上抽出用红绸布缠裹好的猎刀，用刀尖在空中写字似的画了一个怪异的图，慢慢地慢慢地将刀尖扎进树皮，划了一周，然后用肩膀顶住猎刀的刀把，用右手握着刀背缓缓地缓缓地划下来……

　　……爷爷从树上下到地上的时候，太阳被洁白的云朵遮住，凉爽的山风吹得白桦树翠绿的树冠哗哗作响，爷爷从儿子的腰上抽出猎刀，挥手斩断一根灌木的枝杈，唰唰两下，削出一个斜面的三角，小心地插入树皮的划口，就那么轻轻地轻轻地一挑，不可思议的事情发生了——

　　——高大挺拔的树干突然触电似地颤动起来，接着就有噼噼啪啪的声音从树皮的划口传出，再接着树皮的划口猛然绽裂，露出里面鲜嫩的树身，美妙极了，神奇极了，也就是几秒，最多十来秒钟吧，嘎嘣一声脆响，整个树皮骤然张开，从巨大的树干上剥落下来……

　　……空气里弥漫着白桦树汁的气味，那气味浓厚、芬芳、清甜、甘美，深深烙在莫日根的脑海中，任何时候想起来，都是那样的美好，那样的温暖。

　　爷爷跪在地上，对着剥去了树皮的树王连连磕头，自言自语似的说，树王啊树王，你不会有事的，明年春暖花开的时候，我会来看你，到那时鲜嫩的新皮一定会裹在你的身上，你是树王，你会长生，你永不衰老！

　　下山后的第二天，爷爷带着儿子去伐制作船骨的樟子松了，他们要尽快把桦皮船做出来，那些新鲜的桦树皮，一旦失去了水分，没有了柔韧性，就会变脆。莫日根的任务是刮松油，桦皮船所有的缝隙都要用松油来勾补，整整三天时间里，他在森林中一棵树一棵树地刮取松油，好不容易才满足了爷爷的要求，刚要松口气，爷爷又把制作木钉的事儿交给了他，他忙得一塌糊涂。但很快活，一有空闲，爷爷总是手把手地教他干活儿，都是制作桦皮船最关键的活儿。比如说，怎么将河边裸露出来的细长的柳树根制作成缝合桦树皮的树根线，细微的地方怎么用马尾来缝合，怎么把松油里的渣子清除掉，怎么组船头，怎么起船尾，怎么做桨叶，等等等等。

　　船造好了，下水的时候到了，爷爷在河边高兴得又蹦又跳，说他活了快70年了，从没见过这么大的桦皮船，一会儿手舞足蹈，使劲敲打神鼓、甩响铜铃，一会儿幸福地躺在船里哈哈大笑。后来，他非要叫孙子莫日根去拿酒来，他要痛痛快快喝上几口，再把心爱的船儿放下水。结果酒拿来了，爷爷已经躺在船里过世了。

莫日根的舅舅也是死在这只桦皮船里的。

当时，他们家已经从那温河流域搬迁到了呼玛河流域，一个阴雨后阳光显露的下午，在他家做客的舅舅非要一个人去捕鱼，他把船划到了一片黑幽幽的深水区，那儿常能钓到美味的细鳞鱼。没想到那是个魔鬼的日子。他的钓钩刚刚甩到水里，一条巨大的哲罗鱼从水里蹭地一下窜了上来。他从没见过那么大的鱼，阳光下，凶猛的大鱼瞪着杀气腾腾的圆眼，剧烈地扭动着血光闪闪的身躯，直扑他的面门。他一身惨叫，倒在了船里。据岸边看到的人说，那条大哲罗鱼起码有一米二三，也有人说，那压根就不是大哲罗鱼，它的身子太红了，乍起的鳞片又大又亮，放出刺眼的血光，十有八九是水怪。不管是什么，莫日根的舅舅，就此没能再站起来。后来当地一位很有名气的医生神秘兮兮地告诉他，他舅舅并不是死于所谓的报应，而是死于心脏病！

这样的一只船，只要他莫日根活着，就不可能交出去！

日头越升越高，莫日根的心更烦更乱了。

他磕掉烟锅里的灰渣，走进卧室，站在当年自己用松木亲手打制成的大衣柜前，从口袋里摸出一串钥匙，拧开那把金闪闪的大铜锁，柜子里锁着他如同性命的宝贝，一支精制的德国双筒猎枪。

每当他心烦意乱无法排遣的时候，只要打开柜子，把猎枪摘下来握在手里，细细地擦拭一遍，或者闭上眼睛用他温热粗糙的大手，慢慢地摩挲一会儿，就像遇见了多日不见的老朋友，什么恶劣的心情都会平复。

柜门打开，他脑子里轰的一声，强烈的耳鸣中，眼前金光万道，天旋地转！

他的枪没了！

3

莫日根眼前黑眩脚下打摆,腥甜的血气直冲脑门,毫无疑问,能从他的柜子里神不知鬼不觉把枪偷走,还把锁子锁好做好伪装的人,只能是他的儿子莫希那!莫日根双拳猛然一捏,一股子劲力从发烫的脚心提起来,高高的颧骨和突耸的额头涨得发紫,脸上又深又密如同沟壑的皱纹全都绽裂开来,一对细小眯缝的眼睛里亮光灼人,就连披在脑后的灰白色的长发都有了异样的动静。但他没有咆哮没有吼叫,老猎人特有的镇定和沉稳使他的头脑格外清醒,他出门往山坡的草地上看了一眼,放养在那儿的两匹马只剩下了一匹,回到屋里发现他的猎刀少了一把,打猎必需的装备也都不见了。

儿子进山打猎去了,可现在是禁猎期,打猎违法!

更要命的是,儿子拿的是他莫日根的枪!

莫日根非法持枪是公开的秘密,村子里的人全都知道。缴枪那阵子,大家的枪都依法上交了,只有莫日根的枪没交,他说挂在屋里的枪,在他出去转山的时候,被人偷走了。他的谎言编造得很好,为了万无一失,他还专门去派出所报了案。可谎言毕竟是谎言,不要说派出所,就是猎民村的任何一个猎民,都知道他说的是假话!事实上,没有任何一个鄂伦春人,愿意把自己等同生命的枪交出去！对许多人来说，缴枪就等于交命！只是法规面前，迫不得已无可奈何而已！而莫日根编造谎言，拒不缴枪，却取得了意想不到的成功。虽说派出所和乡干部、村干部多次上门做工作，但都白费口舌，无论谁来，无论怎么说，他莫日根就是一口咬定，枪被偷了！如果换了他人，十有八九会被采取强制措施，但对莫日根却宽松得多，容忍得多。

莫日根的这支枪来历传奇，非同一般！

42年前，大兴安岭开发如火如荼，所有能够伐木的地方都在疯狂伐木，很像是剃头，一把把锋利的剃刀从盖满森林的山头上剃过，只要剃开一个口子，满山的森林都得剃光。

伐木大军到达呼玛河岸时，那儿的山林河谷还是密密实实的原始森林，河谷里遍布沼泽，很难通过。伐木队找到莫日根让他做向导。当时是深秋，天气已经很凉，沼泽开始上冻，伐木队正是要趁此机会把路修到山里。一个晴朗温暖的下午，莫日根完成向导任务回家，穿过一片茂密的森林时，突然听到女人撕心裂肺的呼救声。那时的莫日根身体强壮，浑身是胆，他本能地朝着喊声的方向冲过去，穿过稠密的林子，来到河滩，一眼就看见河岸边相对宽展的草地上，一只高大肥壮的公熊，正紧紧追赶一个女人。若是在稠密的林子里，这样高大肥壮的公熊，想要捕猎并非易事，猎物可以利用树木轻易躲闪，可要在草地上，遇到捕猎的公熊，不要说女人，即便是强壮的大汉，十有八九在劫难逃！吓得魂飞魄散的女人一路尖叫、狂奔。公熊越追越近，眼看再有十来米就要扑到女人了！莫日根顾不得多想，紧跑几步，捡起一块拳头大小的石头，迎着公熊冲上去。就在这时，拼命奔逃的女人脚下一绊，一个跟头栽倒，昏了过去……公熊猛然一停，两条强壮的前肢用力一撑，就要朝着吓瘫的女人扑上去。只要扑上去，这样肥壮的公熊不要说张口撕咬，仅凭利爪和体重就能让女人丧命。这时，莫日根离公熊不到二十米，他大喊一声，将手里的石头朝着公熊狠狠砸了过去，正好击中公熊的脑门。愤怒的公熊抛开到口的女人，扑向莫日根。也就眨眨眼，狂暴的公熊已经扑到了他的跟前。生死关头，莫日根没有惊慌，没有逃跑，他攥着锋利的猎刀，以闪电般的动作躲过了公熊的第一次扑击。咆哮的公熊转过身，再次扑了上来，他再次机敏地闪开了身体，当他第三次躲过公熊的攻击时，暴怒的公熊直起身子瞪着血红的眼睛，挥起熊掌朝他猛拍下来。最好的时机到来了，他眼疾手快将雪亮的猎刀猛力刺进公熊的胸口，与此同时，柔韧的身体急速侧闪，紧攥着猎刀的右手将锋刃的一侧全力上挑。莫日根一连串的动作准确有力，一气呵成，尤其是猎刀捅进公熊胸口全力上挑的那一下，完全是本能的驱使，是神灵的指引，就是这一下，嗜血的刀刃划开了公熊的心脏。即便这样，公熊庞大沉重的身体倒下时，还是将巨大的熊掌拍向了他，他的右臂没能躲过尖锐的利爪，肩头以下血呼里拉，整个三角肌都被抓没了……

……当天空当大地当森林归于平静，深幽的河水哗哗有声，沁凉的山风柔和如梦，躺在死熊旁边的莫日根，从棕黄色的草地上挣扎着坐起来，他望着沉默无语的森林，望着深邃的长空，望着红艳起来的云絮，望着吓昏过去了的陌生的女子，异常的沉着和冷静，天就要黑了，他必须尽快离开这片危险的地方。他将身上的内衣用牙齿撕成布条，捆绑住血肉模糊的伤口，来到女子的身边，把她从昏厥迷蒙的状态里唤醒过来。他不知道，他从熊嘴里救下的这个女人，是一名出色的筑路工程师。为了救她，他的右臂差点儿废了，多亏筑路队的队长果断派车，把他送到了部队的医疗队，一位外科医生及时手术，才转危为安。

三个月后，迅速康复的莫日根获得了极大的褒奖和荣誉，省报的记者特意赶来采访他，他的照片和事迹上了报纸，一夜之间人人都知道他仅凭一把猎刀，从公熊的利爪下救出了著名的女工程师，他是万人仰慕万人崇拜的英雄，是大兴安岭名副其实的"猎神"。开春了，砍伐大军的公路也修通了，隆重的万人庆祝表彰大会上，多了一项内容，那位名叫赵权的党委书记，亲自把一支崭新的德国双筒猎枪和一百发子弹奖给了他，以表彰他舍己救人的英雄行为。

随后的日子里，这支给他荣誉令他骄傲让所有猎民羡慕不已的猎枪，陪伴他度过了无数的喜悦和磨难。这期间，单是持枪的手续，在公安局就办理过三次，全都是正规的。而枪也被收缴了三次，最玄乎的那次是"文革"，有人举报他是漏网的萨满，批斗会后造反派们直接把他揪到家里，当着他们全家的面砸毁了他爷爷和父亲留下的神器，烧毁了他母亲偷偷保存下来的神服，缴走了他的枪！那是他心碎的日子，心碎的男人做事是不计后果的，尤其是他莫日根，当时他脸色刷白，啥话不说，细小的眼睛里光气逼人，坚硬的手指嘎嘣作响，掌心里满是刀把的感觉时，他浑身的热血已经沸腾，拼命的欲望排山倒海，要不是他聪明的老婆乌娜吉及时拦住，死死地抱住他，他很可能闯下无可挽回的大祸。"文革"结束后，改革开放，落实民族政策，听说猎民们又可以持枪狩猎时，他怀着强烈不安的心情来到派出所，面对那位上了年纪的陌生所长，说出了他要枪的诉求。所长很热心，使劲往肺里吸了两口烟，从抽屉里翻出一本白纸订的本子，用沙哑的山东腔说，你坐，我给你找找，看有没有记录。他赶紧给所长递烟点烟，眼看着所长翻完本子，用遗憾的口吻说，这是收枪记录本，里面没有你的名字，你自己再找找看。他从头到尾看了两遍，的确没有他莫日根的名字，他急了，喊着神的名字对天发誓，他莫日根的枪就是被派出所一个名叫周洪冰的所长强行拿走的！所长说，莫日根啊，你不要急，急是没有用的，我相信你说的话是真的，咱们到库房去看看，要有的话，应该在那儿。他的心一阵狂跳，差点儿喜极而泣，赶紧念着神的名字连连祈祷。库房打开，一间只有十多个平米的小屋里，立着两个没门的大柜子，里面堆放着乱七八糟的杂物，阴湿的墙角，立着十来支已经明显锈蚀了的小口径步枪和老式的单管猎枪。莫日根的心，一下子就浸在了冰冻的江心里，不用看第二眼，他就知道他的宝贝不在那儿，翻找了一遍果不其然，连一支双筒猎枪都没有。他赶紧可怜巴巴地再三对所长讲述当年的事情。所长尽量耐住性子说，莫日根啊，你说的都是过去的事了，那些事与我无关，我什么都不知道，所里的人都换了几茬了，就算你说的事情是真的，那也无据可查了！我可以负责任地告诉你，这库房是刚刚清理过的，历年来收缴的枪都在这儿了！你要是有什么疑问的话，可以找找你说的那个周洪冰，他现在是县武装部的副部长。莫日根找到武装部，那里的人说，莫日根啊，你来晚了，周部长已经退休回吉林老家了。莫日根就此开始了他找枪的历程，一年多的时间里，他找遍了可能知道枪的下落的人，结果一无所获。他不甘心，他怎么能甘心呢！明摆着，他心爱的枪是被人拿走了，能从派出所里拿走他枪的人，肯定与所里的人有关系，他坚信只要他不放弃，总有一天他的枪会重新回到他手里！功夫不负有心人，一个极其偶然的日子里，莫日根在热闹起来的集市里转悠，无意中看到一个扛着刚刚猎获的狍子，到集市上买肉的中年汉子，这人背的是一支双筒猎枪。双筒猎枪多了，可这支枪不一样，几十米开外就有特殊的光亮和气味撩惹着他诱惑着他，让他莫名的心跳和兴奋，就像是遇见了多少年不见的老朋友！他撩开大步奔过去，一眼就看到了枪体上钢印的枪号，石破天惊啊，这枪竟然真的是他的！原来，这人是周洪冰的侄子，当年，枪从他家抄走没几天，就被爱枪的周洪冰拿回了家，再后来，周洪冰有了更新更好的猎枪，就把这支老枪作为礼物送给了侄子。那天，他死死抓着自己的枪，像是找到了丢失的孩子，激动得浑身颤抖，泪水泉眼似的往外冒，喊不出声音，也哭不出声音，只是死死地抓着他的枪，生怕手一松枪就会飞走。他的行为，把背枪的汉子和周围的人全都吓坏了。待到弄清缘由，大伙儿全都感叹不已。背枪的汉子没说什么，虽然场面尴尬，很不情愿，还是把枪还给了莫日根，枪的来历他知道！

莫日根能够找回他的枪，知道的人都说是奇迹，而他把这一切归于祈祷的作用，认为是神灵佑护的结果。

有了这番经历，莫日根更爱他的枪了！

他重新办好了持枪的手续，拿到了由公安机关下发的持枪许可证，不安的心才算是踏实了下来，感觉里可以高枕无忧了。

怎么也没想到，没过多少年，政府又下发了收枪的红头文件。

虽说这次收枪和以前大不一样，是让猎民们在禁猎期把枪交到派出所，由派出所统一登记妥善管理，狩猎期到来时再还给猎民们，一句话，枪还是属于猎民们的，只是在不允许打猎的日子里暂时上缴而已，以避免管理不当造成的意外和损失，同时保护国家的森林资源和野生动物资源。

可莫日根一点儿也不开心，他固执地认为，鄂伦春人祖祖辈辈以打猎为生，所有的男人从记事起，最大的愿望，就是拥有一支属于自己的枪，猎枪对他们来说，是生命的一部分，一个真正的鄂伦春人，怎么可能没有属于自己的枪呢！他实在不明白，猎民们的猎枪和生态环境的恶化有什么关系？鄂伦春人自古以来生在森林里，长在森林里，老在森林里，死在森林里，住的是树皮搭就的"撮罗子"，穿的是兽皮缝就的衣裳，一生下来，就在祖辈父辈们的熏陶、教导下，习惯风餐露宿、简单清苦的日子，熟悉森林的脾气，懂得森林的法则，狩猎的时候，什么能打，什么不能打，什么可打可不打，什么必须打，全都清清楚楚，千百年来，从没听说过破坏森林资源和野生动物资源，倒是一轮又一轮史无前例的大开发，砍倒了满山遍野的大森林，原始森林没了，珍稀动物也就没了，土地开始贫瘠，河水开始泛滥，他们祖祖辈辈赖以生存的家园自然也就没了。在他的记忆里，当初政府叫鄂伦春人下山定居的时候，他的父亲就死活不肯，硬是叫家人住在山上，用现在的话说，是个地地道道的钉子户。后来不得不下山时，他亲眼看见父亲跪在祖父风葬的地方放声大哭，那哭声在山林里回荡了很久，后来就回荡在他的脑海里，不止一次将他从睡梦中唤醒。

莫日根不是不愿意，而是死心塌地拒不缴枪！

守着枪，哪怕是藏着，心里也踏实！之所以这样，还有一个非常非常重要的原因，是他担心政府说话像过去一样朝令夕改变数多多，联想到他经过的遭遇，怎么也放心不下。他是有底气的人，猎枪是他舍己救人由政府在万人大会上当众奖励给他的，是奖品，当然归他个人所有，就跟他的猎刀跟他的烟斗一样，凭什么要他人保管啊！

这是他最后的坚守，他绝不妥协！

可现在遭了，他视如生命视如灵魂的枪竟然被儿子莫希那给偷走了！

4

莫希那身穿鄂伦春人特有的狍皮衣、头戴狍角帽、脚蹬鹿皮靴,骑着父亲放养的枣红马,背着父亲的双筒猎枪,腰上挂着父亲的猎刀,马鞍旁的皮绳上拴着猎人必备的斧子,威风凛凛地穿梭在雾气弥漫的森林里。

为了这一天,莫希那已经做了至少半年的准备,进山打猎不能没有枪,而要偷出父亲莫日根的枪实在是太难啦!这支舍命得到,又磨难多多好不容易保留下来的猎枪,比他的老命宝贵得多重要得多,父亲每时每刻都把它锁在柜子里,像吝啬的守财奴,终日守着他的金银财宝。为了把枪偷出来,莫希那费尽心机,昨天傍晚他到集市上买来父亲最爱吃的红焖鹿蹄筋,有意让他多喝酒,然后在夜神游荡的时候,悄悄潜进父母的卧室,趁着此起彼伏的鼾声,轻轻从父亲的裤带上摘下钥匙,打开那把当年的大铜锁,从柜子里取出猎枪和子弹,然后小心翼翼地关门上锁,生怕弄出一点儿声音。

整整一夜,莫希那兴奋得毫无睡意,曙光刚一绽露,他就迫不及待地整好行头备马出发了。

现在,他已经找到了父亲莫日根在一棵高大的松树上刻画的山神"白那恰"。

他在山神面前放上带来的水果和供品,虔诚地跪下磕头祈祷。

他的嘴里念念有词：慈祥的山神"白那恰"啊！我，莫日根的儿子莫希那，就要和相爱的姑娘关妮花订婚了！我是鄂伦春猎民的后代，我要用猎民古老的传统，给我心上的人赠送一份来自大森林的礼物，请至高无上的神灵保佑，保佑我打到一只肥壮的狍子吧！

祈祷结束的时候，莫希那满脑子都是关妮花的笑脸。

昨天下午，他骑摩托车带她去了分江口，那儿是两条大河交汇的地方，岸上的林海宽阔茂密，色彩斑斓，美不胜收，是俩人最喜欢去的地方！

路上，他故意拧着油门加快车速，以往车速一快，她就在身后贴紧他，牢牢地抱着他的腰，把头放在他的后肩上，时而哈哈大笑时而尖声喊叫，那状态那感觉让他说不出的刺激、美好和舒坦。可这次不行，车速一快，她就喊叫让他慢，后来干脆大声让他停车！他把车停靠在路边，看到突然板起面孔瞪着大眼的妮花有些愕然，说怎么啦，干吗呀你？她吊着脸愈加正经，指着他一字一顿地说，你给我听着，要是你真想娶我的话，以后开车就给我慢点儿！慢点儿！！听清楚了嘛！！！他当然听清楚了，他不光听得很清楚，而且从她眼睛的光泽里看到了他渴望的东西，心里简直乐开了花。可就在这时，意外的事情又发生了，她突然得意地一笑，猛然跳上摩托车，握住车把开车就走！而且走的不是公路，是一条隐在路边林中的若隐若现的小路，明白过来的莫希那紧追几步跳上后座，格外开心格外舒展的笑声中，他张开手掌掐着她的腰，任凭她驾着摩托在茂密的林子里胡拐乱窜。当来到清澈沉静的河边，望着黑幽幽的河水，望着如诗如画的山脉和森林，沉浸在浪漫里的妮花把摩托车猛然推倒，使劲扑向他的怀抱，两人在厚实柔软的草地上翻滚着嬉闹着亲吻着，差点儿没滚到河水里。就在那斜阳灿烂波光迷人的河岸边，妮花幸福地偎在他怀里，用他从没听到过的娇滴滴的声音说，你真的打算三天后上我们家过彩礼啊？他说当然啦！她就故作生气地说，都到这时候啦，你还不把打算全都告诉我啊！他说该你知道的，你都知道啦，我只保留了一个小秘密，是一个绝对的惊喜，过彩礼的前一天，我到你家你就知道了！她当然不满意，可他不再给她纠缠的机会，双手用力抱起她，一直朝着森林的里面走进去，很快，温暖而又静谧的林子里就回荡起女孩子开心夸张的尖叫声。

其实，他的小秘密，就是按鄂伦春人传统的规矩，给新娘的家里送上亲手猎获的猎物，以示郑重和尊敬。

莫希那喜欢打猎，从小就渴望成为一名真正的猎人！

可他一直没有机会，上了十来年的学，虽然假期里跟着父亲进过山，和伙伴们一起打过猎，高中毕业后还亲手打到过黄鼠狼、野兔和飞龙，但在猎人面前，那些小玩意根本就不值一提，因此他一直思谋着怎样打一只真正的猎物！

真正的猎物，当然是指驯鹿、犴、狍子之类的大家伙啦，最起码也得是野猪！很长一段时间里，他最大的梦想，是能独自打到一只肥壮的黑熊！

说到黑熊，他只见到过一次，是八岁那年，他的父亲莫日根猎杀的。那是一只出没在河湾和沼泽地带的孤零零的大母熊，短短一周时间内，它就伤了一个女人和一个孩子。女人是上山采摘猴头时，被熊所伤的，所幸她滚下山坡保住了性命，而那孩子则遭遇了灭顶之灾，他和几个伙伴在河湾里玩耍，冷不丁遭到了母熊的攻击。莫日根知道后，啥话没说，当即带着三个小伙子骑着猎马带着猎狗进了山，他最不能容忍的就是伤害孩子，任何野兽只要伤害孩子，必死无疑！几小时后，莫日根在河湾旁的林子里找到了那只作恶的大母熊。据现场的小伙子们说，看到母熊的时候，猎狗疯叫，马吓得直往后退，莫日根果断地跳下马朝着母熊走过去。母熊看到他，立刻发出震耳的吼叫，撒开粗壮的四条熊腿冲了过来。当相距只有 20 来米时，莫日根稳稳地站住了，凶悍的母熊张开大嘴猛扑向他，枪响了，子弹正中母熊脑门。

莫日根和三个小伙子抬着四百来斤重的大黑熊回到村里的时候，整个村子都沸腾了，全村的男女老少涌出家门，拉成一个大圈子，围着黑熊跳起舞蹈，齐声诵唱着莫日根！莫日根！！莫日根！！！

就在这歌舞赞美声中，莫日根亲手操刀剥开熊皮开膛分肉。

莫希那清楚地记得，那个最最风光最最荣耀的时刻，正在坠落的太阳又大又红，漫天都是火烧云，就连森林、村庄和人们的面庞都映成了红的。而当红霞消散时，几堆巨大的篝火在村外的草地上燃烧起来，篝火上架着吊锅，锅里翻滚着新鲜的熊肉，全村的男女老少坐在篝火旁，听一位白发苍苍的长者在祈祷，老爷爷的嗓音又高又亮，既像是说话又像是唱歌：

阿玛哈（大爷）呀恩聂嘿（大娘），不是我们鄂伦春人将你打来的啊，是鹰是乌鸦把你抓来的，是天神把你赏给我们的啊！咔咔咔、咔咔、咔，从此以后，你会来保护我们，再也不会伤人了吧！咔咔咔、咔咔、咔，大伙儿动起来吧，一起来分享吧！

巨大的欢呼声中，人们开始食用熊肉，这时候他才知道，熊的上半身和四肢的肉女人是不能吃的，否则的话，进入森林的时候，就会被熊伤害，而男人们吃了这些部位，会强壮身体，会增长力气。父亲莫日根特意给了他一块腿骨让他啃。那是他最兴奋最激动最难忘的时刻，可他一直不明白为什么要把死去的熊叫大爷和大娘，他问父亲莫日根，莫日根说，因为黑熊是有灵魂的，有灵魂的猎物是必须要尊重的！可他还是不懂，想要再问的时候，父亲拍着他的头顶说，孩子，吃吧，多吃点熊肉，把发生的事情牢记在心，待会儿葬熊的时候，你要紧紧跟在我的身后，竖起你的耳朵，睁大你的眼睛，什么也不要问，什么也不要说，明天早上太阳出来的时候，你想知道的事儿，自然而然就会明白！

当所有的熊肉吃完，已是深夜，葬熊的仪式开始了。

火光映照下，父亲莫日根把所有的熊骨头收集在一起，大大小小码放整齐，然后单腿跪地用数根柳条小心翼翼地包扎好，双手捧起，昂着头，迈着有力的步伐，一步一步朝着坡上的森林走过去。他记着父亲的话，紧紧跟在父亲的身后，在他们后面是全村的男女老少，男人们举着火把，女人孩子们无声地跟着。他们的头上是深邃、璀璨的星空，他们的前面是高耸的大山和黑沉沉的森林，在这个梦境般奇异的时刻，一种难以表述的神圣、庄严和肃穆的情感，在莫希那的心里油然而生，就在这时，父亲莫日根突然用沙哑粗涩的嗓门唱起歌来：

　　　　古落，古落
　　　　阿玛哈，恩聂嘿啊
　　　　你就要走向阴间了
　　　　你生前有时也把人喜欢

摸摸你雪白发亮的骨头啊

给你风葬

你的灵魂将越过山坡

去走要过的独木桥

带着你的蚂蚁窝啊

走向阴间要走好

捧着你雪白发亮的骨头啊

想起你生前也把人喜欢

阿妈哈，恩聂嘿

希望你年年让我们看见

用你的爪子去刨土吧

对孩子们你要喜欢

千万不要伤害妇女和儿童

从今往后

看见老人可以给他一巴掌

见了年轻人

可不要用舌头舔啊

要不你就不能成仙啦

古落，古落……

　　父亲越来越深沉越来越粗粝的歌声中，给熊送葬的队伍进入了森林。男人们更高地举起火把。火把的光照中，父亲莫日根找到一棵松树的树杈，把捧着的熊骨高高举起，小心翼翼地放在树杈上，用柔软的树条紧紧捆住，然后领着他的手，用更加低沉更加粗涩的嗓音唱道：

尊敬的熊神啊

我们会永远供奉你

你再也不要伤害我们啊

为了你能早日成仙

要多行善事保佑我们啊……

　　歌声止息的时候，送葬的队伍离开森林返回村庄，父亲莫日根一直领着他，父亲的身影是那样高大，手掌是那样温暖，他心里充满了前所未有的自豪和骄傲，他的父亲是莫日根，莫日根是猎神，莫日根是英雄！

　　第二天早上，莫希那恍兮惚兮，眼前似乎还燃烧着熊熊的篝火，漫天的星星灿烂着奇异的光亮，耳畔萦绕着父亲的歌声，那低沉粗粝的歌声，在火光的耀动中，精灵似的回荡在森林里，回荡在夜空中，回荡在他心灵的深处。不可思议的是，他竟然记住了全部的歌词和曲调，一点儿都不差。父亲对他的表现非常满意，说不错，是我莫日根的好儿子！当初你爷爷第一次给我唱《葬熊歌》的时候，我也是一次就记住了！

　　《葬熊歌》是学会了，可从那之后，十五年过去了，那样神秘的夜晚，那样神圣庄严的时刻，再也没有降临过，他莫希那再也没有见到过野生的熊！

5

丢失了猎枪的莫日根，抖动着铁青的脸迅速穿上进山的狍皮衣和鹿皮靴，抽出寒光耀眼的猎刀，他要亡羊补牢，赶紧找到正在闯祸的儿子莫希那。

他的老伴乌娜吉坐在客厅的沙发上，鼻梁上架着老花镜，在用桦树皮制作一只古老精美的桦皮篓，篓子上的云卷飞鸟已经刻好。在她面前的茶几上，放着不少鄂伦春女人制作的绣工活儿，有精美的烟具、服饰、精巧的小兽皮包包，以及大大小小用桦树皮制作的皮盒子。沙发旁的柜子上，放着她精心准备好的彩礼包。这些东西，都是要在过彩礼的时候一起拿给亲家的。为了早日把她相中的儿媳妇关妮花娶回家，她已经兴奋了很多天，连小时候的儿歌都想了起来，此刻，她就在哼唱那首名叫《桦皮篓》的歌儿。

心急如焚的莫日根无心搭理老伴儿，太阳已经越过了门前的山梁，正常的情况下，该是猎人们背着猎袋或者扛着猎物回家的时候了！

他几个大步迈出家门，从桦皮船的船头解开猎狗的绳索，牵着狗抱着马鞍子直奔山坡上的大草滩，找到他放养的马，匆匆忙忙直奔正西。

据他判断，儿子莫希那十有八九是去那儿打狍子了，方圆几十里内，只有那儿有猎可打。两只面相凶悍身体肥胖的猎狗，跑了一会儿就伸着舌头呼哧呼哧喘了起来，肥壮的马儿也由跑到走，喷着响鼻喘着粗气慢了下来，再催也没用。这是没办法的事儿！现在，被鄂伦春人视作生命的三件宝，猎枪、猎马和猎狗，都已经不是从前的概念了。老式的猎枪已经不能完全属于自己啦，新的猎枪无处可买。由于长期不能进山打猎，马也早就不是以前的马了，那种穿山越岭、能和狍群鹿群较量脚力的猎马，早就变成了故事里的传说。至于猎狗，因为无猎可狩，一个个又肥又懒，都成了中看不中用的废物，连像样的看家狗都不如啦！曾几何时，他莫日根还是大名鼎鼎的驯狗能手，经他手训练出的猎狗，不光敢和恶狼斗，连熊都不怕！而现在，同样是他训练的狗，不要说扑熊斗狼，连只跛脚的野兔都很难追上！失去了成长的条件和环境，没有了和狼群和黑熊生死拼斗的经历和可能，再好的犬种也没用！

对此，莫日根的心里一直激荡着矛盾与困惑。

他想起父亲来！

特别郁闷痛苦的时候，他就会想起父亲。

莫日根的父亲莫嘎不仅是无所不能的猎人，还是有名的预言家，能是预言家的，自然是萨满，他早就说过，鄂伦春人一旦离开了山林，就像是豹子落到了井里。那时候，政府动员鄂伦春人下山定居的工作早就开展很长时间了，他也下山定居了，可有那么一天，确切地说是"文化大革命"开始的第三年，一个阴云笼罩冷雨如丝的清晨，61岁的莫嘎没给任何人打招呼就从自己的家里出走了，就此失去了踪迹。

那时的莫日根性情刚烈，身体强壮，他看到母亲的祈求下，全村上了年纪的人四处寻找父亲，找了整整九天，一点儿踪迹都没有。有人认为莫嘎逃到外乡，去投奔亲戚了，还有人认为他逃到北面的北面，也就是外国去了。

人们之所以这么认为，是因为莫嘎一贯反对鄂伦春人下山定居，反对外人砍伐森林，反对迫害萨满。他的胆子很大，公开说自己是神灵的使者，拒不承认萨满是迷信。莫嘎这么说这么做的时候，正是轰轰烈烈的"文化大革命"开展得如火如荼的年代，他自然是村干部们无情批判坚决打击的对象。虽然如此，村里上了岁数的男人和女人，在莫嘎的批判大会上，全都表情沉痛，低头不语。他们在心里坚定地认为，莫嘎就是神的使者，他能让神灵下界，能让神灵附身，能让神灵下界能让神灵附身的人，都是能够消灾祛邪给人们带来幸福的人。这并不是说，莫嘎会跳神治病，是个大名远扬的萨满，就必然受到人们的尊敬和同情，人们自然不忍对他批判和伤害。不是的！鄂伦春人的萨满，个个都会跳神治病，他们有地位，但没有特权，平时和大伙儿一样生活，男人女人都能当。但莫嘎和其他萨满是不一样的，他身上出现过非同常人的种种征兆和神迹。比如说，生他的时候，他母亲的胎胞一直不破，是一名年老出名的"阿戏"（女萨满），在最后关头，用刀切开取出来的。再比如说，他能像他父亲一样，把通红通红的火炭，当着大家的面吞进肚子里，再完完整整地吐出来。他能给垂死的孩子成功招魂，能用野鸭子的胸骨准确占卜天气的阴晴变化和时节的旱涝情况，还能从烤过的狍子骨头上看到远方亲人的生活状况。在过去很多年的日子里，莫嘎身上的种种神术和事迹深入人心，传遍山林。可也有些人不以为然，特别是村里的一些年轻人不买他的账。在批判他的大会上，除了萨满的种种罪状，他的历史问题也被翻了出来，有人非要让他当众承认做过卖国贼当过苏联特务，他啥话不说，无论怎么批斗，就是拒不开口。几个身强力壮的年轻人被惹火了，他们将他捆了起来，戴上纸糊的高帽子，上面写着我是叛徒，我是卖国贼，我是特务，然后游街，再然后就用皮带抽他，狠打他的耳光，打出了鼻血，打掉了门牙，这被认为是他失踪的主要原因。

莫嘎失踪四年后，一个偶然的机会，莫日根从林场的伐木工人那儿听说虎头岭的原始森林里有野人。虎头岭是当地最后的一片处女地，方圆数百里的森林都已经砍光了，只有那儿的森林因为沼泽环抱山崖陡峭砍伐艰难还保留着，林场指挥部为此专门下达文件，要在冬季来临的时候，乘着沼泽冰冻的时机，全面打响征服虎头岭的攻坚战。结果前期上山的勘察队，几个月前在密林深处碰到了野人。说那野人只在腰里缠块兽皮，长发披肩，手持木棍，在高耸的山崖上健步如飞。

说者无意听者有心，莫日根当即断定野人就是他的父亲莫嘎。

第二天黎明时分，莫日根收拾好上山的装备，给老婆乌娜吉悄悄打了个招呼，就上山了。父亲失踪的四年里，莫日根每次上山都会有意无意地寻找，他一直固执地认为，父亲肯定是在山林里，为此他还特意到虎头岭一带去找过。

经过一夜的分析和思考，莫日根断定父亲的"撮罗子"是在山岭阳面的崖壁旁，那儿地形复杂，无人敢去，是狩猎生存的好地方。

他之所以这样断定，是因为父亲莫嘎失踪的前一天，把他多年用山货换来的十来瓶藏酒全都打开，灌在三个老旧的军用水壶里，灌不完的，就召集全家人喝。当时大家都很奇怪，这些酒是他的宝贝，平时全都藏在那只又老又重的木柜里，看都不让人看，突然这么大方地与家人分享，不能不令人疑惑。几口酒下肚，莫嘎就兴奋起来，以往兴奋的时候他会又唱又跳，可这次他满脸都是怪异的神情。又喝了几口酒，他就有点儿把持不住了，拿起一个灌满酒的水壶说，你们知道不知道，这个壶是日本人送给我的！大家全都愣愣地看着他，不知道他到底要干什么。他翻来覆去看着手里的壶，神情愈加复杂地说，这事有三十多年了，那是个多事的秋天，我在靠近虎头岭的一片水湾里抓紫貂，碰到了十来个拿枪的人，他们是从哪里来的我不知道，好像一下子就冒出来了。领路的对我说，他们迷路了，水湾河道连着沼泽他们不敢走，后面的老林里没有路，他们在里面转了两天没转出去，又回到了原地，请我给他们当向导。我问他们是干什么的，那人说这些都是日本人，是路过。日本人是什么人我不知道，我从没见过这样的人，他们的话我听不懂，我想迷路的人，当然应该帮助，就把他们带出了山林。临分别时，他们很感激，领头的官儿把自己身上的水壶取下来送给了我，说是留个纪念。几年后我才知道，这群人是侵略中国的日本兵，他们到这儿是来追捕几个抗联战士的。如果那天我不把他们带出老林，他们必死无疑，因为那片老林叫狐妖林，进去的人没有不迷的。莫嘎说着，又拿起第二个水壶，说这是苏联老毛子送给我的，那个老毛子又高又壮，是个找矿的专家，他带着几个人一直在山里找矿找金子，我给他当了三个月的向导，他送给我这个水壶，还有一个漂亮的望远镜，可惜望远镜在我喝醉酒的时候，被人偷走了，这都是新中国成立前的事。这第三个水壶嘛，是森林调查队的队长送给我的，他当过解放军的指导员，是个蒙古人，名叫巴特尔，他用这个壶装了满满一壶酒上门请我当向导，我带着他们走遍了方圆数百里的森林，那之后不久，咱们这儿就修通了公路，迎来了第一次真正的森林大开发。

莫嘎的这些经历，家里人都知道，外面的人也都清楚，当然都是莫嘎自己说出来的，只要喝酒，莫嘎的经历永远是话题的中心，这些经历给他带来过令人羡慕不已的好运和骄傲，也给他带来巨大的不幸和灾难。别的不说，单就给日本人当向导抓捕抗联战士这一条，就是灭顶之灾。好几次他都差点儿为此坐牢，每次都是巴特尔出面保他。最玄的一次，他在牢里已经被关了三个多月，就在判刑的前一天，又是巴特尔出面救了他。当时的巴特尔已经是副县长了，他说莫嘎这个人我了解，他诚实正直、非常善良，是最好的鄂伦春向导和猎人，在给森林调查队当向导期间，全体队员因误食野果中了毒，是他用草药救了全体队员的命，他为当地的森林大开发立下过大功，以前的错误虽然严重，但有其历史原因，不知者不为罪，他是无辜的，无辜的人不能算卖国！至于苏联特务嘛，就更说不上了，因为那个找矿的苏联专家后来没有回国，新中国成立后给咱们找了不少矿，后来在工作中以身殉职，现在他的墓碑还立在烈士陵园里。

莫日根回忆着往事，想象着父亲莫嘎四年来的孤苦生活，登上虎头岭的时候，已经过了中午时分，凭着强烈的感觉，很容易就找到了他要找的那块儿地方，但没有他想象中的情景，他的眼睛看不到一点儿有人生活的痕迹，鼻子嗅不到一丝烟火的气息，耳朵听不到任何异样的声音。一个出色的鄂伦春猎人，不光有着锐利如鹰的眼睛，还有着异常敏感的鼻子和耳朵，视线范围内，不要说森林里的人烟，就是狐狸、猞猁这样的猎物，也是藏不住的。且不说新鲜的足迹、粪便以及猎食后留下的种种印痕，单是人特有的习性和气味，就能把存在的种种状态显露得清清楚楚。

看来父亲莫嘎不在这儿，那个野人的传说很有可能只是个误传，失望强风似的迎面扑来，他突然就不想再往前走了，一屁股坐到地上，掏出怀里的烟袋和火柴，他累了，就在他想要抽口烟喝口水歇息一会儿就下山的时候，有意无意间透过一片松林，他看到高耸的崖壁前有片异样的草坡，仔细一看，就看到了晃动的驯鹿和狍子，大概有十五六只的样子。在远离人烟的山林里，看到驯鹿和狍子并不稀奇，可在这临近山头的地方，看到驯鹿和狍子就不寻常。这驯鹿也叫四不像，一般情况下，它不仅不会到这么高的地方来，也不会和狍子在一起觅食。莫日根的心一下子就狂跳起来，他小心翼翼地朝着那儿摸过去，近了，更近了，当离驯鹿和狍子仅有二三十米时，他从树后闪出身来。奇怪的事情发生了，通常情况下，驯鹿和狍子十分胆小，眼睛和耳朵极其敏感，不要说看到人，就是听到异常的动静，也会撒腿就跑，可当莫日根突然出现时，它们只是惊了一下，并没有炸群。更加不可思议的是，它们瞪着黑溜溜的大眼睛看了他一会儿，就又吃草的吃草，走动的走动，一点儿都没有害怕的样子。

这一刻，莫日根如处梦中，但他只是恍惚了那么十来秒，他锐利的目光就掠过这些驯鹿和狍子，看到了不远处人工筑就的栅栏，看到了栅栏后面隐蔽在几棵相对高大的红松后面的"撮罗子"……莫日根的鼻子猛然一酸，沙哑的嗓门喊了声阿麦（父亲），热乎乎的泪水汹涌而出。

莫日根大步流星奔到"撮罗子"跟前，迫不及待地钻了进去，一只受惊的黄鼠狼从他的脚边夺路而逃，两只大鸟从里面扑扑啦啦腾空而起，眼前的情景令他目瞪口呆。只见不大的空间内，有一个木架的床，床上铺着鹿皮，鹿皮上放着一把猎刀，一个石头垒砌的锅灶，灶口上坐着锈迹斑斑的铁锅，一看就知道，这儿很久都没人居住过了。莫日根拿起猎刀，握着黄铜镶嵌的刀把，慢慢把刀抽出刀鞘，雪白闪亮的刀刃上刻着三颗五角星。莫嘎曾告诉过莫日根，这把刀是他父亲的父亲留下的。莫日根冲出"撮罗子"，立刻就看到了刻在一棵红松根部的山神"白那恰"，山神慈祥地望着他，那眼睛、那鼻子、那嘴巴、那胡须，一看就是父亲莫嘎的手笔。多少年来，莫嘎无论迁徙到那儿，只要住下，第一件事，就是选一片幽静的林子，找一棵高大、挺拔的松树，雕刻山神"白那恰"的神像，然后在小小的祭台上恭恭敬敬地摆上最好的祭品。

然而父亲莫嘎已经不在这儿了！

种种迹象告诉他，这个地方起码有四五个月没人住过了，而在这之前，父亲莫嘎一直靠古老的方式在这儿生活，他用树干和桦树皮制作"撮罗子"，采摘野果，捕食猎物，用套子捉住幼小的驯鹿和狍子，精心饲养，用心驯化。毫无疑问，这些不怕人的驯鹿和狍子，都是他千辛万苦驯化的结果。

莫嘎是个离不开山林的人，下山定居后，他时常怀念山林，怀念世世代代延续下来的狩猎生活，渴望在大森林里自由自在地过日子，几乎每年都要独自在山上住上一阵子。他天生不喜欢农耕，一点儿都不喜欢种庄稼。事实上，不光他不喜欢农耕，其他的鄂伦春人也不喜欢，他们不光种庄稼不行，做其他事情似乎也不在行。在莫嘎看来，世界上美好的事物千千万，最好的就是狩猎。山下的生活千般好，在他看来，都不如狩猎。他总说鄂伦春人的精气神都来自狩猎，没有了狩猎，就好像老虎被关进了笼子里，虽说没有风没有雨不挨饿不受冻，但那还是老虎嘛?! 他的说法没少挨批，可他就是顽固到底，死不改悔。

莫日根困惑的目光，掠过那些正在走进森林觅食的驯鹿和狍子，这些已经被驯化的动物之所以不愿意离开这儿，显然是因为习惯，它们从小就习惯了在这里接受饲养和照顾。

不祥的预感气浪似的扑打着他，他本能地冲向高处的一片红松林，进入林子一直往里走，在靠近风口的地方，几棵密实的松树间绑着一个用树根做成的吊床，吊床上隐隐约约有一堆异样的东西。

刹那间，莫日根什么都明白了，他发疯似的扑了过去——

——吊床上是一具完完整整的人的骨骼，骨骼上的腐肉已经被飞鸟和虫子吃光了，吃得干干净净，山风吹拂下，雨水冲刷下，干干净净的尸骨呈现出雪白的色泽。莫日根呆呆地望着白森森的尸骨，脑子里异常的清醒和宁静，他的眼睛落在尸骨的左手上，手的无名指的骨节上戴着那枚他熟悉的银戒指，他把戒指慢慢地摘下来，小心地戴在自己的手上，在心里默默地喊了声阿麦，把颤抖的手掌轻轻地轻轻地放在冰冷的骷髅上，慢慢地抚摸着，意识愈加的活跃和敏锐，毫无疑问，父亲莫嘎是把自己风葬在这里的! 他很可能是病了，在重病中知觉到了死亡的到来，事先仔细选好了给自己风葬的地方，用柔软而又坚韧的树根，在临近山头的松林中给自己做了个吊床，临死前，他踩着枯木做成的脚凳，爬到吊床上，为了使自己的尸身尽快让鸟儿和虫子吃干净，让尸骨尽快风干，他把自己脱得一丝不挂，在难以想象的情境中，安安静静躺下来，在那种自在安逸神秘莫测的恍惚里，等待着神灵的引领和阴间的降临……

莫日根捡拾好父亲莫嘎的尸骨，仔细用柔软的树根包扎起来。他断定父亲死的时候没有痛苦，而且死后没有遭到野兽和鹰鹫的袭扰，这从尸骨整整齐齐的姿态上就可以看出来。莫日根的心里很是自豪和欣慰，父亲莫嘎真的了不起，他甚至觉得自己应该叫莫嘎，而父亲才配得上叫莫日根！他用鄂伦春人传统的方法包扎好尸骨，然后爬上那棵最高最大的红松，把尸骨用树条牢牢地捆扎在树杈上。

当这一切都做好，莫日根头晕目眩腰腿酸软，浑身的筋骨都要散架了，强大的悲伤阵风似的袭来，撕裂般的心疼中，他跪倒在那儿放声号啕，酸楚的泪水决出眼眶，嘶哑的嗓音震天动地，直到山林中呼啸的夜风把他吹醒。

6

莫日根骑着他肥胖的猎马带着他肥胖的猎狗进入山林的时候，他的儿子莫希那早已经在马背上挂着他的胜利果实下山了！

莫希那今天非常幸运，进入山林不久，还没上山呢就碰上了十多只精灵健壮的狍子，更幸运的是，这些个狍子慢条斯理地吃着草，对他的出现毫无警觉，不到 30 米的距离内，他没用吹灰之力，一枪就把最近的那只狍子放倒了。

这可是他打到的第一只大型动物，心情那个激动啊，比瀑布下的浪花喧腾得多，激越得多得多。

兴冲冲的莫希那把挂在马背上的猎物取下来，得意扬扬地扛到关妮花家的时候，正是中午下班时间，早就是熟人了，莫希那连门都没敲，就直接进了院子，把猎杀的狍子倒吊在院里的柱子上，他要给心上人一个绝对的惊喜！

狍子刚吊好，在小学校当语文老师的关妮花下班回来了，一眼看见倒吊的狍子，惊得目瞪口呆。

莫希那对关妮花的反应满意极了，他要的就是这样的效果，愈加得意地站在狍子前，看着心上人满脸都是膨胀的美气和骄傲。

关妮花惊异的脸色一红，紧接着苍白起来，目光犀利口气严肃地说，莫希那，这咋回事儿？

是我打的，一枪命中！

关妮花突然激动起来，苍白的脸色猛然涨红，怒不可遏地盯住他，尖细的嗓音有些颤抖，你说什么啊，这只狍子是你打的？

对啊，是我莫希那特意为你打的！

关妮花咆哮起来，莫希那！你……你知道这是什么行为嘛?!

看着突然暴怒的关妮花，极其意外的莫希那吃了一惊，他很是不解地说，怎么啦，你干吗发火？

你说怎么啦，你凭什么猎杀动物啊?!

莫希那满脸的无辜，说妮花，我这还不是为了你嘛，明天是过彩礼的日子，今天我亲手打一只狍子送过来，也是为了表达一下心情啊！

我知道了，这就是你送我的惊喜？

对啊……

莫希那，你无证持枪狩猎，对什么对啊！

妮花，我这么做，还不是为了你嘛！莫希那委屈至极，可怜巴巴地说。

你，你这是对我的侮辱！关妮花愤怒了，扯着嗓子叫了起来。

下不了台的莫希那不干了，也扯着嗓子叫了起来，妮花，我到底怎么啦？作为一个鄂伦春人，一个猎民的儿子，不就打了一只狍子，作为定亲的礼物嘛，你不要就算了，干吗发这么大的火！

你这是违法！

怎么违法了，我们祖祖辈辈都是这么做的，我这么做，不就是为了我们鄂伦春人的荣耀嘛！

俩人红脸争吵的时候，正在屋里做饭的关妮花的妈妈出来了，这还不算什么，早就围在院门口的一群村民们不知怎么也呼呼啦啦涌进了院子，大家眼睁睁地看着背枪的莫希那把一只狍子扛进了关妮花家，一个个都来看稀罕，实实在在讲，眼下能看到扛着猎物当聘礼的情景的确见不着。

如果仅仅是因为猎奇或者吵嘴遭到围观，那也就罢了，年轻人吵嘴快，和好更快，正常得很，可意外的出现总是突如其来。

更加糟糕的事情发生了！

猎民村外有名的养殖大户郑昆怒不可遏地冲了进来，径直到狍子跟前，提起死狍子耷拉的脑袋，看了看狍子耳朵，一把揪住莫希那的胸口，气急败坏地说，莫希那，你小子行啊，竟敢明目张胆猎杀我的狍子！

莫希那愣了，他不明白，明明是他在森林里打的狍子，怎么就成了郑昆的。

郑昆冷冷一笑，推开莫希那，再次提起死狍子的脑袋，对所有人大声说，大家看啊，这只狍子的一只耳朵是黑的！为什么是黑的？是我郑昆用颜色染黑的，我放养在林子里的狍子，大大小小有三群，每只狍子的一只耳朵都是黑的！

众人顿时发出一片唏嘘之声。

郑昆敞开衣服，拿出中华烟吧嗒一声点着火，深深吸了一口，斜眼瞅着莫希那，慢腾腾地说，你闯进我承包的林子，猎杀我饲养的狍子，怎么赔吧?!

莫希那傻眼了，狍子的一只耳朵的确是染黑的，他怎么就没发现呢！不是没发现，他打死狍子后，第一眼看见就觉着异样，可就是没在意，当时实在是太激动太高兴了，以为打到的就是一只黑耳狍子。还有，进林子的时候，他的确是从围栏的一个缺口处进去的，想当然地以为那就是个围栏，怎么也没想到是进了人家的承包林。

围观的人开始议论纷纷，有人说至少得赔一千块。

郑昆的嗓门立刻就高了起来，一千块，两千块我也不干，大伙儿睁大眼睛看清楚了，他猎杀的是一只怀仔的母狍子！怎么，你们不信是吗！行啊，我这就豁开它的肚子给大家看！郑昆说着，噌的一声从后腰上抽出猎刀，一手揪住狍子的皮毛，一手握刀，寒光一闪，一道血亮的口子从狍子的肚皮上绽裂开来，肚里的胎胞、花花绿绿的肠肚、血水，瞬间就从刀口鼓胀出来，悬吊在摇摇晃晃的狍尸上。紧接着郑昆手腕一翻，刀尖上挑，人们甚至都没看见刀锋是怎么行走的，滚圆的胎胞已被划开，羊水稀里哗啦流淌下来，一只已经成形的狍崽，从破口随着羊水涌挤出来，被粗壮的脐带紧紧吊住，狍崽的肉体青得透亮，红得扎眼，两只圆圆的大眼睛虽说是闭着的，但黑色的轮廓和形状清清楚楚，像是嵌在头骨上的装饰，空气里弥漫着内脏和血水特有的腥膻气味……

人群炸窝似地惊呼着。

到了这时候，一直旁观的关妮花的妈妈孟永妮再也沉不住气，终于忍无可忍地爆发了，她苍白着脸扯开尖厉的嗓门大声喊叫起来，你们要干什么，这是我家，谁让你们进来的，出去，都给我出去！她愤怒地吼叫着，冲到莫希那跟前，指着他的脑门咬牙切齿，莫希那，你干的好事啊，谁让你把这东西扛我家来的！立刻给我拿走！我叫你立刻拿走，听到没有啊！

孟永妮歇斯底里的吼叫声中，莫希那羞得面红耳赤，恨不能踩开个地缝钻进去！

倒是关妮花冷静了下来，对呆若木鸡的莫希那说，你还愣着干什么，我妈的话你听不见啊，还不赶紧把它拿走！

莫希那在恍恍惚惚的状态里，哆哆嗦嗦把那只开膛破肚血呼里拉的死袍子扛出关妮花家的院子，这时候，中午的阳光更加灿烂，湛蓝的天空一队大雁鸣叫着由北而来，飞向南方，他不知道该怎么办，也不知道该到哪里去，只是身不由己尽量远离开那个熟悉的大院子。大概离开四五十米的样子，他再也走不动了，把死袍子扔到路边，一种从未有过的恶心从心窝里猛然上翻，汹涌的胃液喷吐出来，直吐得翻江倒海，鼻涕眼泪肆意横流，满嘴都是胆汁和鲜血的味道……

莫希那意识恢复过来的时候，围观的人还没散去。

郑昆亮着嗓门说，莫希那，你看这样行不行，陪我三千块钱咱们了事，否则我就去找你老子莫日根，还会到派出所去告你！

有个围观的人说，郑老板，一只袍子三千块钱，要的也太狠了吧！

郑昆咬着香烟轻描淡写地说，狠什么呀，我这是野外放养的袍子，是即将下崽的母袍子，拿钱买得来嘛，买不来的！说着，鄙夷地斜了莫希那一眼，又看了一眼赶来的关妮花，鼻腔里哼了一声说，还是鄂伦春的后代，是莫日根的儿子呢，连驯养和野生的袍子都分不清，臊不臊啊！

莫希那被关妮花拉走了。

一个开三轮摩托的汉子，大大咧咧挤进围观的人堆，啥话不说，拎起死狍子扔到三轮车上，迅速开车离开。

大伙儿望着开走的三轮摩托，全都大眼瞪小眼，反应不过来到底咋回事。

郑昆冷冷地笑笑，对赶来的两名手下使个眼色，俩小伙子钻进宝马车，朝着高速离开的三轮摩托一溜烟追了上去。

7

次日早上，一辆警车驶进猎民村，来到莫日根家门口，派出所的张奇所长带着手下和猎民村的村长葛布多从车上下来，正好与遛狗回来的莫日根相遇。

年轻的村长葛布多礼貌地和莫日根打招呼，莫日根大爷，遛狗回来了呀？

脸色铁青的莫日根装着没听见，他把两条肥胖的猎狗栓到桦皮船的船头，对一身制服的张奇所长视而不见。此时此刻，莫日根的心情糟透了，警车没进村呢，他就已经看见了，他知道警察是来找他的，一定会来，但没料到来得这么快。他想溜，第一反应就是离开村子钻进山林，等警车走了再回家。可理智告诉他不能这么做，跑了和尚跑不了庙，躲是躲不掉的，他是莫日根，既然事情出在他家里，他是一家之主，必须承担起来！

昨天，他骑着猎马进山寻找儿子莫希那，是他这辈子最窝囊最丢脸的事，在他的判断里，儿子进山的路应该是西边，那里河谷广阔，森林密集，是狩猎的好地方。怎么也没想到，儿子去的是北面，而且直接到人家承包的林子里，猎杀了人家驯养的母狍子，这和到人家的畜棚里杀人家的牲畜有什么两样！这样不要脸这样无耻的事情，竟然是他莫日根的儿子干出来的，他愤怒啊，他痛心啊！你说你打猎哪儿不能去啊，打不到狍子没关系，你可以打野兔、打黄鼠狼、打野鸭子啊，干吗要这么混账这么可恶啊！莫日根整整一夜没合眼，直到临近天亮的时候他狂躁的心情才算稍稍平静了些。他想明白了一件事情，那就是他莫日根的儿子，之所以成为人们唾弃的笑柄和废物，责任并不在他，而是在他的老伴儿乌娜吉。自从他们的第一个孩子夭折后，乌娜吉的性情就变了，她动不动就和他作对，不听他的话，尤其是在孩子的问题上，她坚决反对儿子跟他进山打猎，反对儿子跟他下河捕鱼，是她把儿子送到学校里让他念书，成天跟在他屁股后面伺候他，一心一意要让他上大学有出息，结果大学没上成，她又纵容儿子去打工，三折腾两折腾，儿子的心他怎么也认不清楚了。昨天他回来的时候，儿子已经跑了，跑哪儿去了他不知道，也不想知道，跑了好，如果不跑的话，他至少要在他的屁股上打断一根棍子，没准会打断他一条腿！可乌娜吉显然知道儿子的去向，这从她小心翼翼伺候他，对儿子只字不提就可以看出来。

磨磨蹭蹭拴好狗的莫日根心绪烦乱，很不友好地站在所长和村长面前，掏出烟袋锅故意使劲挖出烟丝打着火吧嗒吧嗒地吸着，丝毫没有往屋里让的意思。

葛布多谦逊地笑笑说，莫日根大爷，你儿子莫希那在家吗？

不在，他早就不在家住了。

莫日根生硬地说。

葛布多更加恭敬地说，莫日根大爷，这是派出所的张所长。

知道，我们早就认识！

所长说，是啊，莫日根大爷，咱们真的是老熟人了，可以到你家里去谈谈吗？

莫日根犹豫了一下，说没必要，有啥事儿，说就是了。

那好吧，所长坦率地说，我们今天来，是想和您谈一下猎枪的事儿。

莫日根像被针扎了，脸色更加铁青，却故作轻松地说，枪怎么啦？

您的枪还在吗？

在啊！

张所长松了口气，话语平和地说，在就好，我们来是要问问你，你的儿子莫希那昨天用你的猎枪进山打了一头狍子，这事你知道了吧？

莫日根激动起来，愤愤地说，臭小子，我要是见了他，非狠狠揍他不可，打断他一条腿！对了，你们要是找到他，一定要好好惩罚他，狠狠处理他，罚他的款，狠狠罚！最好弄到派出所，关他的禁闭，多少天都行！

说话间，周围三三两两的村民们围上来，越围越多，大家都知道莫日根家出事了，而且都知道出的是什么事，猎民村没有秘密，无聊的村民们无事可做，巴不得天天有事看热闹。

张所长面对围观的村民，镇定地说，莫日根大爷，你冷静点儿，莫希那在禁猎期违规打猎，而且跑到人家承包的林子里，公然猎杀人家驯养的狍子，而且是怀仔的母狍子，这样的行为，肯定是要处理的！我们来，是和你谈谈猎枪的事儿。你知道的，根据规定，违反持枪守则的猎民必须将枪支依法上缴。

缴枪？

对呀！

不行！我没犯法，凭什么缴我的枪！莫日根大喊大叫起来！

所长说，莫日根大爷，你不要急躁，你听我说……

我干吗要听你说！莫日根咆哮起来，枪我一直锁在柜子里，是他拧开柜锁偷出去的！该死的东西，你们不信可以问他呀！打电话，马上问！枪是他偷的，祸是他闯的！你们应该去找他去抓他，干吗来找我的麻烦！

村长葛布多有点儿沉不住气了，说莫日根大爷，你搞清楚点儿，不是我们找你麻烦，是你给我们添乱！

我给你们添什么乱啦！咆哮的莫日根一副豁出去的模样，铁青的脸完全涨紫了。

众人面前，年轻的葛布多不能再退让了，但他还是努力放缓语气说，好了，我们不要再争吵了，大家都知道，之所以发生这样的事，就是因为你拒不缴枪造成的，今天我们来是依法办事，你必须把猎枪交出来！

不行，绝对不行！莫日根一副拼命的架势瞪着葛布多说，我有持枪证，是合法持枪！这枪已经跟了我42年了，已经像我的影子一样，一刻也离不开了，凭什么要给你们啊！莫日根说着，突然冲进屋，拿出自己的持枪证和几个大红封面的荣誉证，情绪激烈地把证件证书递给张所长，扯着沙哑的嗓门说，你们看，你们看啊！这就是我的持枪证，这个，还有这个，上面盖的都是公安局的大印，这是政府奖励我为"猎神"的证书，还有这个，这个……你们看，你们看啊！

张所长接过持枪证，认真看了看，说莫日根大爷，这些东西我们不止一次看过，问题是，我们这里有你签字画押的保证书，上面可是写得清清楚楚，你莫日根绝对遵守持枪法规，保证持枪安全，绝对不会把枪借给任何人，可是……

不等所长说完，莫日根急了，说我没借，我真的没借啊！枪是那该死的臭小子撬锁偷的，电话，打电话问啊，赶紧把他叫来啊！

张所长不紧不慢地说，莫日根大爷，你冷静点儿，不要急躁，你听我说，持枪条例你是很清楚的，你的枪支出了事儿，你是枪支的持有者，当然要对事件负责任，这你不会不知道吧！

葛布多接茬说，就是嘛，几年来你一直都不配合嘛，死活不肯把枪交出来，要是你像大家一样，在禁猎期把枪保存在派出所，这样的事情肯定就不会发生嘛！

村长葛布多说着的时候，莫日根家的门突然就打开了，一直在屋里如坐针毡的乌娜吉硬着头皮走出来，对所长和村长努力做作出笑脸又是点头又是鞠躬，之后很不客气地对丈夫说，莫日根，你这是怎么啦，客人来了，也不往家里让，有什么事不能进屋好好说，大清早的吵什么啊！说着，到村长葛布多跟前，说葛村长，莫日根是啥样的人你又不是不知道，啥事不能商量着办啊，不就是缴枪嘛，好好说说，他会同意的。

乌娜吉这样一说，紧张的气氛顿时舒缓下来，围观的村民们开始议论纷纷。有人说，不就是为了讨好老丈人，打了人家的一只狍子嘛，赔钱不就完了，多大的事啊！有人赞同说，是啊，我们是鄂伦春人，是祖祖辈辈打猎为生的猎民，猎民以赠送猎物的方式定亲，是我们古老的传统啊！情况特殊，我看还是罚点儿款算了，不要再追究了！反对者说，这哪成啊，村里都炸窝了，这是猎民村，禁猎期无证打猎是人人都关心的大事！有人马上接茬，说没错，无证猎杀人家的狍子，就是偷盗行为，就是贼，哪能不了了之！

大伙儿吵吵嚷嚷的时候，猎民村年龄最大的长者温格尔不知啥时候来了，他一来，大家全都闭了嘴，温格尔披着一头银光闪闪的白发，手里抓着个扁瓶的小二锅头，来到莫日根跟前，咂巴了一口酒，颤颤巍巍地说，莫日根啊，我是温格尔，你可是叫过我几十年的叔叔，你岁数多大，我就打过多少年的猎……听我说，这事你不在理，别看我老得腰都直不起来了，可我知道，这年头，不管在哪儿，无证打猎都是不行的，都是违法的！你想想看啊，如果人人都像你儿子那样，那还了得啊！再说了，整个猎民村，只有你莫日根在禁猎期把枪放在家里，这是很不公平的事，大家早就很有看法了。好了，你什么也不要再说了，你要是还不服气，想和我顶嘴的话，那就是强词夺理啦！

　　莫日根几次想说什么几次无语，他在颤抖，他整个的身体都在微微颤抖。

　　张所长抓住时机，说莫日根大爷，你的心情我们理解，可你要知道，虽然你有持枪证，但你的枪，出现在非法持枪人的手里，在禁猎期，公然在人家承包的林子里猎杀了一头怀仔的狍子，你想，我们怎么可能对这样的违法行为视而不见呢！再说了，你是我们大家都很尊敬的"猎神"，你去年还在电视节目中说过，说我们不是大森林的主人，而是大森林的一部分，谁也没有资格破坏它，谁也没有权利践踏它呀！张所长说着，拿出事先准备好的书和文件，把书打开，翻到折叠的页码，说你看看，这是政府枪支管理条例，我们是依法办事，还有，这是政府有关文件，请你好好看看，学习一下自然就明白了。

　　莫日根没有看书，也没有看文件，他浑浊的泪水没过焦黄的眼珠夺眶而出。

8

就在莫日根泪水夺眶而出的时候，他的儿子莫希那正独自坐在一家小酒馆里就着油炸花生水煮毛豆喝闷酒，他已经喝空了三个啤酒瓶。他的心情坏透了，不光对打猎的事情懊悔至极，更糟的是他和关妮花的婚事麻烦大了。

昨天，狼狈不堪的莫希那被关妮花拉走的那一刻，他的心里十分温暖，就连羞辱不堪的感觉都雾气似的蒸发了，只要有关妮花的理解和关爱，他什么都不怕，什么都不在乎。可事情并不那么简单，给他解围的关妮花气呼呼地走着，越走越快，一句话都不说，根本就不理他。

到了河边没人的地方，她突然停住脚步，苍白着脸说，你走吧，不要再跟着我了！说完，狠狠瞪了他一眼，转身跑了。

他当然不能走，不但没走，还紧紧地跟了上去，但不管他怎么跟着她，不管他说什么，她都不理他，眼看她离开河边要上桥了，他咬紧牙关紧走几步拦住她，可怜巴巴地说，妮花，你干吗不理我呀？我怎么你了啊！我是猎民的后代，不就进山打了一只狍子嘛！

你以为就一只狍子的事啊！关妮花吼了起来。

他愈加委屈，说还要怎么样，狍子是我打的，祸是我闯的，罚款也好、处罚也好我都认了，我认栽认错认倒霉还不行嘛?!

晚了！关妮花恨恨地说，你以为你那点儿心思我不知道啊？我问你，禁猎期任何人不得以任何理由进山打猎，你知不知道？

知道！

任何人不得无证持枪打猎，你知不知道？

也知道！

既然全都知道，你的行为就是故意的，是故意知法犯法！

进山打猎的人多了去了，你以为就我莫希那呀！他一点儿都不服气。

人家是人家，你是你！

我怎么啦，我一没打珍稀动物，二没打保护动物，三我知错就改，还不行啊！

还说呢！你连怀仔的母狍子都放不过，你……你还有没有良心，还是不是人啊！说啊，简直就是刽子手啊！你……你还有脸狡辩啊！

莫希那急了，说我不是狡辩，我的意思是，我……我真的不懂，真的不知道那是怀仔的狍子……我……我发誓……

还发什么誓啊，不懂不知道就可以残杀生命就可以行凶啊！

莫希那再也无话可说，他叹了口气自言自语道，好吧，你说我是刽子手，那就是刽子手吧！

话一出口，关妮花憋着的泪水一下子就涌了出来，她抽抽搭搭地说，你走吧，想不到你这么无情，这么狠心，我……我简直瞎了眼！你走，我再也不要见到你，走啊！她又吼了起来。

好好好，我走，我走还不行嘛！

气疯了的莫希那转身跑了，他一口气跑进河边的森林里，直到筋疲力尽躺倒在地。他觉得没意思透了，不就是打猎出了个错嘛，有错就改还不行嘛，你不喜欢打猎，那就不打！从今往后，我莫希那保证不再打猎，不光不打猎，做个保护动物的志愿者总可以了吧！谁能不犯错？连神仙都有差错的时候，更何况我莫希那呢！总不能一次过错，就把俩人几年的感情都错没了吧！

夜幕降临的时候，莫希那的心情变了，他想起了父亲莫日根。毫无疑问，他猎杀人家狍子的丑闻已经传遍了猎民村，没准父亲已经气疯了，母亲已经急坏了。他看着手机上一连串未接电话都是家里的，强烈不安中拨通了回话，信号刚一接上，母亲乌娜吉急促的问话就传了过来，他心窝里一热，电流似的传遍全身，任何时候只要听到母亲的声音，他的心就会踏实，信心立刻陡增。但现在情况特殊，她怕母亲提起他偷取猎枪，猎杀人家狍子的事，果不其然，两句话后母亲就开始问他到底咋回事儿，说整个村子都在传这事儿，她都快急疯了！他不容母亲多说，抢过话头说自己没事，现在正和朋友在一起，让她别担心，说父亲的猎枪在关妮花家里，让她拿回家去，说完立刻挂断电话，立刻关机。他害怕母亲的抱怨，不愿听她唠叨，更怕父亲莫日根，发生这样丢人的事，他没准会杀了他！

他后悔啊，他想不通啊，他咋这么倒霉呢！

整整一个晚上，莫希那躺在宾馆的床上唉声叹气，他混乱不堪的脑子里，想的只是一件事，那就是天亮后他要不要回家，过彩礼的事儿会不会继续进行，他不断地给关妮花打电话发短信，可她就是不理他，自从俩人在桥边分手，她就再也不接他的电话了！

莫希那在断肠般的状态里好不容易熬到了黎明，在还是打不通关妮花的电话后，他决定天一亮到她家门口去等她，他赔礼他道歉他认错，他满足她所有的要求和面子，只要能挽回局面，无论如何都可以。感觉里，过了一夜，关妮花的气就是再大也该消了。还是那句话，事情虽然做错了，可他莫希那的初衷是好的！他是为了讨她的好，讨她父母亲的好，才千方百计不惜后果去打那只该死的狍子的！有了这样的前提，再加上俩人的感情基础，就算事与愿违，枉费了他的一片苦心，俩人的婚姻大事总不至于因此生变吧！反复思谋后，当第一抹曙光透过窗帘的缝隙，在墙壁上朦胧着迷彩的时候，他的心终于不那么烦躁了，他知道，只要过了关妮花这一关，她的父母亲也就不在话下，那么他的父母亲更不会有事，至于父亲莫日根就是再生气，也是以后的事，这点把握他还是有的！

莫希那索性起来去溜达，他呼吸着清冷的空气，围着不大的镇子转了两圈，在空荡荡的大街上找了家餐馆，吃了一大碗热气腾腾的羊肉汤，就来到了关妮花家的大门前。出事前，俩人早就商量好了，今天上午关妮花请假，因为过彩礼的日子是请人特意算好了的。到了大门前，他刚要敲门，脑子里猛然一闪，是不是太早了，人家刚起床，也许正在梳洗，或者正在吃饭，他冒冒失失闯进去，那就太鲁莽了！昨天的事情教训深刻，他不能再冲动，不能再犯错误了！

莫希那决定在她家对面的几棵大树下再转悠转悠，等上一刻钟左右再敲门比较合适。

就在莫希那好不容易熬过了一刻钟，正要下定决心去敲门时，关妮花家的门突然打开了，出来的正是关妮花。他的眼睛骤然放光，心一下子就跳到了嗓子眼里，还直往外蹦，可随即他的脑子里就有些晕眩，眼前就有些发黑，关妮花穿的是上班的衣服，背着上班的包包，手里推着她的电动车，显然是要去上班！

他傻傻地站在那儿不知所措。

当他回过神来，觉着应该迎上前去大胆地拦住她，对她开诚布公敞开心扉表达心愿时，关妮花的电动车已经无声无息地从他面前的大街上开走了。

莫希那从梦游中惊醒过来，大声地叫着关妮花的名字追了上去，但已经晚了，电动车很快地开过一个十字，朝东一拐，滑出了他的视线。

莫希那紧走几步穿过大街，朝着电动车消失的方向追了过去，他已经错过了最好的机会，已经一而再地犯下错误，不能再犹豫，不能再失误了！

莫希那追到学校，说服门卫来到一年级教室门口。

可他没有敲门，他清清楚楚地听到关妮花在里面上课的声音，她在带领孩子们朗诵篝火节上朗诵过的一首诗，她领诵一句，孩子们跟诵一句：

> 大森林啊
>
> 你是生命的摇篮
>
> 你是幸福的源泉
>
> 在这绿色的王国里
>
> 寄托着鄂伦春人无尽的希望和尊敬
>
> 我们热爱这里的每一棵小树
>
> 我们爱护这里的每一个动物
>
> ……

莫希那在琅琅的读书声中默默地站立了一会儿，垂头丧气地离开教室，他知道，过彩礼的大事泡汤了，他在关妮花心里的形象彻底完了！她最恨的就是无辜残杀动物的人，她给他说过这事，可他偏偏神差鬼使，为她去打猎，还把猎杀的动物拿到她家去……其实，他之所以这么做，纯粹是为了讨好她的父亲关长山，为什么要讨好他呢，因为他对女儿的婚事太挑剔，对他莫希那并不是很满意，动不动就在他面前说，你父亲是个好猎民，你会打猎吗？他被激得心血沸腾，一直想在他面前好好表现表现。现在，他真正明白过来自己做得有多蠢，简直是愚蠢之极啊！他想起父亲莫日根说过的一句老话来，脑子发热的时候，地里的石头也会是野猪。而他呢，他的头脑发热的时候，野猪也会成石头！

莫希那喝空第四个啤酒瓶的时候，他的好朋友亭杰乌和马磊来到了馆子里，见他一个人在喝酒异常惊讶，亭杰乌说莫希那，今天不是你过彩礼订婚的日子嘛，不去陪你的美人儿，咋一个人跑这喝酒来了？马磊说，是啊，我们还等着喝喜酒呢！你没事吧？

一腔苦水的莫希那已经喝晕了，强打精神说，没事，我……我能有什么事，来来来……坐下坐下，服务员，拿酒来！

三个人曾经是同学，关系一向不错，好一阵子没见面了，没人客气，彼此略一表示，大杯啤酒都是一饮而尽。

亭杰乌极过瘾地连喝两大杯，说莫希那，你干的事我们都知道了，你偷你老爸的枪，到郑昆的林子里打了一头狍子，是真的吧？好样的！

莫希那以为听错了，酒顿时就醒了不少。

马磊说，镇上都传红了，喂，你不会真的打了一头狍子吧？

莫希那一阵莫名的亢奋，吹牛说怎么不会，我告诉你们，我……我打的不是一———一只狍子，是……是两只！一———一大一小……

打得好！亭杰乌愤愤地说，那片森林就在我们家门前，我奶奶说，她嫁过来的时候，整个村子的北面都是参天大树，棵棵大树都是树王，都是村子的守护神，林子里驯鹿、狍子成群，后来大树都被砍光了，驯鹿、狍子也都消失了，再后来整个次生林就都承包给了郑昆。大家对此早有意见，森林自古以来就是我们村里的，凭什么要承包给外乡人啊！对了，听说你把打到的狍子送到丈人家，吃了闭门羹，有这事吗？

已经醉了的莫希那眼前昏眩，胃里泛潮，一听这话心就抽搐。

马磊说，莫希那，看你这架势，娶媳妇的事儿是不是黄了？

一股豪气涌上来，莫希那结结巴巴地说，黄就黄，我……我他妈才不在乎呢……说着的时候，他神情恍惚，舌根发僵，可他还要挺下去，又端起一大杯酒，咕咚咕咚一气喝完，不等他把手里的杯子放下，白乎乎的酒沫就从嘴里冒了出来，身子一软，扑通一声整个人就瘫倒在了桌子下面……

9

莫希那喝得酩酊大醉，被亭杰乌和马磊架出酒馆的时候，猎民村真正的大事正在发生。

莫日根的老婆乌娜吉众目睽睽之下，在劝丈夫莫日根缴枪。

她很不客气地说，莫日根，今天是月圆的日子，我看你还是当着大家的面把枪缴了吧！你没听见我的话嘛，你是耳朵聋了，还是枪把你的肚子喂饱了？

莫日根很是惊讶，他望着从未在大庭广众之下说过话的老婆，眨巴着眼睛难以置信，说乌娜吉，你怎么啦，没吃错药吧？

你才吃错药了呢！涨红了脸的乌娜吉毫无惧色地说，早就让你缴枪，你就是不肯，弄成现在这个样子，还要顽固，你不丢人啊！

莫日根的脸一下子就又青了，冲着老婆指手画脚道，丢啥人啦，枪是政府奖给我的！活了几十年，没听说过没收奖品的事儿，没有，绝对没有！

可是你失信了，失去信誉，对我们鄂伦春人来说，是最大的耻辱。

莫日根傻了，他怎么也想不到老婆乌娜吉在众人面前敢和他顶嘴，而且说出分量这么重的话，这要是不给她点颜色的话，他的人就丢大了，在众人面前休想再抬起头来！就在他想怎么教训她的时候，仿佛知道他的心思，乌娜吉的口气一下子就变了，她到他跟前，扶住他颤抖的身体，两只温情的眼睛盯住他，像是对待孩子似的恳切地说：

好了，莫日根，你就把枪交给他们吧，祸是咱们儿子闯下的，咱们得负责！

负什么责！莫日根拧着脖子说，我们是猎民！猎民，你难道不懂吗?!不客气地说，这森林里的花朵树木，就是我们的蔬菜瓜果，森林里的奇珍异草，就是我们治病的药材，而森林里的动物，就是我们赖以生存的粮食！我们鄂伦春人祖祖辈辈都是以打猎为生的猎民，莫希那是鄂伦春猎民的儿子，过彩礼的时候给自己未来的丈人家打一只狍子送过去，天经地义啊，有什么错！

乌娜吉说，对啊，你说的全都对！可问题是，现在我们鄂伦春人已经走出山林几十年了，下山走出丛林的鄂伦春人，已经和以前不一样了，不管你愿意不愿意，我们的生活就是和以前完全不同了，可你还老想着过去的日子，能不烦心嘛！再说了，这违规打猎，本来就是犯法的事儿，打的又是人家驯养的母狍子，后果如何，你能不知道嘛……

莫日根满腔的怨气怒火发不出来了，其实，在他发现猎枪丢失的那一刻，他就预感到了会有这样的结局，只不过他不愿意接受罢了，不愿意接受现实，那就只能强词夺理：

我说你能不能闭嘴啊，你懂什么叫违规，什么叫犯法啊！莫日根再次吼叫起来。

乌娜吉不紧不慢地说，我不懂，我真的不懂，你懂你倒是拿出个不缴枪的理由啊！明明错了，还死不认错，要赖皮啊！

此话一出，全场静得吓人，所有的目光全都钉在莫日根身上。

莫日根真的要疯了，他咬牙切齿挤出几个字，找死啊你！

乌娜吉依旧不紧不慢，她愈加慈祥的目光看着他，用十分平静的语调温情地说，心虚了，我就知道你心虚，叫莫日根的男人不能心虚！你知道承担责任的应该是你，你以前可不是这样，你也没有老糊涂！好汉做事好汉当，去吧，把枪拿出来，你是莫日根，大家伙儿都看着呢！

乌娜吉说到这的时候，莫日根细小的眼睛眯缝起来，里面闪出她熟悉的光亮，她的心猛一扑腾，像是被那光亮碰到了，热乎乎的有点儿烧有点儿疼，她情不自禁地抓起他的手，两只厚实粗糙的手掌来回握着慢慢摩挲着，用老年人特有的语调缓缓地说：

莫日根啊，我都跟了你46年了，46年都是我听你的，今儿你就听我一次，把枪交给他们吧，咱们老了，不缺吃不缺穿的，不用守着猎枪过日子啦！你不是说要带我去看看大海嘛，咱们活了这把年纪，都要入土了，连大海都没见过，再不去看，这辈子可就看不上了！

莫日根的嘴唇哆嗦起来，身体抖动起来，像是寒战的样子，看了看天，看了看地，摇着头深深地叹了口气，啥话没说，转身回屋。

乌娜吉扶着他小心翼翼走进屋子，到了门口，莫日根突然把乌娜吉推到门外，门哐当一声就关上了。

进屋的莫日根用后背使劲顶住门，好一会儿才喘过气来，他拖着沉重的脚步走进卧室，默默打开木柜，把挂在柜子里的猎枪慢慢地慢慢地取下来。

现在，他必须要跟心爱的猎枪分手了，他实在舍不得啊，他把猎枪抱在怀里，闭着眼睛一点一点地抚摸着，摸完了就开始用一块极其柔软的鹿皮慢慢地擦，枪的气息环绕着他扑打着他，越来越强烈。以往任何时候，只要握住枪，吸纳到枪的气息，感受到枪的问候，他的心境就会安定，平静得像井水一样。可这次相反，他把枪抱在怀里的时候，心在胸腔里怦怦直跳，就像有人要抢他的孩子！鄂伦春人有句俗话，一天不摸枪，喝酒都不香！对他莫日根来说，不是喝酒都不香，而是睡觉都心慌！枪，对他来说，是身体的一部分，是生命的一部分，是魂魄的一部分！

莫日根把枪完完整整抚摩了一遍，仔仔细细擦拭了一遍，拿出自己亲手缝制的熊皮子弹带，从里面抠出一颗猎枪子弹，用粗壮的手指慢慢地搓着，泪水滴下来，滴在光滑的枪身上，滴在他撕裂的心房里……

莫日根提着猎枪和熊皮子弹带从紧闭着的房门里出来的时候，整个人一下子苍老了十来岁，满头的白发又长又乱，脊背似乎突然就驼了，背驼了，人也就矮小了，脚下似乎也没了根，颤颤巍巍的，很是令人愕然和担心。

此时，猎民村的村民几乎全都赶来围观了。

莫日根缴枪，绝对是难以置信的事！大家的意识里，向来为人倔强顽固到底的莫日根，仗着枪的来历不一般，是不可能缴枪的！大家围在莫日根家的门前，都想亲眼看个究竟。

莫日根在家门口站了那么几秒钟，双手捧起猎枪，像捧着自己的心肝，他细小的眼睛里已经没有了泪水，也没有了光亮，多皱的眼皮似乎把整个眼睛都盖上了，他步履缓慢，几乎是一步一顿地走到张所长跟前。

被莫日根爱枪情结深深打动的张所长突然立正，对莫日根敬了个标准的军礼，然后郑重地将擦得锃亮的猎枪小心翼翼地接了过来。

就在张所长接住猎枪想说什么时，莫日根突然像被黄蜂蜇了，双手猛地抓住枪，神情冲动，就像是生离死别似的，怎么也放不开手，他沙哑着嗓音说：

等等，这是我的命，这是我的命啊！

所长说，莫日根大爷，请你放心，我向你保证，枪还是你的枪，永远都是你的，只不过是先存放在派出所，我们会认真为你看护的！

莫日根强忍伤痛点着头，缓缓地将抖动的双手慢慢松开。

看着此情此景的乌娜吉，不由得抹着眼泪抽泣起来。

围观的村民们神情凝重，男人们叹息一片，女人们欲哭无声。

张所长接过枪，村长葛布多朝莫日根深深鞠了一躬，俩人走到车前打开车门。

就在这时，莫日根像是被电击了，他猛地警醒过来，神情激动，紧跑几步来到车前，对正要坐到车里的张所长大声叫喊：

所长，所长你等等，等等啊！我有话要说，有话要说啊！

正要上车的所长不得不停了下来。

莫日根扑上前，死死抓住陪伴了他几十年的猎枪浑身抖动、泪流满面，一副鱼死网破的神态，扯着嘶哑的嗓子说，对不起，真的对不起啊！42年了，我舍不得啊！求你了所长，我不是反悔，我莫日根答应的事从不反悔……我……我只是想背着它，背着我的枪，骑上马，到远处的山林里溜上一圈，可以吗？

所长沉默了，他的目光一直朝着那焦黄的瞳仁深处刺进去。

放心吧，莫日根迎着所长的目光低沉地说，我到山林里，只是去看看我的心，我的心在那儿流浪很久了，我去看看就回来，有两三个小时就够了，我保证天黑前亲自把枪交到派出所！

所长的心窝里突然就有点儿酸有点儿疼，怎么也想不到，一个猎民对枪的感情竟然是这样的深厚，怪不得猎民们总说枪有灵性，他盯着莫日根的眼睛，盯住他猛然明亮起来的焦黄的眼仁点了点头，情不自禁地松开了握枪的手。

10

莫日根再次从家里出来骑上马背的时候，众人的眼前全亮了，他身穿鄂伦春人传统的狍皮袄，头戴狍角帽，脚蹬鹿皮靴，腰上插着猎刀，挺拔起来的背上背着锃亮的猎枪，红光满面，威风凛凛，人不光一下子就精神了起来，而且明显魁伟了起来，像是返老还童，一下子年轻了好多岁。

莫日根一路向西信马由缰，村子远了，公路远了，噪声远了，天光碧透，空气凉爽，大江的支流清澈明净，哗哗的波浪，划破周围的寂静，到处都是鸟儿清脆悠长的叫声。莫日根的心情舒缓了些，他策马走进森林，调转马头，径直朝着虎头岭的方向走去，不知咋了，一进森林他满脑子想的都是虎头岭，那儿地势险要，去的人少，到那儿转转，也许真的能够碰见他那颗早就离开了他的流浪的心。

他第一次上虎头岭，是好几十年前的事，那时他还小，只有七八岁的样子，父亲莫嘎领着他去狩猎，俩人在山林里转了整整两天，什么都没打到，父亲不甘心，问他敢不敢跟他上虎头岭？他说敢，他早就想看看老虎的样子啦！父亲说，虎头岭并没有老虎，那儿有的是成群的梅花鹿。结果俩人在虎头岭上又转了两天，还是什么都没打到。眼看带的狍子肉和干粮都已经吃完了，父亲只好带他下山。俩人下了虎头岭，在那片河流纵横的沼泽地带抓了些鱼，正要在一片草地上生火烤食的时候，莫日根突然看到父亲莫嘎身后大约一箭远的地方，冒出来一只大黑熊，黑熊大摇大摆朝着他们走过来，当时的莫日根年龄太小没有经验，立刻大声叫喊起来，这一叫喊，大黑熊就像挨了闷棍似的，一声怒吼，朝着他们猛冲过来，那速度太快了，感觉里比马都快，莫嘎转过身抓起枪，迅速推弹上膛，黑熊离他们也就二三十米了。此时的黑熊越加高大，眼睛里凶光闪烁，完全张开的大嘴利齿毕露，熊掌落地尘土四溅噗噗有声。莫嘎举枪就打，恐怖的事情发生了，枪竟然没有打响。那时候子弹奇缺，莫嘎不得不买来火药利用旧弹壳自己动手做子弹，弹壳、火药、弹头都没问题，伤脑筋的是底火，专用的底火很难买，只好用那种一划就着的白色火柴头来代替，做出来的子弹很不可靠，十发里面至少有三四发是打不响的。莫嘎想要退出臭弹，重新推弹上膛已经来不及了。大黑熊猛吼一声，抖动肌肉，爆发出浑身的劲力，朝着莫嘎猛扑上来。千钧一发之际，莫嘎没有害怕没有惊慌，他甚至没有丝毫的躲闪，不但不躲闪，反而迎着黑熊冲了上去，把手中的枪筒准确地捅进了黑熊的大嘴里，而他自己也被黑熊巨大的冲击力扑倒在地。愤怒的黑熊甩掉插进喉管的枪筒，喷出一口腥膻的血沫，直起身体，朝着倒在地上的莫嘎压了下来。此时此刻，只要黑熊身体的任何一个部分压住或者抓住莫嘎，莫嘎必死无疑！可也就在这时，依旧没有惊慌的莫嘎抽出了猎刀，以不可思议的灵敏躲过拍来的熊掌，冷静地将锋利的刀刃刺进黑熊的胸口，那儿正是心脏的位置……黑熊发出一声伤痛的哀叫，山也似的倒下了。

这一切快如闪电，恍如梦境，莫日根完全吓呆了，直到满脸是血的父亲把他抱在怀里，大声地叫着他的名字把他唤醒。

那天，他第一次品尝到了熊血的滋味，父亲莫嘎说，儿子，你已经喝过了新鲜的熊血，熊的神力已经进入了你的血脉，你以后再也不会害怕黑熊了。莫嘎掏出熊的心脏，跪在地上，望着天空，嘴里说着唱着呀格呀格呀格耶……像是在送神，又像是在祈祷，说完了唱完了，把那颗被刀刃几乎刺划成两瓣的巨大的心脏捧起来，用猎刀在手掌里切成厚厚的肉片，低下头叼起一片，大口地嚼吃起来，然后用温存的眼睛看着他。莫日根没有犹豫，他从父亲的手掌上拿起一片熊的心脏，学着父亲的样子，大口地咀嚼起来，热乎乎的熊的心脏，被他吞下的时候，他的意识异常清楚，他觉得他的胃他的肚子都在发热，里面的热力很快就散发到了全身，他出汗了，额头上布满一层细密的汗珠。父亲莫嘎满意地看着他，说好样的，多吃点儿，没有人能够吃到这么新鲜的黑熊的心脏。他问为什么？莫嘎说，熊的心脏是不能吃的，它是应该风葬的东西，我们吃它，是因为它差点儿吃了我们，还因为你受到了它的惊吓。不过没事了，从今往后，熊的胆子有多大，你的胆子就有多大，你的力气会像雨后的蘑菇一样日见增长。父子俩吃完了熊的心脏，几天来的疲乏一扫而光。莫嘎说，儿子，顺着河岸一直往前走，走到河水分岔的地方，你会看到一条上山的小路，顺着小路一直往山上走，你会找到鄂伦春人的"撮罗子"，告诉那儿的长辈，就说我莫嘎猎杀了一头黑熊，让他召集能够召集到的所有的人到这里来分享熊肉，然后给熊举行隆重的葬礼。

那天深夜，就在那片河滩地上，好几十个男人女人还有孩子从不同的地方赶来，分享熊肉，安葬黑熊。也就是那天晚上，莫日根不仅跟着父亲学会了分割熊肉、熬制熊油，而且记住了有关葬熊的所有细节。随后很长一段日子里，莫日根处在异常的亢奋中，动不动就有热气笼罩腾云驾雾的感觉，莫嘎告诉他，那是因为他喝了黑熊的血，吃了黑熊的心脏，黑熊的神力已经驻扎在了他的魂魄里。那之后，莫日根最大的愿望就是像父亲莫嘎一样，独自猎杀一头大黑熊，然后让所有的男人女人和孩子来分享熊肉，然后像父亲莫嘎一样带领所有分享到熊肉的人，给熊举行隆重的葬礼。他觉得只有这样，他才配叫莫日根！

莫日根从往事的河谷里出来的时候，对父亲莫嘎充满了怀想和思念，想起父亲，他的心刺扎似的，说不出的难受和疼痛。之所以这样，是他觉着对不起父亲，他没有实实在在孝顺过父亲，没有理解过父亲，更没有在父亲最需要的时候帮助过父亲，他惭愧，他懊悔。事实上，他在很年轻的时候，就能在人的心目中，成为名副其实的莫日根，完全是父亲莫嘎一手训练出来的。

那时候，每次出门狩猎，父亲莫嘎都会带上他，他们打到过无数的猎物，可再也没有猎杀过黑熊。有一次，他们在一片灌木丛生的河滩上，碰到了一大一小两只黑熊，远远看见的时候，莫嘎示意他不要出声，俩人就那样站在原地，眼看着黑熊带着熊仔慢慢腾腾从他们面前走了过去。他问父亲为什么不打，莫嘎说，打死带仔的母熊是罪过！这时的母熊你不惹它，它是绝对不会惹你的，可你一旦惹它，它就一定要和你拼命！还有一次，是秋季，山上已经开始积雪了，他们在松林中迎面遇上了一头大公熊，距离不到一百米，莫嘎还是没有打。当时他已经是16岁的小伙子了，看到这么好的机会，激动得恨不能从父亲手里夺过枪来，他相信只要开枪，大公熊绝对应声而倒，那将是多么壮观的场面啊！这样大的一头熊，单是熊油就能熬制一二百斤，还能取到珍贵的熊胆，价值实在大得很，可莫嘎就是不打。俩人眼睁睁地看着大公熊旁若无人似的从他们眼前走过去。他想不通，问父亲为什么不打？莫嘎说，不能打，黑熊也是人啊，很多很多年前黑熊和人没什么区别，你要是看到过它们的生活就会明白，公熊的性器很像男人啊，母熊的奶头很像女人，它们像人一样站起来行走，只不过身上披上了皮毛，长了一个狗的脑袋罢了。他觉得父亲是胡说八道。莫嘎摸出身上的酒瓶子，美美喝了一口说，我没有胡说，等你有了孩子的时候就会明白的。他更糊涂了，干吗非要有了孩子才能明白呢？莫嘎却哑着酒，自言自语地说，黑熊是我们鄂伦春人的好朋友，像我们善良的阿玛哈，像我们好心的恩聂嘿，你不招惹它的时候，它是绝对不会伤害你的。他再也忍不住了，说不对，黑熊明明是野兽，我亲眼看到它要伤害我们，亲眼看到你杀死过它！莫嘎认真起来，说没错，你是亲眼看到它伤害我们，亲眼看到我杀死过它。可你没有看到的是，当时林子里还有一头母熊呢，那是阳光明媚的五月，正是黑熊交配的季节，发情期的公熊是最狂躁的，任何打扰都会引来凶猛的攻击，我们在它的领地里生火打扰了它，影响了它的情绪，它才来攻击我们的！说你知不知道，为什么虎头岭有那么多的驯鹿、梅花鹿和狍子？就是因为有黑熊的存在啊！有了黑熊，狼就不敢轻易来猎杀我们的食物，我们的生活就有了保障，我们的猎物是黑熊赐给的啊！他当然不服气，说我要是一个人碰见黑熊的时候该怎么办，是不是只有等着它来吃我！莫嘎说，它不会吃你的，碰见黑熊是你的福气，它是来保佑你的！儿子，你要记住，森林中没有敌人！既然没有敌人，你就不要害怕遇到的任何动物，真的迎面碰上了，你不能害怕，聪明的黑熊能够看到你的灵魂，你害怕的时候，它就会自然地认为你是它的食物。如果你不害怕，你的心里充满了善意，你发自内心地问候它，在心里和它礼貌地打个招呼，让它先走的时候，你内心的强大就已经征服了它，它是绝对不可能攻击你的！没有敌意的黑熊，是朋友，对朋友是绝对不能猎杀的！如果你正好在公熊发情的时候碰上了它，或者被母熊误以为你要伤害它孩子的时候，或者你碰到了黑熊伤人的场面，千万不能惊慌，你要牢牢地站在那儿，就像守卫你的家门那样，死死地盯住它，往它眼睛的深处看，告诉它不要疯狂。如果你的手里有枪，当它离你二三十米向你扑过来的时候，你才可以开枪。如果你的手里只有猎刀，你要做好迎击的准备，要像岩石一样的镇定，只有这样，才能在它直起身体扑过来时，把猎刀准确地刺进它的心脏。你一定要牢牢地记住，面对黑熊，唯有迫不得已才能开枪，才能动刀，一旦猎杀了黑熊，一定要叫族人分享，一定要亲自对它举行隆重的风葬！

父亲的这些话，莫日根铭刻在心，并很快在随后的经历中一一应验。他曾在开春的雪地上，和一只刚从冬眠中醒过来的母熊对峙过，猎杀它非常容易，他没有开枪，他看见了树洞中钻出来的两只小熊。小熊的出现和叫声，使母熊眼中的凶光瞬间黯淡，它没有攻击他，而是目光闪烁地盯着他，出人意料地后退了几步，带着熊仔摇摇晃晃地走了。还有一次，他没有带枪，在一片杂树林中，和一头年轻的母熊迎面相遇。那时，他刚把他心爱的美人乌娜吉娶到手，整天在蜜罐子里舔蜂蜜，一点儿狩猎的心情都没有。那正是果子成熟的季节，乌娜吉上山采野果了，他左等右等不回来，就上山去找。没想到，他找到乌娜吉，刚把她手里的果篮接过来，那只毛色乌亮体形健美的母熊突然就从一棵大树后面闪了出来，只有十来米的样子。他本能地丢掉了手里的果篮，紧紧地捏住了乌娜吉的手，用心告诉她别怕！母熊盯住他，试探似的慢悠悠地朝着他俩走过来。看着黑熊的行为，他突然反应过来，他俩站的地方正好是一个山嘴子，也就是说，他们挡住了黑熊的路。眼看黑熊越走越近，他果断地拉着乌娜吉让开路口往右侧的高处走，也就上去七八步的样子，母熊已经走到了他们刚才站立的地方，它看了看他俩，低下头很有滋味地吃起篮子里的野果来。俩人赶紧离开，当爬到高处，眼看着黑熊吃完野果，摇摇晃晃在林子里消失的时候，吓得尿了裤子的乌娜吉浑身瘫软，拉都拉不起来。

莫日根的眼前自然而然闪过他从公熊的利爪下救出那个著名女工程师的情景，他因此成了万人仰慕万人崇拜的英雄，而实际上，他之所以在危机时刻做到了应有的冷静和果断，完全得益于父亲莫嘎的传授和调教。

到了这会儿，莫日根终于明白为什么要来虎头岭了，他是来看父亲莫嘎的！

11

上山的路越来越陡，莫日根不得不把马拴在一片厚实的草地上，背着他的猎枪朝着虎头岭的脊背一步一步往上登。

他很吃力，胸口有点儿憋气，还时不时地隐隐作痛，身上穿的狍皮衣又厚又重，闷热得厉害，毕竟老了，已经好些年没上过这么高的山了。开春以来，他一直想上山看看，父亲莫嘎雪白的尸骨还在山上，该是整理整理祭拜祭拜的时候了，可总是这事那事不能成行，要不就是身体不舒服，老伴乌娜吉也不放心，儿子莫希那又靠不住，就拖了下来。

森林越来越密，虽说是次生林，但这儿的松树长得格外茂盛，阳光穿过树间的空隙照射着林中低矮成片的灌木，灌木里传来母狍子的叫声，肯定是一群，起码有十来只，根据声音判断最多五十来米，只要从几棵大树的后面绕过去，十有八九可以看到，那么距离也就二三十米了，二三十米的距离面对成群的狍子，肯定是指哪打哪！莫日根说不出的兴奋，他情不自禁地把两只手指插进嘴里，持续吹出小狍子的叫声，灌木中一阵躁动，几只母狍子竟然从灌木里钻了出来，瞪着乌亮的大眼睛惊恐不安地望着他。要搁以前，枪响之后，莫日根会把猎杀的狍子拖到空地上，立刻开膛，摘下热气腾腾的狍肝，美美享受一顿，狍子新鲜的肝脏是补充体力最好的东西，吃上一顿，两三天人都精神。年轻的时候，他最爱吃的就是刚刚猎杀的狍子的肝脏和肾脏，吃下肝肾，扛着百十斤重的猎物能翻两架山。他的舌根底下涎水一个劲地涌着，满嘴都是甘甜的滋味，他已经很久没有品尝过新鲜狍肝的滋味了，而且很饿，昨天的晚饭他几乎没吃，夜里几乎没睡，早上只喝了点儿茶，他的体能急需补充，身体已经发出强烈的信号，满脑子都是狍肝鲜嫩可口的记忆。在这远离人烟的山林里，射杀一只狍子，谁都不会知道，而且狍子生来就是鄂伦春人的食物，是神的恩赐。可莫日根一点儿杀机都没有，他兴奋他冲动，但绝对不会开枪，这时候的母狍子几乎个个怀仔，猎杀的念头都是罪恶。或许是因为他的眼睛里他的神态上没有丝毫的杀气，母狍子接二连三从灌木里钻出来，悠哉悠哉朝着杂树林的方向走了过去。

莫日根望着离去的狍子，听着树冠上松鼠的叫声、鸟儿的歌唱，心里说不出的失落和感慨，他对收缴猎民的猎枪进行统一管理，对猎民设立禁猎期心里一直不舒服，这也是他一直拒绝缴枪的重要原因。他觉着千百年来，鄂伦春人祖祖辈辈都是靠着打猎活下来的，他们最清楚什么是森林的法则，什么是生存的法则，对于赖以生存的森林资源和猎物资源充满了感激和敬畏，什么季节打什么猎，就像什么季节种什么庄稼一样，自然而然循环往复。保护生存环境的意识，他们与生俱来，是本能！如果有人犯了禁忌出了错，一定会遭到族人和家人的惩罚。不像现在，表面上看，缴枪的理由很充分，禁猎的理由更充分，可实际上，你以为保护了动物资源，其实不是，你保护的只是一部分动物，而千百年来人与森林、人与动物之间形成的规则全都乱了套，禁猎的时候有禁不止，狩猎的时候一窝蜂，猎民们无猎可打，资源的枯竭也就不可避免。对此，他一直很痛心，可是没办法，定居的环境已经彻底解除了长期以来人和森林和动物之间形成的默契。他一直认为，鄂伦春人和森林和动物之间是有默契的。默契没了，彼此的距离自然就大了。一句话，现在的年轻人再也不想了解他们祖祖辈辈赖以生存的山林了。远的不说，就说他的儿子莫希那身上，已经基本看不到鄂伦春猎民应有的品质了，他不光不了解森林，不了解动物，不会狩猎，连鄂伦春人的历史，连他父亲的传奇经历都不感兴趣。他喜欢的是流行歌曲，是啤酒可乐，是美国大片，是把喜爱的关妮花娶到手，然后用爹娘老子苦了一辈子的钱到城里买房子，将来做一个名副其实的城里人……

　　莫日根想着折磨他痛苦他的心事，不知不觉来到了虎头岭的虎背上。

　　说是虎背，其实是平坦广阔的山脊，这儿地势起伏，森林密布，草木茂盛，泉水丰沛，是梅花鹿喜欢的地方。几十年前，是他把伐木队带到这儿的，面对密密麻麻的樟子松，伐木队长说，他钻了十来年的林子，从没见过这么高大这么优质的樟子松。结果短短三年的时间，整个虎头岭上的樟子松都被砍伐干净了。那位亲手给他奖励猎枪的赵权书记，后来在会见先进模范时，当着数百人的面特意表扬过他，说他莫日根为虎头岭的开发做出了贡献，为国家建设做出了贡献，是鄂伦春人的榜样，是真正有功的人。

　　他有功吗？

　　是的，很长一段时间里，不少人都是这样认为的！

　　可他并不这样想，他一直处在强烈的矛盾中，一看见光秃秃的山岭，他就难受，他的心就被一只只无形的手肆意地揪着扯着，他不明白，漫山遍野的原始森林，那么多生长了千百年的樟子松，为什么一定要砍伐殆尽呢？凡是伐木大军经过的地方，森林没了，鹿群消失了，泉水枯竭了，美丽富饶的山岭，一下子就成了贫瘠不堪丑陋不堪的荒山。他心里一直忐忑，一直内疚，不安的情绪始终笼罩着他。就像现在，看到郁郁葱葱的次生林已然繁茂，欣慰之下，还是说不出的黯然和失落。

　　莫日根累了，腿越来越沉，胸部闷疼，耳朵里轰鸣的时候，眼前一个劲地泛黑，嘴里血腥的味儿越来越浓。可他不能休息，天色不早了，他得尽快赶到他要去的地方，再看一眼父亲莫嘎，这恐怕是最后一次上山了，以后不会再有机会了。他还得把枪交到派出所，他不能食言！还有，他已经想好了，是瞬间的决定，明天一早他要叫上老伴儿乌娜吉和儿子莫希那，把他的桦皮船还有收藏的所有动物标本都送到博物馆去。其实道理他早就明白，只是心里的那个结没有解开，不是解不开，是他不愿解！现在，不管他愿意不愿意，儿子莫希那已经彻底粉碎了他最后的希望，他坚守的心劲儿没了，决堤似的崩溃了！

莫日根努力振作精神，朝着虎头岭虎头的方向深一脚浅一脚地走过去。

他只要绕过高耸的崖壁，就可以看到父亲莫嘎风葬的那个地方，那儿有一片原始的红松，是伐木队唯一没有到达的地方，路太难修，作业太难，再加上木材不多，那些个参天大树也就侥幸保留了下来。

就在这时，他突然听到一侧的林子里发出异样的响动和叫声，他的心弦一下子就绷紧了，人也一下子就精神了起来，端着枪本能地朝着声响摸了过去。

近了，更近了，莫日根猛地直起腰，看到前方一只梅花鹿在几棵松树间痛苦地扭曲挣扎。莫日根的心骤然一痛，他知道，这只鹿被猎人的铁丝套套住了。他三步并作两步跑过去，果然，铁丝套牢牢地套在梅花鹿的脖子上，看样子套住的时间并不长，否则的话，就凭它挣扎的样子，早就勒死了。是母鹿，是怀胎的母鹿，这从它的肚子上一眼就可以看出来。莫日根长长地叹了口气，以前这儿是梅花鹿的天堂，山岭的四面都是森林，岭子上水草茂盛，周围沼泽环绕，鲜有人来，后来森林砍没了，梅花鹿也就消失了，近些年来，保护力度越来越大，森林渐渐复生，草木茂盛，梅花鹿了狍子了就又从藏身的地方回来了。想不到的是，盗猎分子竟然用这种原始的方式盗杀明令保护的动物，毫无疑问，他们为的是珍贵的鹿胎膏，就是要在母鹿怀胎的季节大肆捕杀，以使他们的经济效益最大化。莫日根为母鹿解套的时候，母鹿绝望的眼睛看着他，它的嘴巴和鼻孔里满是鲜红的血沫，它已经挣扎不动了，也不再动弹，只是强烈地喘息着，空气中充满了血腥的气味。套子解开了，母鹿的眼睛顿时光亮，它盯着莫日根站了起来，颤抖着身子使劲甩了甩脑袋，确认脖子上的绞索没有了，立刻撒开四蹄冲了出去。

母鹿冲向稠密的森林，那儿才是安全的地方，二十米、三十米、最多四十米，高速奔跑的母鹿一个跟头扑倒在地，四肢踢腾着，脖子吊在半空中，发出一声窒息前的凄厉的惨叫……

母鹿又被迎面的铁丝套套住了！

……

莫日根再次把母鹿从绞索中救出来的时候，母鹿倒在地上拼命挣扎，想要站起来，可就是不行，好不容易立起了前肢，又扑通一声扑倒下来，它站不起来了，它浑身的肌肉都在抖动，嘴角鼻孔喷出的血沫四处飞扬，而且它的产道出血了，鲜红刺目的血光，灼痛了莫日根的眼睛。

莫日根知道，它死定了！

莫日根锐利的目光随即环顾四周，很快就在跟前的几个地方接二连三地发现了套子，还有伪装好的铁夹子。原来，下在这里的是连环套，再用铁夹子封住林中的小路，经过这里或者被赶到这里的梅花鹿，只要进入这片林子，十有八九是逃不掉的。

这哪里是捕猎，是赶尽杀绝！

愤怒的莫日根抡起枪托，砸向套子，弹性很好的圈套往起一弹，又原模原样地立在了那儿。

莫日根一屁股坐在地上。

他的心里清清楚楚，明天早上天亮的时候，下套的那些人就会来到这里，剖开母鹿的肚子，将整个胎胞连同里面的鹿崽完整地取走，这样容易卖个好价钱，然后将他毁坏的套子重新布好，趁着禁猎期山上人少，将这里的母鹿全部杀绝。

莫日根的心撕裂般地疼着，两行浑浊的老泪慢慢溢出眼眶。

天色黯淡下来，头重脚轻的莫日根离开那头还在挣扎的母鹿，朝着父亲莫嘎的墓地走过去。

绕过那些陡峭的石崖，他不由得一惊，不对啊，过了这儿，应该看见那片古老高大的红松，可是没有，他有点儿恍惚，不会是走错道儿了吧，使劲拍拍脑门，咬咬舌头，头脑是清醒的，可就是不对劲儿，那片古老高大的红松真的不见了！

猛然间，莫日根发懵的脑袋里一声炸雷，万道金光中，他反应了过来，他像一头发疯的野猪，朝着那儿一路嚎叫，狂奔而去。

12

莫日根站在父亲莫嘎风葬的那块地方，看着电锯留下的一个个树茬，呆若木鸡，林子没有了，高大的古树没有了，父亲莫嘎雪白的尸骨不知所踪。

他就那样呆呆站着，直到山风呼啸，直到惨白的月光将他没入无尽的苍茫……

天大亮的时候，寻找莫日根的三路人马在虎头岭上相会了。

莫日根仰面躺在风口处的一块巨大的白石头上，躺得平平整整，怀里抱着他的猎枪，猎枪是顶了火的，右手的食指扣在扳机上，像是随时准备开枪的样子。

莫希那扑在尸体上放声大哭，哭得死去活来，同样哭红了眼睛的关妮花，使劲把他架了起来，俩人迎向赶来的乌娜吉，三个人抱在一起放声号啕。

派出所的张所长绷着脸，无声地叹口气，想把猎枪从莫日根的手里拿过来，顶了火的猎枪太危险，但不行，已经僵硬的莫日根抱得太紧，抓得太紧，除非把他的胳膊和手指全掰断。所长想了想，把枪膛里的子弹退了出来，刹那间，所长不由得浑身一颤，拿着那颗退出的子弹惊呆了，原来子弹里的火药已经去掉，只是一个弹壳而已。

　　猎民村的村民们围拢上来，给莫日根举行葬礼的时候到了，可是不知道该把他葬到哪里。有人说葬到峭崖旁的那片林子里就可以，也有人说，应该抬到山腰的林子里，还有人说应该抬到山下去火葬，那样更好些，乌娜吉则主张就葬在他自己选定的大白石头上，她说她知道这就是他最后的愿望。

　　就在大家莫衷一是的时候，猎民村年龄最长的老人温格尔，在两个孙子的搀扶下赶来了，他在莫日根的耳边说了些谁也听不懂的话，然后慢慢腾腾地穿上神服，围着莫日根跳起神舞来，边跳边唱：

　　　　呀格呀格呀格耶

　　　　莫日根啊莫日根

　　　　你到高山顶上来修仙啊

　　　　呀格呀格呀格耶

　　　　你自由自在好快活啊

　　　　呀格呀格呀格耶

　　　　你有事没事莫找人啊

　　　　呀格呀格呀格耶

　　　　我们在这儿风葬你啊

　　　　呀格呀格呀格耶

　　　　莫日根的意思是英雄啊

　　　　呀格呀格呀格耶

　　　　英雄要保佑我们都平安啊

　　　　呀格呀格呀格耶

　　　　你的骨头会比雪还白啊

　　　　呀格呀格呀格耶

　　　　日月的光辉照耀你啊

　　　　呀格呀格呀格耶……

温格尔老人边唱边舞的时候，猎民村的村民们全都跟着舞蹈起来，吟唱起来，山风呼呼地吹着，一直把古老的神曲神调吹向那个遥远而又神秘的地方。

原载《钟山》2014 年第 1 期

矮旋风

1

荆鹏绕过地窝子搭就的营房，下意识地回头瞭了一眼，正好看见排长肖明从地窝子里钻出来。他的神经陡然紧张，本能地晃动身形，迅速闪入堆在空地上的高大的柴垛后。透过枝杈粗壮的干柴缝，可以清楚地看到肖明正朝他藏身的地方警惕地张望着。他心口一阵扑腾，这两天，他后脑勺长眼似的，总能感应到暗处盯他的人，尤其是这个刚从团部调来，给他们当排长的家伙，此人和他素不相识，但就是让他说不出的焦虑和烦躁。

肖明四处张望了一圈，朝着大灶走过去。

伙房正开饭，吃的是白米粥，甘蓝粉条，虾皮包子，还有豆腐乳。荆鹏是第一个打饭的，开饭号没吹呢，他就已经迫不及待等在窗口了。匆匆忙忙几口吃完，又嬉皮笑脸朝炊事员要了俩包子，揣在怀里影子似的溜了出去。

他要去接柳艳。

换句话说，他今儿必须要搞定她！

柳艳是连队的卫生员，是农垦1团1营1连公认的美人儿。这几天，驻地跟前的小村子里爆发痢疾，染病的大都是孩子，老乡们找上门来求医问药，指导员干脆就派柳艳下村去，一来上门服务，二来加强鱼水情意。1连驻地离村庄大约四五里地，被戏称为土八路的农垦战士们居东开荒种地，老乡们居西半农半牧，共同靠着北边大片的沙荒相邻相伴。

荆鹏穿过两地中间那片茂密的灌木丛，一眼就看见梳两条小辫、背着个药箱的柳艳，从几十米外一片疏朗的红柳林里冒出来，她哼着歌儿，步履活泼，那天真无邪的单纯样，简直就是一头无忧无虑的小鹿羔。

他闪在灌木后，努力抑制住强烈的忐忑，脑子里电光石火，根据预案，他必须沉着必须冷静，要在最自然的状态里出其不意。

一定要让她明白，他不仅爱她，而且一定要得到她！

昨晚，他翻来覆去折腾了整整一夜，时而激情澎湃，时而苦闷烦躁，时而想入非非，先是坚决否定了赠送物品，给她抄录爱情歌曲以及朗诵名人诗词的常用手段。这些浪漫的把戏完全不适合他，他的性格从来就不允许他这样做！他了解自己，无论事先准备得多么周到都不成，花言巧语他就是不会，背得滚瓜烂熟也没用，试过多少次了，见面还没张嘴呢，脸就涨成了猴屁股，越是想要表现自己，脑子就越是打火断电。而后又否定了开门见山，他不是个爽朗豪气的人，尤其在姑娘面前，动不动就腼腆的像个没出息的乡巴佬。再后来，又一而再地否定了请人去说媒，他和柳艳同桌两年，关系不是一般的熟，要是让人知道连个对象都不敢谈，丢人可就丢大了！

柳艳实在太有魅力，太聪明太招人爱了！

和她在一起压力过大，他总觉着自己条件不好，长相平平，没能耐，没才干，配不上她，对不起她。

可又丢不开，放不下，折磨得心肝扯痛，要死要活。

事情明摆着，柳艳这么漂亮的姑娘，不知多少人垂涎欲滴，随时都有可能被人抢走。他必须要大胆行动，再也不能温温吞吞犯迷糊了。可要急于求成的话，弄巧成拙、狼狈不堪事小，适得其反不是更麻烦嘛……

思来想去，脑袋都要爆炸了，也没刨出好招来，似乎只有豁出来单刀直入最可靠也最有力！

之所以这么想，与柳艳身边的情况变化有关。

好友们警告几次了。

王益胜说，小心点儿，新来的那个肖排长正追柳艳呢，来者不善。

龚键更进一步说，他可是团首长的亲侄子，指导员最器重的大红人，听说已经提副连长了，批文已经下来，上任就是一两天的事。见他一副不屑的嘴脸，龚键着急地说，你别不当回事，我亲眼看见的，那小子公开给柳艳嘻嘻哈哈献殷勤，一有机会就到医务室泡黏糊，还和她到河滩散步。要是再发展下去，会出啥事，你自己想吧。这世上绝对没有后悔药，一旦人家关系热乎了，你就一边凉快去吧！

王益胜说，没错，人家好上了，你再后悔，就是挖墙脚，他可是干部，你挖他的墙脚，跟他抢女人，能有好果子啊！不是我们出馊主意，咱是最好的朋友对吧？你要真看上柳艳了，趁早动手！谈恋爱你怕什么呀?!

龚键看他额头通红，眼冒青光，趁机火上浇油，阴阴地说，要我说啊，只有把她给干了，她才能是你的人，才保险！不然的话，迟早让人给抢走！

……

想到这些，荆鹏的心，被一双双无形的手揪得生疼。

多么关键的时刻啊，他绝对不能辜负人生的机遇！无论如何不能再优柔寡断，无所事事了！

成功与否，在此一举！

2

太阳快要落山了，湛蓝的天空异常纯净，没有风，明亮的霞云给浩瀚的荒野镀上耀眼的金色，不知从哪儿渗出来的甜丝丝凉津津的气息，柔柔地拂在荆鹏脸上，扑在心里，相当的神秘，相当的诱惑。

柳艳越走越近了。

他深深吸了几口气，稳住心跳，使劲吹了声口哨，从灌木里闪出身来，像是怕吓着她似的，捏着嗓子喊了声柳艳。

柳艳猛然听到叫声，还是吓了一跳，见是荆鹏马上招着手一溜碎步跑过来，掩饰不住的惊喜挂在脸上，兴奋地说，嘿，是你啊，你怎么来了？

来接你啊！荆鹏直愣愣地说。

干吗要接我？

没听说啊，这片柳棵子里有狼！

柳艳的脸色顿时紧张，说你吓唬我啊！

是真的，龚键他们碰上过！荆鹏说着，赶忙从怀里掏出还热乎的菜包，双手捧着递给她，说饿了吧，快尝尝！

显然饿了的柳艳，狼吞虎咽几大口吃完包子，接过荆鹏递上的水壶咕嘟咕嘟灌了几口，明闪闪的眼睛看着他，满脸都是灿烂的笑，说谢谢你啊，茶水里放糖了，味道很不错，你真好！

荆鹏的脸红了，一直朝着脖子根里红下去。

柳艳没看见似的，说累死我了，快帮我背会儿药箱！说着，不由分说，就把沉甸甸的药箱挂在了他的肩膀上。

荆鹏问了问村里的病情，俩人说着话，踱着闲步，柳艳也就不急着回营地了，她的心情好极了，孩子似的，一会儿在灌木丛里找蘑菇，一会儿在红柳根下挖锁阳，说村里的老乡可好了，午饭专门给她杀了一只鸡，还答应带她到沙山里面去挖肉苁蓉。

不知不觉间，俩人来到一座高大的沙包下。

这些逾经千万年的沙包，大的能有七八十米高，矮的也有二十来米，一座连着一座，一直朝着黛青色的山脉连绵而去。

柳艳说，上去看看咋样，风景肯定美！

荆鹏说好啊！

俩人就往沙包上爬，生性活泼的柳艳比荆鹏爬得快。不光爬得快，还伸手来拉他。俩人的手握在一起，相互扯着搋着，一会儿你在前面，一会儿我追上来。到了半中腰，荆鹏突然激情爆发，来了个登顶冲刺，眼看着就把柳艳甩在了身后。就在只剩几步就到顶时，柳艳大声喊叫起来，不好了，不好了，我的鞋子没了！荆鹏回头一看，可不是嘛，柳艳狼狈地趴在陡陡的沙坡上，两只高高跷起的脚丫子使劲儿蹬着，丢了的鞋子不知在哪儿，肯定叫流淌的沙子给埋住了。他赶紧回去给她找。好不容易找到了，抬头一看，柳艳已经一鼓作气爬了上去，坐在大沙包上开心地笑呢。这才知道，她是故意甩了鞋子来逗他。

他心里那个热火呀，就像大雪天吞了口烫热的高粱烧。

荆鹏和柳艳并肩坐在沙包顶上时，坠山的太阳在远山的垭豁里射出逼人的血色，红光穿透絮状的长云，将天幕下原始的旷野、起伏的沙丘，以及不远处的营房和村庄，全都笼罩在醉人的神秘里。

柳艳说，不可思议啊，天一放晴，霞光一照，荒蛮的世界竟然这么漂亮。

荆鹏沉浸在突如其来的幸福里，他对眼前的美景视而不见，就像做梦似的，能和柳艳在这样的情境里这样浪漫地享受人生的美好，完全超乎了他的想象，即便是俩人同桌的学生时代，也没敢想过。

那时候，柳艳喜欢唱歌跳舞打乒乓，是班里的文体委员，荆鹏写一手好字，老被柳艳抓去办墙报，俩人动不动就在放学后加班忙班务，然后一块儿结伴回家。那是荆鹏最得意的时光，不知遭遇了多少红眼和嫉妒。大概初三下半学期，眼看追柳艳的人越来越多，他急了，几次想要捷足先登表白心意，都是事到临头败下阵，笨嘴笨舌说不出来，只好三番五次写纸条，结果越是紧张越拙劣，弄得柳艳哪见哪躲干脆不理他。不久，俩人升入高中，重新分班，彻底断了往来。他热血沸腾的初恋，就那样痛楚地报销了，差点没把他折磨死。

怎么也没想到，高中毕业时，俩人响应学校号召，志愿支援边疆，报名参加军垦部队，竟然神差鬼使分到了一个连队里。

荆鹏为此感慨万端，无心插柳柳成荫，苍天有眼啊！

两年了，荆鹏仗着同学加初恋的老底子，很快就和柳艳恢复了彼此的信任和友谊，连队里人人知道他俩好，他俩也真好，可始终没有确定恋爱关系。对他来说，这最后的一步，总像是瑶台银阙，遥不可及。连队里公开恋爱的已经不少了，他不是不知道抓紧行动、趁热打铁的道理。可就是性格太肉，想法越热，心里就越是打战，就像大冬天发动拖拉机，每次都是只突突不着火。

这次也一样，多好的机会呀！

他真想搂搂她的腰，亲亲她的嘴……

……经验丰富的王益胜说了，我要是你，早把她拿下了，真的，不就搂搂抱抱亲个嘴嘛，你怕什么啊？都这火候了，她肯定愿意，你大胆行动就是了，不能指望她主动！知道不，你是爷们，扭扭捏捏可不行！装模作样那是女人，女人越是扭捏就越是有情况，不信你试试，绝对错不了！王益胜还给他出主意，说你要实在胆小没出息的话，干脆就打埋伏，约好了等着，见面啥也别说，直接抱住亲嘴就是了，保你成功……

这话让他说不出的晕眩和冲动。

正因为有了难以抑制的晕眩和冲动，他才开天辟地超越自我，有了这次空前大胆的尝试……可要抱住人家就亲嘴，他还是做不出来，怎么咬牙都不行……柳艳是多么的单纯和可爱，他一旦那样做，没准会把她给吓坏……

问题是这也不行，那也不行，到底该咋办呢？

他知道，自己的老毛病又犯了，面对柳艳他浑身冒汗，神思迷乱，反应迟钝，勇气尽失……柳艳美极了，就像仙女，而他只不过是一个连牛郎都不如的凡人……他不愿再想入非非了，就这样，俩人亲近地坐在一起，沐浴着美丽的霞光，享受极了，幸福极了，人生如此他心满意足，干吗非要违背自己的意志，干些个烦恼不堪不知深浅的事呢！

他安静下来。

他轻松下来。

人一安静一轻松，突然就自在了，清凉的微风带走了体内的燥热，他柔和明亮的眼睛里没有了羞涩和不安，从未有过的坦荡，清泉似的从他褐色的眸子里流淌出来。

他笑了，他充满爱意地深情地看着她，由衷地微笑着。

绝对意外的事情发生了，柳艳看着他，突然羞涩地一笑，顺势把头靠在了他的肩膀上，自然而然地握住了他的手，说告诉你个事儿，好玩极了，你猜我在老日记本里翻到了什么？翻到了你给我的情书！说着，柳艳笑出了声，说太有意思了，你在情书里叫我燕儿，说你爱我就像骏马热爱草原，像雄鹰热爱蓝天，还有什么比翼鸟啦，连理枝啦，好抒情，好感动哦！

荆鹏听得热浪蒙面，血往上顶，突突的心跳咚咚有声。

柳艳还沉浸在回忆里，说我搞不明白，你既然那么爱我，咋突然就不理我了，特别是上高中以后，见我就绕圈子，我还以为你又看上别的女生了呢。

荆鹏想说冤死我了，明明是你不理我，咋还倒打一耙呢！可他说不出来，他的心里热腾得厉害，凌云驾雾似的。

时间过得真快呀，都五年了，其实，你给我的情书我保留着好几封呢。那会儿你那么胆大，现在咋倒害起羞来了？她边说边把头贴到他的胸脯上，说我听到你的心跳了，嘭嘭直响，好厉害啊！说着，抬起头来，亮晶晶的大眼睛充满期待地看着他。

到了这会儿，一向胆小憨笨反应迟钝的荆鹏突然灵性爆发，所有的顾忌烟消云散，他紧紧抱住她，先是在她的额头上笨拙地亲了一口，紧接着就在她的嘴上脸上使劲儿呱吧起来。不可思议的是，就是这种近乎疯狂的举动，倒像是歪打正着。柳艳既没挣扎，也没反抗，她软软地躺在他怀里，静静地由着他亲，直到他的鲁莽和冲动平缓下来，才开始回吻他。她的回吻，温软绵甜，温泉似的，缓缓地柔柔地漫过他的意识，将他的知觉完完全全浸没在销魂的境界里……

……不知过了多久，俩人清醒过来，还是那样紧紧地搂着抱着亲着，心荡神驰，魂魄迷乱，幸福得热泪盈眶……

霞云渐渐深暗。

恬谧的氛围里，俩人头顶头，躺在沙包上，静静望着深蓝的苍穹。

你亲过别人吗？柳艳喃喃地说。

没！

真没亲过，从小到大，他没有亲吻他人的任何记忆！

那别人亲过你吗？

也没有，真没有！

柳艳甜甜地笑了，说我也没有！明天是八一建军节，连里放假，咱俩到月亮湖去玩吧，那儿到处都是鲜花和青草，还有成群的牛羊，漂亮极了！而且清静，绝对是聊天的好地方。

你去过？

柳艳说是的，上星期肖排长带我和小杜去过。

荆鹏心里猛一咯噔，脸上阴沉下来。

柳艳却笑了，她乐呵呵地说，肖排长只是带我们去看牧场，放心吧，从今往后，我不会再跟别人出去了！

真的？

当然！无论是谁，我都会告诉他，我已经有对象了！

强烈激动中，狂喜海啸似的汹涌着，荆鹏紧紧抱住柳艳，把她拥倒在沙窝里，小心翼翼如同企鹅护卵似的附在她身体上，轻轻地抚摸着，柔柔地亲吻着……渐渐地，他有点儿控制不住了，就在他兴奋异常，想要进一步做点儿啥时，敏感的柳艳猛一翻身，将他掀在一边，待他反应过来，她已经打着滚儿，大声笑着，从沙包上滑溜了下去。

3

回到营房，荆鹏最好的朋友龚键和王益胜出事了。

下午的时候，他俩从河滩地里往外拉麦捆，最后一趟车装好了，拖拉机手却迟迟不来，有人说看见他提着小口径步枪到灌木丛里追兔子去了。龚键乐滋滋地说，他不来我开得了。说着，就拉王益胜上了车。龚键一向喜欢捣鼓机械，尤其爱动车，照他自己的话说，只要看见带轮子的，就走不动路。逮住这样的机会，算是千载难逢。龚键开着拖拉机，出了河滩地，在过那座通往连队的简易木桥时，由于他方向量的掌握上有问题，四轮 55 型拖拉机车斗的轮子没上桥，直接把拖拉机拽下路基，翻到了桥下。幸亏桥不高，车速慢，没有造成重大伤亡事故。但拖拉机被翻了个四轮朝天，严重损毁。

事发后，指导员的嘴都气歪了，正是大忙时节，连里就这一辆轮式拖拉机，拉麦捆，送公粮，跑运输，靠得全是它，是名副其实的宝贝疙瘩，连长到团里开会都没舍得用，宁肯自己走二十多里的沙荒路。这下可好，一不留神，竟然就毁在了坏小子龚键的手上。之所以称龚键是坏小子，是因为他有前科。去年冬灌时节，晚上他和王益胜值夜班，俩人耐不住寂寞，在麦场上点火烧洋芋，结果引发大火，把两垛麦草烧了个精光。

怒发冲冠的指导员当即下令关俩人的禁闭。

关禁闭不说，还在晚上的学习会上，结合刚刚掀起的"文化大革命"运动，联系王益胜出身不好的事实，将俩人的行为上纲上线，定性为有意破坏生产，是连里出现的坏分子，是阶级斗争的新动向。

学习会一散，荆鹏赶紧跑回营房，打开床头的小木箱，拿了一盒保藏了很久的光荣牌锡纸香烟，蹑手蹑脚溜出门，到禁闭室去看他的俩朋友。他想不通，这几小时前还是同志，是战友，眨眼间咋就成了有意破坏生产的阶级敌人呢？

到了禁闭室，守门的班长不让见人，说正在风头上，劝他别给自己找麻烦。

他不听，在他看来，开翻拖拉机当然不对，该检查检查，该处分处分，愣往阶级斗争上扯，还关禁闭，实在太过分！

倒霉的是，俩人正议论呢，巡查的指导员恰好打着雪亮的电筒照过来。

指导员闷声闷气说，是荆鹏嘛，好，你来得正好！今晚就由你值班，看押坏分子的任务交给你了！

临时禁闭室，位于连部的房山头，是半间硬接出来的搁放杂物的土坯房，最多能有 10 平米，没有窗子没有床，墙上挂着一盏马灯，房顶的椽子上苫着些漏光的竹帘柳枝，墙角的杂物堆里，受惊的老鼠窸窸窣窣吱吱唧唧叫个不停，两个倒霉蛋窝在里面痛苦不堪，连个转身的地方都没有。

再看龚键，额头上撞了个大青包，脖子上划了道深血口，血水把胸前的衣服浸透了一大片，看上前很是吓人，要是伤口再朝上不到一公分，就是颈动脉。王益胜的右腿连皮带肉蹭了个血糊里拉，也就是骨头硬，没折断罢了。

看着俩人的可怜相，荆鹏心里更不是滋味。

翻车这样的事儿，先甭管是非究竟，主观上不可能是故意的，伤的是自己，又没出人命，再怎么着也不可能是敌我矛盾吧，干吗非要拿着鸡毛当令箭，把人关在这破屋里受罪啊！尤其不能接受的是，学习会上，指导员把他俩定性为故意破坏生产的坏分子。几个人都是一起拉鼻涕、玩尿泥长大的，谁不知道谁呀！就说主谋龚键，荆鹏不仅和他同岁，俩人从小学一年级到高中毕业，就没分过班。王益胜虽说不是一个班的，也都是同校同年级的好朋友、好哥儿们，没一个是坏人！他固执地认为，事情绝对是偶然，很快就会有人调查清楚，给他们公道，还他们清白。

可看法是看法，指导员的命令他不能不服从。

服从是服从，可也不能把他俩当作阶级敌人来对待。俩人都有伤，再怎么着总得躺下来休息吧！荆鹏找来几张老羊皮，给两人铺上隔寒，又给两人拿来大衣，好歹晚上别冻出毛病来。

俩人闯了大祸，全吓坏了。

龚键说，全怪我，这几天右眼皮老跳，还做被狗追咬的梦，我就知道没好事！

知道还犯浑！纯受牵连的王益胜气哼哼地说。

对不起，不就事到临头忘了么，你也不给提个醒。

王益胜火了，一把揪住龚键的衣领，将他拎起来，凶巴巴地说，你小子太过分了吧，是你硬拉我上的车，叫你慢点慢点就是不听，非要逞能，现在倒赖开我了，你倒是说说，还要我咋给你提醒啊！

眼看两人要打起来，荆鹏赶紧息事宁人，将两人用力分开，说算了算了，都是朋友，有啥好好说，千万别在这吵，事情已经这样，没出人命是万幸，还是想想咋了结吧。

龚键看着横眉怒目的王益胜，头一耷拉，身子一歪，蔫成了泄气的皮球。

熄灯号之后，秋风乍起，寒气逼人。

两个倒霉蛋再也没了声气，只是裹着大衣坐在老羊皮上拼命吸烟。

荆鹏几次出去，又几次回来。隔壁就是连部，办公室外间的钥匙给他留下了，里面有长条木椅可以躺下来休息，有暖瓶可以喝热水，还可以趴在桌上看看报纸读读书，可他就是待不住。

王益胜说，你去睡吧，放心好了，四周都是荒漠，我俩绝对不会跑，也没地方跑！龚键说，你的情意我俩心领，赶紧锁上门去休息吧！对了，值夜班是有夜餐的，你可以找炊事班给你下碗放大油的阳春面。说着，他的眼睛亮堂起来，神态也怪模怪样，像是有啥秘密要说。荆鹏问他啥事？他看看垂头丧气的王益胜，压低嗓门说，我床头的皮箱里有瓶正宗的二锅头，不是吹，这酒你花一年的津贴也买不来，上个月我姐姐来看我时带来的，你给咱拿来咋样？

荆鹏喉头一咕噜，舌根下一股涎水冒上来。

真是太好了！

漫漫长夜，难熬着呢，干吗不弄点吃的喝两口啊，一来暖暖身子，二来也好消磨时间。

4

荆鹏找到伙房值班的小姑娘，说阳春面就不吃了，给三个馒头就行。人家只给了两个，外加两块豆腐乳，说夜班标准就是这样，多吃多占她得担责任。他嬉皮笑脸说，那两个蹲禁闭的不给点儿，夜里这么冷，身体受罪，肚里没食，谁受得了啊？小姑娘说，恐怕不行，没听说给坏分子加餐的。荆鹏老到地蘑菇道，啥坏分子呀，你又不是不知道，不就把拖拉机给开翻了嘛，又不是故意的，关禁闭已经够可怜的了。不管咋说，明儿放出来还是战友对不？你就发点儿善心吧，就连咱们的骡子还加夜草呢，对不？小姑娘犹豫了一下，说好吧，可别说出去，班长知道了尅我。拿到了馒头，他还不走，又嘿嘿两声说，好事做到底，再给切点儿咸萝卜丝吧，一点儿就行，求你了！小姑娘瞅着他故意可怜巴巴的样子，扑哧一笑，说给你切榨菜丝得了，刚从团部拉来的。嘿，有榨菜啊，你咋不早说呢，你真是太好了！他高兴得两眼放光，连连道谢。

荆鹏拿着 3 个冷馒头，打着电筒溜回宿舍，先是找到了龚键的二锅头，然后轻手轻脚打开自己的小木箱，拎出一个布袋来，里面是母亲给他寄来的撒有椒盐的干炒花生米，大概有一斤多，还有两截儿香肠，母亲信上说，这是给他过生日的礼物。再有 8 天，就是他 20 岁生日，这点儿宝贝，原本就是生日那天找龚键、王益胜来分享的。现在俩人有难，提前享用也是可以的。他小心翼翼倒出一半花生米，拿了一截儿香肠，另外的放在一起，留给柳艳。想起柳艳，他就想起初吻的甜蜜和美妙，想起她说话的眼睛，香暖的味儿，就激动得四肢癫狂，幸福得难以自制，眼前满是她青春烂漫可爱迷人的样子……

……他已经想好了，明天一早和柳艳到月亮湖，美美玩上一整天，钓鱼，骑马，然后带她到蒙古包里喝奶茶、吃酸奶，运气好的话，还可以吃到香喷喷的手抓羊肉……之后呢？草地丰美，天空湛蓝，阳光灿烂，广阔的湖畔温暖静谧，天地之间只有他们两个人，热恋中的一个男人和一个女人，躺在柔软芬芳的草坡上……至于还会怎么样，他不敢往下想……

打开禁闭室，龚键和王益胜早已腾好了地方，迫不及待等着他呢。

58度的陈酿二锅头香气扑鼻，一口下去，从喉头一直热乎乎地往下暖，咂咂嘴，冰冷的肠胃一下子就暖和了。更为神奇的是，肠胃一暖和，心跳加快了，血液欢畅了，大脑兴奋了，整个人的心情也全变了。

刚才还是地狱，眨眼就换了人间。

三轮过后，每人一两下肚，这时候就着香脆的花生米，品着正宗的上海香肠，还有新鲜的榨菜丝，就都感慨起来。

龚键说，荆鹏你他妈真够意思，这辈子能交到你这样的朋友，我他妈知足了！

王益胜说，因祸得福啊，要不是蹲禁闭，哪有这么好的口福，跟他娘过年一样！要是天天能有这生活，老子宁肯每晚都来蹲禁闭！

荆鹏担心地说，小声点，别让人听见。

龚键说，没事，夜这么深了，都……都他妈睡觉了，查岗换岗还早着呢，来，咱哥们儿喝！

又是几圈轮下来，一瓶酒看着看着就见底了。

酒劲儿上来，就都开始发牢骚，尤其是冤枉得一塌糊涂的王益胜，骂天骂地骂爹骂娘不说，就差破门而出，拿刀去发疯去砍人了。

荆鹏酒量最差，往常喝不了二两，就招架不住犯迷糊，他很警惕，知道什么时候适可而止，从不多喝。可今儿不知咋了，一开始他就和大家拼着喝，感觉好极了，而且脑子一直很兴奋，不光兴奋，还意犹未尽，说酒真香，我他妈从没喝过这么香的酒！

舌头大了的龚键说，太……太神奇啊，你……你小子酒量一……一下子咋……咋会这么好啊？

王益胜故作能耐地说，有……有啥神奇的，肯定是交了桃花运，把……把柳艳搞到手了，否则咋这么大方，连压箱底的好货都拿出来了……你小子交代，我……我说得对不对？

龚键眨巴着眼睛说，不……不会吧，这……这才几小时啊，你……你不会真把柳艳给……给干了吧？

王益胜说，老实交代，到……到底咋干的？

荆鹏只是笑，他觉着晕晕乎乎的境界里，身子轻得像飘一样，不，不是飘，是荡秋千，好高好高的秋千啊，一眼看上去就像从太阳里吊下来的……他和柳艳在云空里悠来荡去，俩人紧紧地贴着，幸福死了……唯一美中不足的是，每当他要亲她时，秋千总是由高而落，他不能松手去抱她，也无法挺身去迎她，越是心急就越不行，每次就差那么一点点，怎么都够不着……看来，他必须要冒险了……他铆足劲儿，瞅准时机，猛然撒手一扑，将她紧紧抱住……俩人在空中鸟儿似的，手臂缠着手臂，腿脚缠着腿脚，自由自在地飞舞着，滑翔着……

……

就在荆鹏和柳艳在蓝天上云雀似的浪漫缠绵时，乐极悲来，禁闭室被查夜的肖明重重推开了。

肖明用雪亮的大头手电筒照了照躺在老羊皮上呼呼大睡的三个醉汉，闻着浓烈的酒香，使劲抽了抽鼻子，拎起歪在一边的酒瓶看了看牌子，肚子里重重哼了两声，不声不响退了出去。

几分钟后，两名持枪的战士，跑步奔向禁闭室。

5

天亮了，最先醒过来的王益胜发现了情况，他用力推醒荆鹏，说不好了，快醒醒，醒醒啊，出事了！

醒过来的荆鹏忽闪着眼睛，似乎还在天马行空，根本不明白咋会睡在这么可怕的小黑屋里，待到魂魄归来，看到头顶上漏下来的明亮天光，才惊得一声怪叫，跳将起来。

然而，事已晚矣，禁闭室的门被人锁上了，任凭荆鹏喊破嗓子也没人理会。完了，全完了！

今天是八一建军节，是他和柳艳去月亮湖的好日子。

他疯了，使劲儿砸门。

门外的岗哨惹恼了，大声训斥道，里面老实点行不行！我这可是有命令，谁嚣张就绑了谁！

荆鹏大声说，是我啊，误会啊，我是荆鹏，快放我出去！

说的就是你！

关禁闭的不是我啊！

活该，谁让你是非不明，鬼迷心窍呢！

说的人幸灾乐祸。

他的心一阵刺疼，眼泪哗的一下涌了出来。

约莫 10 点半的样子，房门打开，送饭的进来，放下三份饭菜。

急疯了的荆鹏挺身要走，被站岗的班副挡住，说你不能走，连里有命令！说着靠近他压低嗓门说，你的问题很严重，甚至比他俩都严重，属于对无产阶级专政的态度问题，知道不，你昨晚被抓现行时，醉得不省人事，喊都喊不醒……你呀，挺聪明的人嘛，咋就这么犯糊涂呢，叫你看押的是坏分子！你可好，不但视哨兵的职责为儿戏，还公然拿来好酒美食搞庆祝，这是什么性质的问题，你自己掂量吧！

荆鹏听得浑身冒汗，支支吾吾地说，都是老同学，好朋友，不就开翻了拖拉机嘛，又不是反党，这么冷的天，喝两口酒能咋样啊？

班副哼哼两声摇摇头，说都这地步了，还执迷不悟啊！服了，回头你自己去交代吧！说着，把他往里一推，用力拉上门，咔嗒一声上了锁。

荆鹏心如刀绞，软塌塌地歪在了地上。

他真正后悔了，悔得肠子都断了！

当天下午两点来钟，荆鹏被带到了连部，上午刚刚上任的副连长肖明在等他，有记录员，还有岗哨，一看就是审问的架势。

荆鹏的拗劲儿上来了，不管咋说，错误他承认，什么处分都能接受，但就是死不认罪，不就和犯错误的战友喝了瓶酒嘛，咋就成了与坏分子同流合污呢，欲加之罪何患无辞，简直就是迫害啊！再说了，你们不是把我也给关起来了嘛，还要咋样？

肖副连长说，关你禁闭算什么，你的问题大很了，我问你，昨天傍晚你干什么去了？

荆鹏一愣，说没干什么呀！

嘴硬是吧，你在大沙包上干下的事儿，柳艳都已经交代了。作为一名农垦战士，你竟然光天化日之下，对自己的战友耍流氓！

荆鹏后脑轰的一声，一记闷棍劈下来，疼得他差点没背过气去，事情太突然，太荒谬了，柳艳交代什么啦？啥叫对自己的战友耍流氓啊！

肖明看着他的反应，喉头动了几动，嘴角抽了几抽，冷冷地说，对自己的战友要流氓，是什么性质的问题，你应该清楚！

荆鹏恼了，大声叫喊起来，我要啥流氓了，我俩是谈对象！

谈对象？我劝你还是认清形势，老实交代吧，我们党的政策一贯是坦白从宽，抗拒从严！柳艳交代得清清楚楚，揭发得明明白白，你多次对她心怀不轨，不能得逞后，就精心策划了昨天的行动，趁她下村工作之际，在红柳滩打她的埋伏，对不对？不光打她的埋伏，还把她骗到大沙包上，强行亲嘴，公然进行调戏和猥亵！事后，你还和两名在押的坏分子一起喝酒庆祝，这事儿刚过了一夜，你不会忘记吧？

荆鹏心房炸裂，一口灼热的血气直冲脑门。

肖明接着说，你就不要再伪装了，柳艳说了，要不是她拼死反抗，从大沙包上翻滚下来，肯定已经被你强奸了！柳艳还揭发，你长期以来，一直对她污言秽语，多次试图强暴！

荆鹏忽地一下蹿将起来，眼仁血红，头发都要冒烟了。

晴天霹雳啊！

朗朗乾坤，好端端的，咋会碰上这样的污蔑和陷害，怎么可能啊！

而且竟然与柳艳有关，是她说给他的……不，绝对不可能！那样温情，那样美丽，那样善良的柳艳，怎么可能会这样？

一定是肖明在造谣！

肖明冷笑说，你不要张狂，我们已经调查了你的家庭背景，你的母亲虽然是老革命，但你的大舅是在镇反运动中被人民政府处决的，你的家庭政治历史并不清白。我劝你还是认清形势，现在无产阶级"文化大革命"的风暴已经席卷全国，我们农垦系统也不能例外，不光要进行"文化大革命"，还要对企图破坏革命的坏分子进行坚决的打击！而对你这样的政治上有倾向性问题的流氓分子，就不单纯是打击的问题了……

不等肖明说完，荆鹏再也控制不住，豹子似的扑向肖明，出其不意将他摁倒在地，挥拳就打。

噗噗几声，慌忙招架的肖明已是鼻塌眼青，满脸冒血。

肖明大声叫喊，拼命反抗。

办公室里顿时桌椅翻倒，一片狼藉。

荆鹏疯了，抢起什么是什么，只顾照死里打。

工作人员、警卫人员一拥而上，一顿拳脚将荆鹏打瘫在地。

爬起来的肖明怒不可遏，亲自动手，用最残酷的捆绑死刑犯的大背绑法将荆鹏狠狠捆了起来。

荆鹏不知道，今儿上午对柳艳的谈话就已经进行了。

肖副连长刚一上任，就把她叫到办公室，给她倒了杯水，说柳艳同志你坐下，有个性质极其严重、极其恶劣的事件，我要代表组织告诉你，并希望得到你的证实。

柳艳惊讶不已，不知道究竟发生了什么，傻傻地看着领导说不出话来。

肖明对自己谈话的效果很满意，说柳艳同志，我听说你原名不叫柳艳叫刘燕，为了表明扎根边疆的决心，专门打报告，坚决要求把名字改成柳艳，是这样的吧？好啊，我们就是要像顽强的红柳一样迎风沙、斗严寒，做一名扎根边疆的坚强的农垦战士！可是，你怎么能丧失起码的政治觉悟和尊严，做出有愧于革命战士的低级趣味的事情呢？

柳艳的脸顿时绿了。

肖明紧盯着她说，你大概无论如何想不到吧，就在昨天傍晚后，你和荆鹏在大沙包上胡搞的事，就已经在连队里面传开了。你和他到底干了些什么，我不知道。但你们昨晚是一起回来的。你们回来一分开，他就四处张扬炫耀，说他把你如何如何搞到了手，恨不能让所有的人都知道，还说把你摁在大沙包上，亲了个够，摸了个够，还说……还说把你……算了，我说不出口了，总之，你想象一下就知道，这才过了一夜，就你们俩之间发生的事儿，就已经成了影响极坏的公众新闻……

脸色由绿而黄由黄而白又由白而黄的柳艳浑身冷战，好不容易才从牙缝缝里挤出几个字，卑鄙！他……他人在哪里？

关禁闭了！

关禁闭？

对，关禁闭！肖明愤愤地说，他不光流氓成性，还与坏分子公然勾结，同流合污，严重违反组织纪律，已成为连队坏分子的典型！

我要见他！柳艳近乎歇斯底里地说。

见他？实话告诉你吧，就在关他禁闭之前，他作为一个哨兵，还和那两个被关押的坏分子在禁闭室里喝酒庆祝，吹嘘他搞你的过程呢！柳艳同志，今儿找你谈话，就是要让你认清形势，悬崖勒马，和坏分子立刻划清界限，坚决揭发荆鹏的流氓本性……你不要担心，事情的分寸我们会把握好，你只要写个真实的事实材料就行了，记住，一定要真实！请放心，我们会维护你的名声，不会让他的目的得逞的……

柳艳勉勉强强站起来，天旋地转，胸腔里翻江倒海，强忍时，一股腥甜的热流从撕裂般的脏腑喷涌而出，一头栽倒，昏了过去。

6

被捆绑得臂骨欲断、经脉欲裂的荆鹏，嘴里塞着一团抹布，被人死狗似的扔在阴冷的库房里，痛得冷汗淋淋，抖作一团。两小时后松绑，他已是大小便失禁，整个身子知觉尽失，动弹不得。

公然打断副连长的鼻子，不是一般的问题，再加上他与看押的坏分子公然勾结，同流合污，以及莫须有的流氓罪名，一连的荆鹏事件，已经上升为农垦系统一起极其严重的政治事件。

上级部门在收到相关材料后，极其重视，自上而下督促查办。

审讯立刻就开始了。

但两眼瘀血、嘴唇铁青的荆鹏根本不认罪，不但死不认罪，连一句话都不说，任凭你手段使尽，就是不开口，而且不睁眼，不喝水，不吃饭，一句话，豁出命来抗拒到底。

有关领导很不满意，特别是对刚提拔的肖明的工作能力提出异议。

肖明就把气撒到具体办事的人头上，毫不客气地训斥他们道，你们咋这么无能啊！知不知道，这样的大是大非面前，正是考验每个人的政治觉悟、政治立场的时候！对革命队伍里的坏分子心慈手软，意味着什么，你们难道不清楚吗？

如此上纲上线，大伙儿不光窝气，还很害怕。

有个外号叫大眼的，眼珠子转了几圈儿，忽悠说，对付厕所里的石头，一般手段肯定不行，咱们不能再失败了，得特殊情况特殊对待。有人问，怎么个对待法呀？大眼说，你想想当年国民党反动派，在渣滓洞是怎么对付共产党员江姐的，十根手指头上扎竹签啊，还灌辣椒水，上老虎凳！有人马上反对说，得得得，那是国民党反动派，咱这可是革命队伍。大眼说，革命队伍不错，问题是这人都定性为坏分子了，事情的性质也就变了，也就不是人民内部矛盾了，再说，现在不是"文化大革命嘛"……我的意思嘛，咱毕竟不是法西斯对不，一不动手，二不动口，就把他带到马棚里，让蚊子咬他狗日的，不信他不服。

话音落地，众人同声叫好。

高原上的秋蚊子，种群密集，毒性特大，攻击性特强，叮上一口，不仅疙瘩超大，异常红肿，还疮口流脓，很难愈合。

说干就干。

荆鹏立刻就被拉到了马棚里。

大眼的眼睛一个劲地朝荆鹏眨巴，像是说，老兄啊，你就认了吧，不然的话，可别怪兄弟心狠手辣呀！给他上绑的小同乡，压低嗓音对他说，傻瓜呀，不就是认罪嘛，好汉不吃眼前亏，你就认了吧，检讨检讨，顶多大家批判批判，关上两天，也就过关了。

荆鹏鼻腔里呼噜一响，嗓子眼里咔嗒一声，一口粘黄的东西照着眼前的人喷溅而出……

……

两分钟后，荆鹏嘴里塞着棉纱，被绑在了料槽前的柱子上。

蜂拥而上的蚊子们尽情饕餮，狂舞欢庆，不到一小时，荆鹏的脑袋、双手和脚脖，凡是露肉的地方，都整整"胖"了一大圈儿，像是沾上了一个令人恶心的皮套子。

毒刺钻心啊！

那疼痛，那奇痒，即便地狱也不过如此。

可荆鹏愣是一动不动，一声不吭，直到咬破的嘴里血沫直冒，尿液失禁，还是怒目相向，宁死不屈。

眼看没辙，只好将他再丢回库房里。

荆鹏倒在地上四肢抽搐，气息奄奄，看上去像是个快要断气的大麻风。大眼等人也就没给他戴铐子，都这样了，别给整死了闹出啥事来。

第二天清晨，换班的发现看押的人没了，荆鹏逃跑了。

荆鹏逃跑的方式很简单，他在后墙角踩着一个破方凳，把苫顶的烂竹帘子一根根撅断，掏出一个洞，又在土墙上挖出两个脚窝儿，翻上房顶，跳到被风堆积在房后的沙子上，逃之夭夭。

全连紧急集合，两个男兵排全部出动，携带武器追捕逃犯。

根据分析判断，他最有可能往南跑，那是青藏大公路的方向，有可能拦截到过往的车辆；其次，是往东跑，那儿有大面积的农田和村庄，可以找到吃喝的东西，恢复体力，继续逃窜；再就是往北跑，一直跑到太阳湖，那儿的湖区牧场有牧民的帐房可以落脚。最没有可能的，就是西面的沙荒地，层层叠叠的沙包连绵起伏，无穷无尽，里面不要说食物和水，连根活着的骆驼刺都难找。

南、东、北三个方向的追捕队立刻就派出了。

鼻梁上粘着固定胶布的肖明，叫来龚键和王益胜，直言不讳地说，你们两个是荆鹏的好朋友，对他的脾气性格很了解，你们分析一下，他最有可能的逃窜方式是什么？

龚键和王益胜面面相觑，这几天发生的事情太突然太刺激太匪夷所思了，好端端的，事儿说出就出，还尽是让人崩溃的大事儿。

肖明说，不要急，慢慢想，想好了再说。不要有什么负担，从现在起，我宣布解除你俩的禁闭，停职反省，等待处理。明白了吧？这是一个将功折罪的机会，你俩要仔细想想他在当地都有哪些熟人，平时与外面的人都有什么联系，包括咱们系统内，最有可能帮助他的都有谁？

龚键说，我觉得他跑不远。

有根据吗？

没有，就是直觉，他都两天没吃没喝了，那样虚弱的人，即便放开来让他跑，又能跑到哪里去！

肖明突然有所醒悟，对啊，没准就在附近的什么地方猫着呢。紧接着，他的大脑里"意剑"纷呈，所有的剑刃都指向了西面的大沙包。

肖明带着两班女兵，携带武器，立刻对营区周围的大沙包以及河滩附近的灌木丛进行搜寻。费了两天工夫，没有发现荆鹏的踪迹，连可疑的脚印都没找到。

不光如此，整个搜捕荆鹏的各路人马，充分施展人民战争的巨大威力，充分动员地方力量，发动群众，在方圆百里的范围内苦战3天，也毫无结果。

第4天清晨，搜捕队研究决定，连队200人全部出动，对周边地区再来一次拉网式搜捕，活要见人，死要见尸。

结果依然是无影无踪。

3个月后，从当地的城镇牧场，到遥远的山东海滨，所有的内查外调全部结束，坏分子荆鹏就此蒸发。

各方议论沸沸扬扬。

有的说荆鹏肯定跑到草原上去了，因为他说过，他最喜欢的生活方式就是无拘无束自由自在，对大草原上的生活羡慕不已，真的跑到草原上隐伏下来，乔装打扮当牧民倒乐得自在；有的说，可能跑到哪个偏僻的夹皮沟里，隐名埋姓给老乡当上门女婿去了，老婆孩子热炕头，美死他了；还有的说，没准是啥人把他给救走了，否则的话，像他那样执拗的废人，什么能耐特长都没有，不可能逃得这么成功这么漂亮，说不信的话走着瞧，好戏肯定在后面。

总之，荆鹏在众人的心目中，一下子就从流氓坏分子变成了神秘的代名词，跟天外来客似的，令人充满神奇的联想，许多人一谈起来，就兴奋得夜不能寐，心里猫抓似的，颇有几分跃跃欲试的冲动。

当然，也有人说，像荆鹏这样脑子瘫软的大傻蛋，天下肯定不会找出第二个！

绝对傻！

傻到身为哨兵，竟然深更半夜给看押对象找吃找喝一块儿饮酒作乐当醉鬼，还对自己的上司公然动手，还把谈对象的事儿公之于众，你说这样的大傻帽儿，天下能有第二个嘛！

但有一点大伙公认，那就是像他这么古怪这么愚蠢的人，不可能自杀。因为要想死的话，在那间堆放杂物的库房里很容易做到，根本没必要逃跑。

选择逃跑，意味着的东西往往很多。

清查荆鹏物品时，在他留下的日记里，相关人员看到了大量的情爱内容，都与柳艳有关，很露骨，很疯狂，猛然一看，就像是内心独白的神经病，比如说，他最近的一篇日记里就有这样的内容：

要行动，必须要行动了！

爱情要的不是悲伤，不是懦弱，不是幻想，是行动，是把你滚烫的血勇敢的心，像野牛展示犄角一样呈献给她！

我就是野牛，一头面对太阳昂首奋蹄的野牦牛！

还有一些是诗非诗的东西也都是献给柳艳的，比如说这一首吧：

> 皎洁的月亮已沉睡
> 可爱的姑娘啊
> 我赤诚的心在思念你
> 我火热的情在温暖你
> 漫漫长夜
> 星空苍茫
> 滚滚热泪啊
> 滴在心窝里
> 世上的姑娘千千万
> 我荆鹏最爱的就是你
> ……

调查人员不仅看到了他对柳艳近乎癫狂的相思，还知道了他在学生时代就对柳艳怀有的欲念和梦想，其中除了大量的爱慕表白，还直呼柳艳为我的情人我的心肝，记录了俩人每一次的接触、对话和行为，柳艳的神态，他当时的心理活动，过后的念想，以及每一次难以抑制的冲动，甚至多次在梦中欲火熊熊为柳艳"跑马"……全都记录得清清楚楚，其描写之生动，观察之细微，简直就是一段段高手润色的美文。

人们唏嘘不已，谁也想不到，平时沉默寡言的荆鹏内心世界这么复杂，而且表达得这么大胆，这么痛快，这么执着，这么猥琐，这么有才，这么狂放。

柳艳自然首当其冲。

谁都知道了她是流氓坏分子的情人，知道了俩人在沙山上的风流，千夫所指，跳进黄河也洗不清。

有人甚至把荆鹏事件的发生直接与柳艳的存在相联系。

按龚键的话讲，事件清清楚楚，出事那天，要不是她把两人之间的约会说出去，他俩在沙山上干的事儿天知地知，肖明咋会知道呢？肯定是她说出去的！没准，肖明就是听了她的话，才把荆鹏堵在了禁闭室里。

这样一来，柳艳还成了红颜祸水，成了害人嗜血的狐狸精。

当然，明里暗里同情的也大有人在。

7

出乎所有人意料的是，一阵翻天覆地的折腾后，上级部门对荆鹏事件最终的处理决定是不予追究。

原因令人啼笑皆非。

用连长的话讲，说他是流氓，仅凭几本记录相思历程的日记并不能说明什么，又没有其他事实证据，再说，人都已经失踪了，而且当事人柳艳，坚决否认荆鹏在她身上有过任何流氓行为，罪名是不成立的；至于坏分子嘛，定性显然有些过分了，同情看押的嫌疑人员，与之无原则的喝酒，充其量也就是违反了组织纪律，出现这样的事情，领导也是有责任的；殴打领导，虽说性质很严重，但也构不成敌我矛盾。总之，发生在一连的荆鹏事件，是一起系统内部的意外事件，应按意外失踪人员进行低调处理，不下结论，不定性质。指导员进一步解释说，现在国内外形势一片大好，轰轰烈烈的无产阶级"文化大革命"，正以排山倒海之势汹涌澎湃，我们的头等大事、首要任务，是誓死捍卫毛主席的革命路线，要像海燕一样，迎着暴风雨勇敢地飞翔！

一句话，一个普通人员的失踪案件，没必要纠缠。

荆鹏的母亲来了，是坐一辆拉羊粪的拖拉机来的，一身粗布黑衣，不到50岁的人，已是满脸皱纹，白发苍苍。但腰背挺拔，目光炯炯，背着个破旧了的军用挎包，一下车就直奔连部，把介绍信礼貌地交给指导员，说我叫彭英，是荆鹏的母亲，我来这里，是要证实一下我儿子是否真的不在了，我想知道，他到底是怎么失踪的。

指导员按照组织原则和接待惯例，给她看了上级有关部门对于荆鹏事件的处理决定的正式文件，耐心地把事情的原委根据需要复述了一遍，当说到荆鹏如何深更半夜给看押对象找吃找喝一块儿饮酒作乐当醉鬼，还公然动手殴打领导时，语气时而沉痛惋惜，时而激昂顿挫，就像冲浪者在浪底被激流涌上浪尖一样，自然而然地把荆鹏如何挖开房顶如何逃跑失踪，上级首长以及地方领导如何重视，全民动员、全连动员如何寻找的事儿，用夸张的手法，相当艺术，相当精彩的讲述了一遍。当然，他十分巧妙地避开了有关荆鹏的流氓行为，以及在关押时被人强行喂蚊子的事儿。

彭英听得心慌神乱，脸色发潮，嘴唇泛青，事情的性质如此严重，作为母亲，她无话可说。

接着，指导员把握火候，转变话题，对彭英好言安慰，深表同情，然后把她安顿下来，特意叮嘱伙房搞好伙食，指派专人进行照顾。

缓过神来的彭英说，谢谢领导，不用替我操心了，我不要照顾，我从没给组织上找过麻烦。我就是一个普通的母亲，你们可以带我去收拾荆鹏的遗物了，我明天就走。

遗物里自然包括那几大本日记。

当天晚上熄灯后，彭英就着烛光看日记，看着看着就放不下了，一气读到后半夜，读得心如刀绞，泪如泉涌，直到东方泛白，才迷迷糊糊昏睡过去。

早饭后，两眼通红、憔悴不堪的彭英，突然就决定不走了，她找到指导员说，实在对不起，又给你们添麻烦了，我能不能再待一天，就一天！

指导员说，当然可以啊，有什么要求说就是了，我们会尽量给你解决的。

我想见见那位名叫柳艳的姑娘，可以吗？彭英用恳求的语气说。

指导员愣了愣，说好吧，那就见见吧。

柳艳来了，看见彭英脸色唰的一下苍白如纸，人也不由得颤抖起来。

彭英大步上前，抓住柳艳的手，慈祥地说，姑娘，我是荆鹏的母亲，你不要紧张，也不要顾虑，我就是想看看你。说着，情不自禁地把柳艳搂在怀里，好一会儿，强行控制住情绪，勉强笑了笑，用更加慈祥的沙哑的声音说，姑娘，昨天晚上我看我儿子荆鹏留下的日记了，里面出现最多的就是你的名字，写的最多得也是你，他爱你，他深深地爱着你，你们同学的时候就爱……

狠狠咬着嘴唇，手指捏得嘎巴作响的柳艳听到这儿，再也控制不住，先是眼红身颤，继而哽咽抽泣，接着就情不自禁地扑向彭英，吊在她的脖子上，放声大哭起来。

彭英拿出手绢给柳艳擦泪，说快别哭了，这么好看的姑娘，可不应该哭鼻子。说着，她的精神突然矍铄，两只红肿的眼睛亮光闪闪，说好了，不哭了，咱们说点儿别的好嘛……知道不，我可是当兵出身……咋，荆鹏没给你说过吗？给你说吧，我参加革命那会儿比你可是小多了，不到 16 岁，就在沂蒙山跟着队伍打游击了，17 岁入党，19 岁当妇联主任，20 岁当区妇联主任。1948 年深秋，我随部队南下，打到长江边上时，怀孕的事儿再也隐瞒不了了。不瞒你说吧，我儿荆鹏是未婚先孕，他爸爸荆勇是有名的攻坚能手，19 岁当连长，用现在的话讲就是战斗英雄。我们是在战地医院认识的，他在那儿疗伤，我带领担架队运送伤员，见面多看了几眼就认识了，总共相处不到两天……他答应我，打过长江，全国解放就结婚。谁知……谁知就单独那么一会儿时间里，老天爷……老天爷竟然就把荆鹏给了我……

那后来呢？完全被吸引的柳艳小心翼翼地问。

后来，后来我就不断收到他从前线寄来的信。再后来，我发现怀孕了，心里矛盾得特别厉害，也很害怕，完全不知道该咋办。当时正是渡江战役前夕，支前的工作千头万绪，所有的干部都夜以继日连轴转，干着干着就睡过去是常有的事儿，那困劲……真是连眼都睁不开啊，没人顾得上个人的事情，尤其像我这样的事儿，那尴尬那悔恨那痛楚，就是现在都不敢想啊……

……怀孕 4 个月的时候，眼看再也瞒不住了，我咬破舌头去找领导，主动说明情况，请求纪律处分。没想到，区委首长知道情况后，不但没处分我，还立刻给我调整工作进行照顾，说革命需要后继有人，养育下一代是我们的责任！说知道嘛彭英同志，发生在你身上的事实，已经充分说明，你嫁给荆勇同志了，你的选择是正确的嘛，手续问题你完全可以通过组织补办嘛！

我那高兴啊，使劲地笑，眼泪哗哗地流，就像吃了仙丹似的，整个人都飘悠起来，兴奋得三天三夜没合眼。

到了49年的4月初，我因过分劳累下肢水肿，完全失去了工作能力，再加上处于待产状态，领导强迫我卧床休息。

我躺了下来，开始不停地给他写信，一天写好几封，但不知什么原因，一封回信都没收到。那心情，别提多苦多痛了，就像在锅里蒸着，还时不时地打恍惚，就像睁着眼睛做梦似的。我是个闲不住的人，知道不能这样躺下去，必须要做力所能及的事儿，就帮着房东媳妇儿白天做干粮，夜里做军鞋。一天傍晚，区委的同志来收军鞋，说让送到队部去，我拿着做好了的十几双鞋子往外走，刚出大门，突然肚子剧疼起来，一阵比一阵猛，我知道要生了，赶紧往回走，没等进屋，羊水就破了⋯⋯

荆鹏出生了。

没几天，消息传来，说是百万大军打过了长江，全国就要解放了。

哎哟，那情景啊，整个村庄都沸腾了，比过大年热闹多了。我激动啊，我抱着孩子激动得就像是完成了一项天大的任务啊。

接下来，我在炕上躺了不到5天，觉着恢复得差不多了，把孩子往背上一背，就又投入到了工作当中。区长视察工作，看到了我背上的孩子很高兴，问我叫啥名？我说还没起名呢，请首长给取一个。他也不客气，说就叫荆鹏吧，既有金鹏展翅的含义，又是父母姓氏的谐音。

说着，彭英从怀里掏出一个渡江战役纪念奖章，递给柳艳说，这是荆鹏百天时，有人从前线回来，特意带给我的，来人是荆勇的部下，我这才知道，荆勇在渡江战役中，立了战功，已经是营长了。

他没忘记我！

他给我带来了一生中最珍贵的唯一的礼物！

到了年底，噩耗传来，荆勇在解放金门的战役中牺牲了，通知说，整个登岛作战的指战员全部壮烈牺牲,无一幸存……

　　……彭英的声音低沉下来,令人心碎地哽咽着,断断续续接着说,多……多少年了,我……我一直在想,我这一生中最大的过失是什么,是和荆勇的相遇吗?不,不是的!我从没后悔过这件事……真的,以前没有后悔过,以后也不后悔!但我的心一直在痛,让我始终心痛和折磨的是,我不知道,他是否收到过我寄给他的信,哪怕一封啊……如果他没有收到过我的信,很可能根本就不知道自己有过一个儿子……这么多年过去了,不知为什么,我总觉着他没死,他还活着,在什么地方艰难地活着,而且……而且没有忘记我,真的……自从知道荆鹏失踪后,我就在梦里梦见他,不断地梦见,清楚极了,好多年,我都没这么清楚地梦到过他了……我在梦里和他说了好多好多的话,说的什么记不清了,只是一个劲地说,后来就拼命地哭,哭着给他说,对不起,我是个糟糕的母亲,我没有把荆鹏照顾好……说着,彭英的泪水汹涌起来,一个劲儿地淌,怎么止都止不住,她边哭边说,我后悔啊,后悔死了啊……当初真的不该叫他到这儿来,他是可以参加正规军的呀……可他中的不知道哪门子邪,就是不听话,非要参加农垦来开荒……开荒就开荒,可我实在不明白,好端端的,咋就失踪了呢?他不是因公意外,不可能当逃兵,也没犯啥大错误,这……这究竟是咋回事呢?……我心疼,我的心疼啊!要是真有那么一天,我和他的父亲在阴间相遇了,他问起我们的儿子来,我……我该怎么给他交代啊?我说我们的儿了犯了错误,像罪犯一样越狱了,逃跑了,失踪了……不……就是死,我也不能这样说!这……这不是真的,我了解他,一定还有我不知道的事情发生过,我……我想要真相,得不到真相,就是死,也闭不上眼睛啊……

　　柳艳哭得泣不成声,现在,她终于明白,荆鹏就是为了追她,才放弃参军,到这么遥远的地方来开荒的……

　　……那么,他逃跑,他失踪的原因究竟是什么呢?

　　彭英抹了一把鼻子眼泪,把柳艳孩子似的抱在怀里,说好姑娘,我告诉你这些,没有别的意思,我只是想让你知道,荆鹏是烈士的后代,是英雄的儿子,你和他恋爱不丢人!

8

彭英走的那天，荒原上沙尘高扬，遮天蔽日，劲猛的朔风，吹得人睁不开眼，张不开嘴，喘不上气。

指导员对彭英说，这儿的气候就是这样，每年一场风，从秋吹过春。

彭英说，这么可怕的沙尘暴，我还是第一次碰上，不是亲眼见到的话，简直不敢想象。要是我儿子还活着的话，还在外面的什么地方挣扎着的话，这么大的风暴，不知道他能不能抗得住。

此言一出，前来相送的人全都垂首默然。

指导员也不自在，磕磕巴巴地说，要不……要不你就再待一两天吧，我叫柳艳陪陪你，可以吗？

彭英急忙摆手，提高嗓门说不用不用，就这已经给组织上添麻烦了，我想马上动身。

指导员说，那好吧，连队的马车已经备好了。

让您费心了，谢谢啦！彭英对指导员深鞠一躬，饱含歉意说，实在对不起，要不是荆鹏的遗物得拿走，我是不需要送的。

说话间，小马车已经赶过来，大家伙儿一拥而上，七手八脚帮着把东西搬到车上。龚键拿来一件雨衣，双手捧着毕恭毕敬叫了声阿姨，说您就把它穿上档档风沙吧。

彭英说不用，你阿姨的身子骨经过的风雨很多很多，谢谢了！说着，像是要证实自己的话语似的，闪开想要搀扶的人，抖擞精神，利索地爬上了马车。

小马车上路了。

龚键、王益胜，还有几个和荆鹏相好的朋友，跟在小马车后面默默相送，他们想用自己的方式，表达一下语言难以表述的伤痛和心情。

彭英喊住小马车，迎着呛口的风沙，大声对他们说，孩子们，留步吧！要是有了荆鹏的消息，不管啥结果，别忘了写封信，告诉我一声……还有，我回去见着你们的亲人，会告诉他们，你们都很好，都很健康，都很想家……你们……你们就放心吧，我没事的……都快回去吧！

彭英说完，忍住心酸，使劲朝赶车的小伙子喊了声走！

小马车就又被沙尘裹着抽着上路了。

大家就那么傻傻地站着。

动感强劲的沙尘一浪高过一浪，眨眼的工夫，晃晃荡荡的小马车和几个相送的人，就都淹没在了蔽日的昏黄里。

突然，彭英发现有人朝着小马车一路追来，边跑边招手，好像还在大声地喊叫着什么，渐渐的，她看清楚了，追上来的是个没戴帽子的姑娘，是柳艳。

小马车再次停下。

柳艳不顾一切爬上车，扑上去抱住彭英，情不自禁喊了声妈，俩人紧紧相搂，抱头痛哭，哭得天旋地转，沙尘暴都偃旗息鼓，没了声响。

哭够了，分别的时候也就到了。

柳艳说，能把他的日记送我一本吗？

彭英说，当然可以，这些日记就是写给你的啊！你把它们都拿去吧，给我一本，留个纪念就可以。

两天后，肆虐的沙暴停息了。

喧闹一时的荆鹏事件，也无声无息地过去了。

傍晚，柳艳独自坐在高高的沙山上，打开荆鹏的日记，读着读着鼻子酸楚起来，泪水不停地淌，心窝很是痛苦地扯疼着，她捂着胸口在沙山上躺下来，眼前掠过荆鹏的身影……

……那次，俩人在沙山上也曾躺过，不光躺过，而且将彼此的初吻献给了对方，吻得心荡神驰，魂魄迷乱，幸福得热泪盈眶……

她清楚地记得，第一波热吻的潮汐退却时，他把自己躺成一个大字，对着蓝天梦话似的说，太好了，谢谢你，以后我再也不会心疼了。

她很惊异，说干吗要心疼？

他说不知道，你有过心疼的感觉吗？

没！

我有。

你说的是心脏？

对！

你有心脏病？

他赶紧摇头，说没有，不是心脏病，就是心疼。

不可能！她认真地说，我在医学书上读到过，人的心脏是没有痛觉神经的，根本就不知道疼痛。

他紧张起来，眼睛瞪得溜圆，说不对吧，人的心咋会不知道疼痛呢？

这是科学！她的回答异常坚定。

他的脸烧红起来，支支吾吾地说，不知咋搞的，我的心经常会疼，疼得最厉害的一次，就是咱们出发来这儿的时候，我妈到车站送我，火车快开时，她突然抱住我，直愣愣地盯着我叫了声鹏儿，就什么也说不出来了，只是一个劲地淌眼泪……当时，我的心就像被揪住似的疼痛起来，疼得好厉害。还有，你不理我的时候，或者和别人单独在一起玩笑的时候，我也会心疼，疼得痛苦不堪，折磨极了，有时连觉都睡不着。

柳艳想了想，说照你这么说也有可能的。伤心伤心，为啥要用一个伤字？既然是伤，那就一定会疼会痛，而且这样的疼痛，和心脏病是不一样的。放心吧，我以后永远也不会让你心疼啦！

说着，俩人又疯狂地热吻在一起……

……

那次，荆鹏面色潮红，呼吸急促，冲动得相当厉害……她也很冲动，那是从未有过的来自身体里面的沸腾的潮涌，强烈极了！尤其是荆鹏紧紧抱着她，把她拥倒在热乎乎的沙窝里，在她的身体上轻轻地抚摸、柔柔地亲吻时，她的心神迷离恍惚，膨胀的本能，火焰似的烧灼着她，熔化着她……

……就在她失去自控，渴望他更进一步动作时，突然，她看到了盘旋在头顶的一只巨大的鹰，连鹰的爪子、弯曲的长嘴都看得清清楚楚，猛一激灵，她一个鹞子翻身，将他掀在一边……待他反应过来，她已经打着滚儿，大声笑着，从沙包上滑溜了下去……

要是没有那只神秘的鹰，或者她稍稍迟疑一点儿，现在的后果难以想象，没准就像彭英当年那样，神差鬼使间，就已经怀上了他的孩子……

她不敢想象下去。

其实，接下来发生的事情是有预兆的。

那天，俩人激情爆发前，曾并肩站在美丽的夕阳里，观赏那些由巨大的沙包和沙山形成的奇观。视野里，无穷无尽的死寂的沙浪，在血红的霞光里起起伏伏绵延而去，壮观极了，震撼极了。

荆鹏说，这上面我来过几次了，我在最高的沙山上，数过这些大沙包。

她兴奋地问，数了多少座？

288座！

真的呀？

当然，不信你数。

她就开始数，空透的视野里，光线柔和，色彩鲜艳，很容易就数到了一百多，可再往下数，就困难起来，远处的沙包不光形状朦胧，而且动感十足，像是浮在海面上，蜃景似的，不要说数出来，看着都眼花！

可他非说是288座！

288就288吧，反正她是不数了。

他问她这些沙包像什么？

像什么，什么都不像！

他说你再看看。

她说看不出来，你说到底像什么？

像坟墓，像坟滩，咋看咋像。

她吃了一惊，再看，那些沉寂在夕阳里的连绵不绝的大沙包，还真像是层层叠叠诡异莫测的乱坟滩……

……

柳艳从回忆中回过神来，天空变成深蓝色，愈加白净的云絮静静漂浮着幻动着。远处的大沙包，已从橙红化为暗影，黑乎乎的一座连着一座，与天际的云层融为一体，风动声来，氛围渐渐阴森。

她站起来，再次扯动的心痛里，一个念头闪电般的冒出来，他该不会往这死寂的沙海里跑吧？

不，不会的，再傻的人也不会！

那他究竟跑到哪里去了呢？

柳艳这样想着的时候，有个人从沙包底下爬上来，亮着嗓子使劲叫了声她的名字。

副连长肖明亲自来找她了。

9

年底到了，"文革"的潮涌如火如荼，一浪猛过一浪，打倒刘邓陶，大检阅，大串联，大革命，暴风骤雨席卷了生活的角角落落。

军垦系统自然也不例外，以往规律、宁静的准部队生活，一时间全都乱了套。到处都在誓死捍卫，革命到底！

人人激情澎湃！

人人热血沸腾！

人人摩拳擦掌！

就连荒原上的沙砾都在蠢蠢欲动。

这样的形势下，别说不久前的荆鹏事件，连农场的头等大事垦荒生产，一夜之间也都成了陈年往事。

只有柳艳觉着荆鹏没死，一个那样鲜活、那样年轻的生命，不可能就这么无声无息地消失掉。她想见他，哪怕在梦里相见也可以。她一定要亲口问问他，事情的真相到底是怎样的，他为什么要逃跑，到底去了哪里，为什么要把发生在俩人之间的那样私密的事情说出去？

她不要疑问，她不要心疼，她不要困惑！

一天夜里，柳艳给两个重感冒患者打完吊针，筋疲力尽回到医务室，熄灯号响了，就要熄灯了，她赶紧收拾好东西，正要回宿舍，副连长肖明推门进来。

肖明说，柳艳同志，请稍等几分钟，有点事儿要和你谈谈。

柳艳把肖明让到屋里，请他坐在办公桌前的椅子上，自己拘谨地站在一边洗耳恭听。

肖明说，看你紧张的，这么好看的脸蛋，微笑起来多漂亮啊！

柳艳脸红了，手足无措，眼睛都不知道该往哪儿看，这么晚了，副连长过来，该不会就为这几句话吧。

我来，是有个好消息要告诉你。肖明踌躇满志地说，柳艳同志，不瞒你说吧，我就要调到工程团负责宣教工作了。一年以后，就会调到师部。

柳艳傻傻地看着他，不明白他的工作调动与自己有什么关系。

肖明仔细观察她的反应，突然下定决心似的语气一转说，柳艳同志，我今天之所以来找你，是想告诉你，我……我非常喜欢你！

柳艳以为听错了，忽闪着大眼睛，愕然不已。

肖明话口一开，完全放松下来，嘿嘿两声接着说，其实……其实我之所以从营部下连队，就是为了你！真的，你可能忘了，大半年前，你到营部领药品，我一眼就看上了你，你不仅非常漂亮，而且精神饱满，特别能够打动人。记得不，那天上午，你往马车上搬葡萄糖，一不留神，药箱掉到地上，当场摔碎了4瓶药。

柳艳的脸顿时烧红，她当然记得，摔碎4瓶500毫升的葡萄糖注射液，无异于闯大祸，是要追究责任写检讨的，幸亏有位营部的干事过来帮忙说话，才按自然损耗处理，避免了一次麻烦。当时因为紧张，她压根没想记住人家，事后也就回味了一下，很快就忘得干干净净。怎么也没想到，那位帮过忙的干事，竟然就是眼前的副连长肖明。想到这儿，定睛再看，留存在记忆里的影像顿时鲜活，再联想到肖明见到她时的种种表现，她不能不茅塞顿开。

肖明很满意预期的效果，思维心窍全都灵动起来，魅力十足地说，柳艳同志，我们是为了共同的革命目标，走到一起来的。在这雪域高原，为了远大的革命理想，我们一起同甘共苦建边疆，战天斗地炼红心！

柳艳害怕了，本能地朝后退，不知道该怎么办。

肖明则越说越激动，他一把抓住柳艳的手，呼吸急促地说，请你相信我，相信我发自内心的真挚感情！你听我说，你一定要听我说，我可以负责任地告诉你，我的父亲是军级干部，他说了，只要经过基层的锻炼和考验，我就可以名正言顺地调到师部去任职……给你明说了吧，咱们师部的政治部王主任曾是我爸的老部下，调个工作升个职，就是一句话的事！现在你明白了吧……我的意思是，我喜欢你！只要咱俩确定恋爱关系，我保证半年内把你调到师部医院。到了那儿，不仅可以改善工作环境和生活条件，还可以充分施展自己的聪明才智，为革命做出更大贡献！

柳艳脸色苍白，使劲摇头。

怎么，你不会不愿意吧？略显意外的肖明咬着牙根疑惑地问。

发懵的柳艳清醒过来，意识到了处境的危险，她拼命挣脱肖明的手，扑向房门……

但已经晚了，车到悬崖的肖明，被她的反抗激得心血沸腾，征服的欲望烈火般地升腾着，只见他臂弯抖动，一只手掐腰一搂，将她揽入怀里，紧接着，身子一蹲，另一只手揽住她的腿弯，猛然发力，将她抱了起来。

就在这时，电灯灭了，全连已经熄灯休息。

柳艳拼命挣扎着喊叫起来，但不等她尖厉的嗓音冲出喉头，就被肖明捂着嘴巴，放倒在墙边的检查床上。

肖明死死压住她，胡茬坚硬的腮帮子蹭紧她的脸，在她耳边低沉而又强硬地说，别动，要是喊叫出来，对你没有任何好处，不等天亮你就会成为女兵中的败类！不信试试，他们会像揪斗破鞋一样揪斗你！那样的场面我见过，跟地狱没啥两样……我知道，你心里还在想荆鹏，我劝你认清形势……实话告诉你，我们已经调查了他的家庭历史，他是个私生子，家庭背景很复杂的！他的行为，完全可以说是畏罪潜逃。你是聪明人，利害关系应该知道。再说了，他那样卑鄙那样无耻地败坏你，你就真的能够原谅他？……好了，没事了，这儿就咱们两个人，放松点儿，听我说，我绝对不会伤害你！我爱你，我已经被你折磨得发疯了……现在好了，你已经是我的人了，放心，我保证和你结婚，一定让你幸福！

肖明说着的时候，一只手铁钳似的牢牢攥着她的两只手的手腕处，另一只手伸进她的衣服，解开了她的裤带……

被压得近乎窒息，动弹不得的柳艳，到了这会儿，只是沙哑绝望地喊了声，不，不要啊！就心急气短，没了声响……随着他的手更深地插向她的下体，她紧绷着的身体被电击了似的颤了几颤，麻酥酥地瘫软开来……

4个月后，柳艳调到了师部医院。

调令是肖明直接拿来的，他得意扬扬地说，咋样啊，我可是说话算话，院长说了，你去直接从事临床内科。

表情淡然的柳艳说，开玩笑，我只是个普普通通的连队卫生员，怎么可能到大医院里直接干临床！

肖明笑笑，说那有啥呀，政治部的王叔叔已经给院长说好了，你一报名，医院就会安排你进修学习。

又过了几个月，调回师政治部任干事的肖明，和柳艳在一间15平米的单身宿舍里举办了朴素的革命婚礼。

新婚之夜，多喝了几杯的肖明，搂着柳艳情不自禁长叹道，你知道我追你追得多苦不？不，你不知道，你绝对不会知道！

柳艳惊讶地说，你追过我吗？

当然了，咱们第一次在医务室的情景，你难道忘记了吗？

柳艳的心骤然抽搐，那是强奸，是她永远的伤痛和耻辱！

肖明说，我第一眼看到你，就知道肯定会有这一天！我一定要把你搞到手，谁也别想和我争！苍天不负有心人啊，你终于真正是我老婆了。

柳艳哭了，泪水哗哗地淌，她使劲儿咬着嘴唇不出声，咬得满嘴血腥，就是不说话，一声都不吭。

10

　　40 年后，9 月里的第一个星期的第一天，定居上海的柳艳青天白日在 30 层的阳台上做了一个梦，梦见漫天都是柳絮状的云团，冷风吹来，残霞血红，空透的光线下，40 年前高原上的那些个大沙包，全都成了排列整齐的坟包子，壮观极了。还清清楚楚看见了墓碑。她想看看墓碑上的字儿，但总是模模糊糊，要么就残缺不全，怎么看都不完整。突然，尘沙扬起，一条灰黄色的风柱从天而降，苍茫的视野里，一座高大的坟茔拔地而起……

　　醒来时，她浑身汗透，气喘吁吁。

　　窗外，高耸林立的楼群上空，一架大型客机正在掠过。

　　中午，她家座机响了，话筒里的声音苍老陌生。

　　请问，是柳艳家吗？

　　她说是的，请问你是谁？

　　我是彭英，荆鹏的母亲……喂……你是柳艳吗，还能……还能记得我吗？荆鹏出事后，我到你们连队去过，你还记得荆鹏的那些日记吗？……

　　……

　　柳艳一阵颤抖，眼前昏花，两腿发软，这么多年了，对她来说，时过境迁，伤痛的往事早已尘封。可话筒里的声音还在继续……说你还好吧，我想了好多好多办法，走了很多很多地方，好不容易才打听到你的电话，这么多年过去了，我都奔 90 的人了……你还记得吗？我曾告诉过你的，荆鹏是烈士的后代，是英雄的儿子，和他恋爱不丢人！……

柳艳当然记得，但她更想知道到底发生了什么事儿。

直觉里，一定有重大的事情发生！否则的话，像彭英这样的人，绝不可能找她。她耐心地听着，可电话那边的话音没有了，传来的是隐隐的叹息和压抑的抽泣……好一会儿，那苍老陌生的声音又出现了，说孩子，对不起，请原谅，我给你打电话，是要告诉你个好消息，铁树开花水倒流啊，荆鹏的父亲没有死，他回来了，从台湾回来找我来了呀！……是的，他活着，当年金门战役中，他没有战死，是被俘……他……他读了荆鹏的日记，萌发了一个强烈的愿望，想要见你一面，还想到儿子失踪了的那片土地上去看一看……喂，你在听吗？……

是夜，柳艳躺在床上翻来覆去睡不着，就把保存下来的荆鹏的日记翻出来，读了没两页，泪水一个劲地淌，早已不再激动的心就又翻腾起来……

……

6 年前，从正厅级岗位上退下来的肖明，因心血管病去世。

临死时，他对陪同的柳艳说，我要死了……人总是要死的，没……没什么可怕，唯一让我含恨的是，你……你一辈子没爱过我……我……我得到了你处女的身体……可……可从没得到过你的心……是这样的吧？你……你不要否认，我知道……我就要死了，有些事不能再瞒你了，实话告诉你吧……荆鹏并没有出卖过你，他……他宁死不屈，什么都没说……我告诉你的那些事儿，是……是我用望远镜看到的……那天，你俩在沙山上的情景，我……我都看到了……我……我把看到的情景，分别……分别用相同的形式，告诉了你们俩……

……

柳艳惊得目瞪口呆，简直就是晴天霹雳啊！

肖明的泪水冒出来，断断续续地说，我很卑鄙、很无耻、很肮脏是吧……可我爱你，我的本意……只是将你俩拆散，没想让他死……

你怎么知道他死了？震撼不已的柳艳追问道。

肖明松弛身体，肚子里呼呼噜噜响了一阵，用尽最后的力气说，我知道……他……他肯定死了……而且……而且就在那片大沙包里的某个地方……我……我在梦里见到过……求你了……不……不要恨我……我……我已经……已经得到报应了……

柳艳陪同彭英和荆勇，回到了阔别 30 多年的农场。

埋葬着她青春的老营地，早已成了残破的废墟。那些在沙荒地上开垦出来的农田，也已退农还草。周围的村庄迁徙了。方圆数百里的荒漠上，成片的红柳棵子以及茂密的骆驼刺、梭梭草，在一股股神秘的灰黄色的旋风里，呼呼地瑟缩着，偶尔有清脆的鸟叫声划破天地的寂静。

一位娶了当地媳妇，不得不扎根高原的老农垦，给他们当向导。

当爬上一座高大的沙山，举目远眺时，老农垦感慨地说，这些年总有人不远千里来怀旧，他们忘不了当年的岁月和生活，那时的条件是那样的艰苦，而我们是多么年轻多么单纯啊！除了一颗红心，一腔热血，几乎什么都没有，什么都不懂。说着，他很是伤感很是悲切地说，前些日子，我和几个老乡到这儿挖过肉苁蓉，你们大概不知道，这几年肉苁蓉价格猛涨，市场价很贵的。结果累了一天，苁蓉没挖着，却在前面的一座沙山下，挖出个死人来。

此话一出，彭英、荆勇面面相觑，惊讶不已。

老农垦则乐呵呵地卖弄说，当时只看到了露出沙子的军用皮带，压根没想到是个人，结果往外一拽，拉出几根死人骨头来，真吓人啊！衣服上看，像是咱农垦的人。

柳艳顿时嘴唇打战，脸色苍白。

老农垦带着几个人在连绵的沙包中，相互搀扶着，走了大约一个多小时，找到了那具露出黄沙的尸骨。

瓦蓝色的天幕下，风化了的骨架相当完整，白森森的骷髅上残留的头发清晰可见，朽烂的衣服已经灰白，只有军用胶鞋看上去依旧完好。

柳艳蹲下来，从骷髅上捏起一撮 3 寸左右的乌黑的头发，细细看了看，而后拾起那根有着方头铁扣的军用皮带，轻轻搓去尘土，两个刻在扣面背后的字清晰地显露了出来——

——荆鹏……

……是他，真的是他！

柳艳无力地叫了一声，瘫软在彭英的怀里。

这时，一直不声不响的荆勇，艰难地蹲下身子，拾起那具白森森的骷髅。他把骷髅捧在手里，转着圈儿看了看，后脑下方一个醒目的黑洞，刺入他的眼帘。猛然看见，也就头盖骨上有一窟窿罢了，普通人不会在意。可对枪林弹雨里活下来的老军人荆勇来说，就不一样，首先想到的是枪眼。

一个失踪的人，一个失踪的农垦战士的颅骨上，怎么会有一个确凿无疑的枪眼呢？

荆勇站起来，捧着骷髅，对着白花花的阳光更加仔细地观看——

——没错，绝对是弹孔，是 7 点 62 毫米口径的步枪打的！

他深深吸了口气，把小拇指伸进弹孔里转了几圈，眼前猛然一黑，双膝酸软，扑通一声跪了下去，紧接着，异常凄楚的心强烈扯痛，鼻子一抽搭，雪白的头发被风拂起，泪水泉眼似的翻涌着……

儿子荆鹏，竟然是被人用枪打死的！

11

柳艳等人带着荆鹏的遗骨从沙山里出来时，谜一般的静穆里，西边的天际曛暗苍凉，那些在沙地里游走着的低矮的灰旋风，赶集似的，一个连着一个，卷起柱状的黄沙，飕飕飚飚，掠过幽怨的旷野。

彭英望了望阴霾的苍穹，又望了望那些低矮强劲、诡谲莫测的灰旋风，对柳艳说，小时候奶奶总给我说，看见矮旋风一定要跑，她还教我一首歌谣，是这样唱的——

旋风旋风你是鬼，
三把镰刀砍你的腿！

原载《长城》2013 年第 4 期

牌和一张

1

检察官刚鹏在还差一天四十岁时，因身体原因告别公职。不知不觉七个年头过去了，他成了一家干洗店的小老板。平时老婆上班他开店，言语不多，为人低调，不抽烟、不沾酒。没事的时候，喜欢在家捣鼓美食，要么到广场的棋摊上凑凑热闹，偶尔会跟旅游团外出转转，或者独自爬山散心。周围没人知道他的过去。一些亲朋好友提起来，也只知道他的身上有过奇迹，是个死里逃生的人，至于到底咋回事，没人说得清楚，也没人刻意打问，毕竟那都是过去的事了。

十月长假的最后一天，刚鹏的侄儿刚子带着女友兰妮来看叔叔，在品尝了叔叔亲手烹制的麻辣美味后，借着酒劲儿给叔叔婶婶还有在当地上大学的堂弟刚旺旺，讲他和兰妮两天前遇到的奇事，说白羊岭上的大鸟会说人话，比一流马戏团的节目精彩多了，奇妙至极。刚旺旺眼睛马上亮了，说我同学也碰上过，还拍了照，那大鸟超智慧，说话发音清楚、词汇丰富、开口就是一长串，有英语有汉语，像是来自外星球。说着，掏出手机，打开微信，翻出一张照片，说是不是这个大黑鸟啊？兰妮马上抢过手机尖叫起来，没错，就是这个丑家伙。刚旺旺不无羡慕地说，你们够福气的，上山就碰着了，我几个同学专门拿着摄像机和录音器材想拍它，连着上了三次山，每次都找几小时，愣是没找到，以为是有人故意瞎掰烂扯玩忽悠，没想到是真的。对了，听说那上面还有不少诡异的事，你们碰上了没？兰妮说，不光诡异，能吓死人呢……话一出口，觉着一股异样的近乎能量的东西直扑面门，顺势一看，正与刚鹏的目光碰在一起，亮晃晃的，吓得她赶紧缩头伸舌。她知道，餐桌上当着长辈的面，不该口无遮拦。

刚鹏和善地笑了，要过手机，看了看屏上的大鸟。

平时孩子们聊天，他要么去遛弯，要么去他的干洗店里看电视，年轻人的话题很少参与。可这次，听孩子们聊白羊岭，他的反应不光过于专注，而且近乎失态。白羊岭是他心结上的疙瘩，只要提起，他的迷走神经都会强烈刺激。

你们是徒步爬上去的吗？他感兴趣地问。

对啊，我们是从南面的陡坡爬上去的。

那是条近路，到了半山腰坡度肯定超过七十度，几条曲里拐弯的羊肠小道相当难走，从上往下看很像人腿上裸露的筋脉，拍成照片很有味道。

兰妮一听这话，高兴起来，说叔叔也上过白羊岭？

刚鹏说当然上过，前些年，我每年都要上几次，还经历过奇遇呢！那是九月份的事，我上到半山腰，沿着白花花的羊肠小道登上那段最陡的沙土崖时，发现周围的蝗虫越来越多，狭窄的路径上，低矮的杂草里，硌脚的乱石间，以及陡峭的崖壁上，到处都是大大小小密密麻麻的蝗虫，而且全都竞赛似的高跳远蹦，越是向上量越大，每脚下去，都能踩死几个，还直往人的脸上扑腾，似乎露肉的地方，它们都感兴趣，都想在上面啃上一口。我伸手抓了一把，竟然抓住了两个，用力一捏，脏汁满掌，空气里弥漫着冷血脏器的腥味儿，很是呛鼻，很是瘆人。

兰妮好奇，说干阳坡上草木稀少，又没粮食，咋会闹蝗灾啊？

刚鹏说不是蝗灾，是山上的蝗虫临时聚会，来挡我的道。

兰妮更好奇了，说为啥要挡你的道？

刚鹏说我不知道，白羊岭不好攀爬，往来的人少，可能有啥诡怪的东西不欢迎我，派蝗虫来赶我下山。

一听这话，刚子和兰妮的脸色就都变了，尤其兰妮，想起前天的遭遇，她的头皮有些发乍，浑身直起鸡皮疙瘩，为了掩饰，说后来呢，那些蝗虫怎么样了？

后来嘛，强劲的山风说来就来，呼啸的风中，不计其数的蝗虫，呼呼啦啦漫过陡立的山坡，眨眼间消失得无影无踪。

有地震发生吗？兰妮怯生生地问。

没有，阵风过后，云气没了，天特蓝，给人的感觉像是梦。

再后来呢？

再后来，我就爬到了山顶。不过，我在山上从没遇上过会说人话的鸟儿。

真的有哦！兰妮较真道。

我知道，你们所说的大鸟是鹩哥。照片上看，这是一只上了岁数的鹩哥，羽毛蓬乱，没有光泽，生存状态显然很糟，看上去的确很丑。其实，健康的鹩哥不光聪明，也很漂亮。

叔叔养过鹩哥？

没有，我见别人养过，是从泰国买来的名贵品种，在香港受过特训，会唱京剧，会喊口号，会背唐诗，还会和人对话！

哇，好奇葩呀！兰妮惊叫起来，可是叔叔，白羊岭上的是野生鹩哥呀，野生鹩哥怎么会说人话？是谁教给它们的？

它不是野生的！

是野生的！兰妮又较真道，我们看到的是两只，它们在白羊岭上无拘无束自由自在，一会儿飞到废墟上，一会儿落到丛林里。

没错，它们现在的确是野生状态，这是因为它们的主人抛弃了它们。

兰妮不由得一愣，他不明白叔叔怎么对白羊岭上的鹩哥知道得这么清楚。

像是知道兰妮的心思，刚鹏意味深长地说，荒凉的废墟里总有故事，就像深宅老院里总有传说。说着，目光一转和蔼地对刚子说，给叔说说，到底咋回事儿，你俩为什么去白羊岭，还遇上什么好玩的事了？

2

刚子和兰妮相爱两年多了。

本来两人早就计划好，夏日到来的时候，去兰妮老家，一个美丽的海边渔村度蜜月，糟糕的是，三周前刚子丢了饭碗。

他因接受暗访记者的采访，被公司解聘，从干了 6 年的岗位上被人赶走了。

没了工作，也就没了收入，单是残酷的房贷就压得他骨断筋折。好在兰妮理解体贴，好言宽慰，温情有加，才使他顶住了打击。

但蜜月的事儿只好顺延，他不想在失业的时候结婚。

购房的首付和装修款是父母给的，家具是父母买的，他不能因为自己的原因再向父母开口了。眼下找份工作并不难，但要找到专业、收入、前景都能满意的岗位，就不是件容易的事。十来天里，他晚上上网白天颠簸，门里门外楼上楼下，几乎跑遍了可能的角角落落，连下辈子的嘴皮子都要磨光了，除了失落还是失落。痛定思痛，他感慨多多，如果他稍微谨慎点儿，嘴巴闭紧点儿，或者知趣点儿，碍人手脚惹人讨厌的事情就不会发生，那么解聘的灾难也就可以避免，没准下一任的部门主管就是他。

但他并不后悔，如果还在岗位上，有记者再来采访，他还是要把公司在药品原料中以次充优假冒伪劣的事实说出来。他说真话，被人出卖，虽然看上去很傻，代价很惨，但他义无反顾。从小到大，身为文化馆馆长的父亲，对他教育最成功的一点，就是绝不说谎。

这与他小时候一次刻骨铭心的经历有关。

那年他刚满7岁，跟随父亲到乡下的爷爷家里度暑假，处于好奇的缘故，他把爷爷祖传的一个翡翠雕镂的鼻烟壶偷了出来，和几个小伙伴换了一堆雪糕、糖果、炸薯条之类的东西，躲到村后的果园里吃了个痛快。几天后，爷爷发现宝贝没了，问他见了没？看着急疯了的爷爷，他心里害怕，虽然眼神早就暴露了一切，但就是一口咬定不知道。脸色铁青的父亲啥话没说，把他领到山下的林子里，威逼之下问清事情的经过后，捆住手脚，扒掉裤子，折了根拇指粗细的藤条，在他的屁股蛋子上一顿猛抽，抽得他皮开肉绽差点儿背过气去。回家上了七八天的药，还疼得不敢坐凳子。为此，全家哭天喊地乱了套，爷爷给了父亲一巴掌不说，还犯了高血压。母亲更激烈，坚决要离婚，就差那么一点点就把恶魔男人告上了法庭。从那以后，他再也没吃过雪糕、薯条之类的东西，他恨死了父亲，很长一段时间，连话都很少和他说，也就从那之后，他再也没说过一句谎。

当然，遇事不说谎，并不等于凡事必须说实话，或者全部说实话。这原则他是知道的，面对记者的暗访，他可以拒绝，可以保持沉默，也可以采取其他方式达到目的，可他最终还是选择了实话实说。

他被解聘后，不少朋友都觉着太不公平，兰妮更是愤怒，帮他联系媒体发声，还拉他到法律援助中心请求维权，甚至发帖呼唤正义。

但都没用，现在的企业，无论大小，解聘员工太简单了，随便一个理由你就得走人，何况解聘他的公司实力超强，解聘他的理由有数条之多，每条都与暗访事件没有关系，人家早把可能的因素想到了。

事实上，事件发生后，等他反应过来，那个暗访的记者，已经消失了，他不仅没把那篇所谓很有道义、很有分量的报道发表出来，还蒸发了似的，一点儿声息都没留下。照他事后的分析来看，很可能是让人摆平了，没准正在写一篇为公司歌功颂德的报告文学呢。

他的心里憋着恶气，就想到户外走走。

兰妮说，咱们上白羊岭吧，那是散心的好地方，可以洗洗雾霾污染的肺，没准还能拍上好照片呢。

白羊岭海拔 3700 米，距离繁华闹市约 10 公里，山顶空气清爽，草木葱茏，环境清幽。十年前，政府某部门与当地民营企业共同投巨资在山顶修建规模可观的欧式艺术公园。公园主体工程已经完成，放眼望去，园子里视线开阔、景物错落有致，异域风情极其浓郁，从古罗马的经典建筑，到古希腊的神话浮雕，从拉斐尔的瓷板绘画、米开朗琪罗的雕塑，到哥特式的尖顶城堡，以及造型各异的回廊、拱门、园林、喷泉，应有尽有。令人不解的是，偌大一座公园，在尚未竣工时，便悄无声息地废弃了。据说是由于资金短缺造成的。也有传闻说，是由于政府部门和民营开发商产生矛盾造成的。还有人说，白羊岭海拔太高氧气稀薄，基础设施不到位，上山的公路还遭到过大面积滑坡的破坏，公园就算能建成，服务肯定上不去，除了赔钱还是赔钱，不如趁早刹车。总之，轰轰烈烈的白羊岭，在它最令人期待的时候，突然就在莫名的神秘里不可思议地废弃了。

刚子和兰妮到达山顶，累得眼冒金星，喘过气来看看时间，正好用了 5 小时。

僻静的山顶没有人烟，临近正午的太阳，火辣辣地照耀着那些来自欧洲灵感的尖顶建筑和艺术造型。树荫里的绿地荒草萋萋。毫无光泽的甬道，均匀地附着一层膜状的尘灰。蓝莹莹的天幕上，漂亮的长云裙带似的浮游着，幻化着。静谧笼罩着天地。

兰妮吸着新鲜空气，极目眺望后，让刚子帮她解开文胸，她想散散烦人的汗气。刚子照办，掀起她的上衣，让白嫩的皮肤迎着清凉的微风，充分暴露在明媚的阳光里。兰妮开心地笑着，说你不怕别人看见呀？他说看给谁看，这儿除了太阳，连猫狗都稀罕。兰妮扑上去，吊在他的脖子上，俩人搂抱着一阵缠绵，就都趴在了草地上。

刚子说，你看山下——

——顺着刚子的目光望下去，视野里的城市像是浸在雾状的大海里，浓重的尘霾，巨浪似的，凝固在黏稠浑浊的山谷中，不要说几十层的大厦，就连二百多米高的地标塔都不见了踪影。

我们就生活在那毒烟里！兰妮恐惧地叫道。

是啊，所以这里差点儿变成大人物们的行宫。

你说的大人物都是谁？

刚子眯起眼睛，望着几百码外红顶白墙的城堡说，能住在那里面度周末的人，除了有钱的，你说还能是谁！

那我们也是人物了？

至少今晚是。

刚子说着，拉起兰妮，穿过一片曾经修剪过的茂密的菩提树，来到一个不知被什么人当作神龛的高大的石碑前。石碑上没有神像，也没有文字，但缠满了哈达，一座生铁铸就的香炉，嵌入石碑前的石板上，锈迹斑驳，看上去已经很久没有使用过了。几条残破的经幡，缠挂在临近的树枝上，颜色基本褪尽，时隐时现的经文依稀可辨。俩人围着壁碑转了一圈儿。就在这时，一只黄嘴黄耳浑身乌黑羽毛刺棱的大鸟不声不响飞过来，落在两人面前的石碑上，抖动翅膀，女人似的尖声叫道：

买票！

买票！

俩人吓了一跳，四处瞅瞅，风轻云淡，周遭空旷，不要说人影，连个活物都不见，难道……难道这人话真是这大鸟儿说的？俩人瞠目结舌，半信半疑地瞅着，谁也不敢确定刚才听到的人话是真还是假。

面对怀疑，大鸟生气了。它跳起落下，使劲展开宽大的翅翼，伸长乌黑曲张的脖子，张开又尖又弯的长喙，瞪圆光气充盈的眼睛，更大声地叫道：

赖皮！

赖皮！

这次俩人全听清了，人话真是这稀罕的鸟儿叫出来的。不光叫得清清楚楚，还异常响亮。猛然听上去，像是口齿伶俐的女人在骂大街。

兰妮乐了，乐得满脸灿烂。

天哪，真是神鸟哦，不光会说人话，还骂人呢！可它好黑好丑哦，比乌鸦都难看！

买票！

买票！

大鸟又不耐烦地叫喊起来。

这次，俩人不仅眼睁睁地看着这黑不溜秋的丑家伙尖声叫喊，还眼睁睁地看着它奓毛拍翅一副坚守岗位怒目而视的怪样子。

刚子赶紧举起相机，不等他摁下快门，又一只同样的大鸟飞来，在空中稍一悬停，嘎嘎地叫着，带着同伴腾空而起，蓝得令人陶醉的天幕下，荡起一串买票买票买票，赖皮赖皮赖皮的回声。

俩人呆呆地望着大鸟消失在一片稠密的林子里。

说来也怪，大鸟一飞走，周围立刻鲜活起来。

先是成群的沙鸡，嘎嘎地叫着，从草丛里奋力跃起，扇动着有力的翅膀，呼呼啦啦掠过灌木，没入山后。接着，就有掌心大小的蝴蝶，在草丛里翩翩起舞。有只灰老鼠干脆蹲在路中间，这家伙个头超大，体态丰满，皮毛光滑，要不是拖着长长的大尾巴，猛然看见肯定以为是小兔子。而且胆子也特大，直到人的脚步离它两三米时，才高昂着脑袋，毫无惧色地晃着肥嘟嘟的身子，四平八稳没入草丛。妻妾成群的雄性野鸡，更是张扬，敢在离人七八米处悠然觅食。而那些浑身乌黑、红嘴红爪的山鸦也从天而降，落在繁茂的树杈上、枝头上，冲着俩人扑棱着翅膀蹦蹦跳跳嘎嘎乱叫，有两只甚至飞到俩人的头顶上方，左突右冲，拼命做出誓死捍卫领地的架势，而后一声怪叫，振翅腾空，渐渐消失在西边的天幕下。

话说到这儿，刚子和兰妮对视一眼，打住话头，似乎是说完了。

但就是这一眼，让刚鹏看透了他俩的心思。

从不沾酒的刚鹏提起酒瓶子，破天荒给自己倒了杯酒，和大家碰了个杯，抿了一小口，饶有兴趣地说，这个故事有意思，我喜欢，很喜欢啊！讲，接着往下讲，越完整越详细越好！

3

刚子和兰妮进入建筑群的核心地带，平阔的视野里，到处都是欧式经典，经典的大拱门，经典的雕塑群，经典的大理石台阶，经典的浮雕长廊，尤其城堡上那些线条明快的尖拱券，造型挺秀的红色尖塔，修长美观的大理石立柱、彩色玻璃和五色琉璃镶嵌的域外花窗，以及栩栩如生的古典雕像，看上去给人以强烈的冲击和感触。

然而，这些城里绝对看不到的景致，就是说不出的别扭和荒凉。

仅仅十来年，钢筋水泥建成的拱门已是破相的老妪，底座周边的地面塌陷、隆起、绽裂，罅隙里茂盛的野草色泽鲜艳，茎叶茁壮；大理石贴面的城堡上、塔楼上，尤其是尖顶上的琉璃瓦已经跌落得差不多了，枯朽的材质尸骨似的戳在黑洞洞的背景上，模样狰狞，不堪入目；高大的罗马式立柱，已然破损，裸露出来的钢筋锈色斑斑，血迹似的洇在朽烂的缝隙间，令人想起恶疠的疮面；破碎的形状各异的玻璃窗上，到处都是尖茬利口，一看就是砖石之类的东西击碎的；合金的窗架不知被什么力量变形扭曲，断肢残臂似的挂在砖混的墙壁上，看着让人不寒而栗，像是画家达利脑袋里的怪物。

兰妮忍不住摸了摸包裹在水泥里的正在腐烂的钢筋，又摸了摸抛光成型的大理石贴面，顺着高大的柱体朝上望了望，心头一阵战栗。

这样华丽宏伟的建筑，咋说烂就烂了呢？

因为没人管理啊！刚子不无可惜地说，要是有人操心有人管，时常修修补补，做点儿维护什么的，肯定不会成这样！就像这柱子上的烂窟窿，弄点儿水泥什么的糊上抹抹光，马上就是另外的样子。

不，我说的是另外一回事儿。兰妮若有所思地说，我的意思是，烂得也太快了吧！大学毕业那年，我爸带我到欧洲，我去过法国、罗马、葡萄牙，还有圣彼得堡，那些城市里到处都是古建筑，全都经历了数百年，照样雄姿依旧，咱们这才十来年就成了这样，咋瞅咋别扭，这工程也太劣质了吧！还有，也不知啥人的主意，把欧洲的艺术精华全都克隆到这扎堆儿，粗制滥造不说，你瞧那大卫的雕像，下肢整个一矬子腿，不知啥人还把人家的命根给敲了，不伦不类的，成何体统，你说缺不缺德啊？

缺不缺德，与咱啥关系。

咋能没关系呢？别忘了，我们的房子可是新装的。

刚子愣了愣，说这与咱的房子有啥关系啊，你不会认为咱们的房子也这么伪劣吧？

兰妮说，那可不一定，你瞧这大理石又光又滑的，只要上面破一个点儿，要不了多久，里面就会发生变化，就像你的脸，动不动就长痘痘，痘痘变疮包，疮包变脓包。

刚子说得了吧，就你爱发现！

本来嘛，太奇怪了，他们当初干吗要在这儿修公园？

刚子说，我哪知道，我都快饿死了。

俩人说着话，在离城堡很近的一栋别墅状的建筑前找了块儿茂密的草地，铺上布单，晒着懒洋洋的太阳，打开食品包，卤肉、果品、糕点、罐头、啤酒、巧克力，应有尽有。俩人正吃喝，兰妮突然听见有动静，抬头一瞅，见一只色泽肮脏、皮毛凌乱、身架硕大的老猫，蹲在一楼的窗台上瞪着亮晶晶的猫眼，不怀好意地望着他俩。

瞧啊，一只大猫！兰妮惊奇地叫道。

刚子看了一眼，知道老猫是食物的味道引来的，他拿起道口烧鸡，三下五除二扒拉下肉，将骨架头脖使劲朝着老猫蹲踞的窗下扔过去。

老猫一声怪叫，眨眼间消失得无影无踪。

兰妮高兴得哈哈大笑，说真有意思，你以为它会领你的情啊，这是野猫，晚上不偷你的包包就是好的。

干吗偷我的包包？

谁让你惹它生气的！兰妮说着，大口地吃着鸡肉，说它的胆子也太小了，那么好的美味赏给它，居然吓得逃之夭夭，太没口福了！哎，你说，这没人烟的山上，咋会有野猫呢？

还用问啊，肯定是人带上来的。

既然能把猫带到这么高的山上，肯定是喜欢，既然喜欢，干吗又要丢弃呢？

我哪知道，没准是鬼。

胡说！

野猫是鬼，这谁都知道！

兰妮紧张了，说刚子你坏，你答应过的，不让我害怕！

你怕什么？

不知道，反正有点儿怕，从小到大就这样，越是神神道道令人害怕的东西越感兴趣，越是感兴趣就越好奇，可就是怕！听到了没，绝对不许让我怕！

当然了，不过……

怎么？

我们得有准备。

准备什么，不会真有怪事儿吧？

这种地方，谁知道呢，好了好了，不说了，来来来，尝尝我舅舅家的腊汁肉！

刚子的舅舅在美食街开着一片腊肉店，专卖正宗的陇西腊肉。为了讨兰妮的喜欢，他到铺子里挑了一块色泽鲜亮，肥瘦适宜，香味扑鼻的腿肉，仔细地片成薄片，夹在特制的烧饼里。他知道，兰妮喜欢这一口。

一阵吃喝后，肚子饱了，累劲儿散了，俩人就都有了慵懒的睡意。大清早起来，坐车到山下，背着户外包一口气爬了几小时的山，到了这会儿，腰腿困乏筋骨酸痛不说，还都眼神涩滞头脑昏沉，哈气连天。尤其兰妮，头往刚子的大腿上一枕，就浑然睡去。

就在这时，刚子发现了情况。

他发现那只色泽肮脏、皮毛凌乱、身架硕大的老猫，不知啥时候又悄无声息地溜了回来，在窗台上鬼头鬼脑张望了一圈，两只后腿猛力一蹬，准确地弹射到了扔给它的鸡骨前，一点儿声音都没有。令人骇然的是，随着老猫的离开，窗台上一下子出现了几只灰不兮兮的大老鼠，像是动漫里的跟踪高手。更为不可思议的是，这些老鼠不但敢跟踪大猫，竟然也像大猫似的，弓腰伸颈毫不犹豫地从窗台上跳将起来，窜向空中，施展身法，或前或后落在老猫周围。正要啃吃鸡骨头的老猫，猛然看到抢食的鼠群，一声尖叫，蹬腿弓背，抖毛竖尾，龇出利齿，朝着一只个头最壮的大鼠扑了上去。大鼠轻灵地一闪，躲开锐利的猫爪，不但不跑，反而毫无怯意地朝着老猫蹦迪似的挑逗起来。老猫怒不可遏，更加凶猛地扑向大鼠。大鼠眼看招架不住，吱吱尖叫，其他老鼠刹那间也都叫唤起来，刺耳的叫声像是统一号令，大鼠们个个奋勇参战，朝着老猫左扑右咬，现场顿时叽叽喳喳扑扑啦啦乱作一团。

看呆了的刚子，不由得倒吸冷气，把兰妮一把拉起。

再看，那几只吓人的大鼠已将老猫团团围住，场面就像一群疯狂的鬣狗抢夺豹子的猎物。

慌张的老猫显然久经沙场，它先是抓住时机，用粗壮的尾巴将一只大鼠狠狠打翻。而后闪电般地回转身子，朝着想要咬它的另一只大鼠扑将过去，一口咬住尾部，虎头一甩，凄厉的惨叫声中血色四溅。紧接着陡然弹起，猛力一窜，两只锐利的前爪已将那只毛色顺亮个头最壮的大鼠牢牢抓住，摁在身下。大鼠拼命反抗，伸颈转头，张大尖嘴咬向老猫的爪子。但不等它咬住，敏捷的老猫已将它的头狠狠摁住。这只显然是鼠王的大鼠，命在须臾，吱吱尖叫。吱吱的尖叫声里，所有的大鼠一拥而上扑向老猫。其中一只腾空而起，扑到老猫背上，狠狠咬住了老猫的耳朵。疼极了的老猫，只得放开身下的鼠王，而后高高跳起，猛扭腰身，将背上的大鼠甩掉。甩是甩掉了，但耳朵已被咬豁，血流满面，狼狈不堪。而大鼠们显然受了鼓舞，一时间群情激昂，斗志倍增，朝着落荒的老猫呼啸而上发起总攻。老猫连滚带叫，几个高难的腾挪大跳后，窜上高墙，仓皇万状地逃走了。

胜利的大鼠们一阵狂欢，不等鼠王下令，一拥而上，扑向香气四溢的鸡架骨，吱吱唧唧咔咔嚓嚓中，一副完整的骨架眨眼间无影无踪。

刚子和兰妮看得惊心动魄，而更加恐怖的情景随之发生，只见意犹未尽的鼠王，突然发出一声刺耳的尖叫，朝着墙根猛扑过去，七八只大鼠紧随其后。

原来，鼠群狂欢进食时，那只被老猫咬掉尾巴的大鼠，似乎预感到了什么，它忍着疼痛，筛糠似的爬向温暖的墙角。到了那儿，就可以从容地躲过鼠群的视线，而后找到一个隐秘的地方休养生息。

不幸的是，就在它即将从鼠群的视线里消失时，鼠王发现了它。

鼠王带着鼠群闪电般扑过去，眨眼间，那只想要逃走的大鼠就被撕咬得肠肚分家七零八落。有两只大鼠为争抢咬下的鼠头，瞪着血红的圆眼，拼命撕咬，直咬得滚作一团血污横淌，还是不肯开交。而战利品却被鼠王理所当然地据为己有。相比之下，个头最小的那只大鼠，不敢前去抢食，倒捡了便宜，叼起那条被老猫咬掉的尾巴贼溜溜蹿进了草丛……

鼠群消散。

蓝汪汪的天幕下，草木葱茏，蜂飞蝶舞，微拂的清风里，温暖的阳光在迷人的宁静中，斜斜地照耀着童话般的城堡，照耀着草丛中姹紫嫣红的花朵，照耀着一群自由飞翔的野鸽……

……

刚子呆呆地望着刚才的战场，呆呆地望着已经开始变色的斑斑血迹，捏紧双拳，真想对着空旷的山顶对着茂盛的草木对着死寂的城堡大吼几声。

但他没吼，他一点儿声气都没吭。他心虚得厉害。他恍惚得厉害。仿佛刚才的一切，都不是真的，是他脑海里的梦魇，是魔幻世界里的一个长镜头，是跳跃在神经上的鬼魅的舞蹈。

他的脖根有些疼痛。

是兰妮抓的，疯狂的鼠群撕裂同类的瞬间，被他紧紧搂在怀里的兰妮，发出一声刺耳的惊叫，痉挛般的挣扎中，坚硬的指甲深深插进了他的皮肉……她吓坏了，怎么也想不到，鼠辈间的杀戮残食竟是如此触目惊心。

太可怕了。

太震撼了。

兰妮从小怕血，奶奶说她有晕血病。第一次犯病是在 5 岁的时候，奶奶带她在滑梯上玩耍，下滑的时候不小心把手掌划破了，看到冒出来的血珠子，她浑身颤抖，张嘴就哭，但哭不出声。奶奶以为是疼坏了，赶紧给她又吹又擦，直到她身子发僵、面色苍白、嘴唇乌青，才发现没气了。危急之中奶奶猛掐她的人中，上唇都掐破了，她才哇的一声哭出声来。9 岁那年，她早上起来觉得鼻孔里难受，手背一抹，一串鲜红的鼻血随手而落，吓得她俩眼一黑拼命嘶叫。父亲听到她的尖叫声，几个大步冲进去，她已经倒在地上人事不省。再就是 12 岁初潮，她明明事先有准备，知道是咋回事，还是吓得两腿发软，坐在卫生间的地板上爬不起来。这种状况，直到上了高中才算有了一定的改善。读大学的时候，在一位心理老师的矫治下，渐渐趋于正常。但仍然见不得血腥场面。直到现在，她还坚决拒绝看战争片，杀鱼买肉那种地方从来不去。

刚子知道兰妮的习性和心理，眼看太阳要落山，就决定把宿营地放在城堡群的楼顶上。之所以这么做，是因为看到了猫鼠大战和鼠类相残的兰妮，神经过度刺激，说啥也不敢在草地上宿营了，宁可冒险下山都可以。他见一座尖顶的塔楼前，有一座三层高的楼顶是平的，楼体嵌有上楼的铁梯，爬上去一看，原来是个方方正正的大平台，上面铺有厚厚的干净的沙砾，居高临下，空气新鲜，干燥整洁，应该是最安全最舒适的地方。

当太阳在西山的云堆里化为深红的橄榄时，刚子在房顶上搭建好了他们夜宿的窝。方位是按照兰妮的意愿选择的，她觉着把帐篷搭在靠墙的一面心里踏实。

夜幕降临。

俩人钻在帐篷里，身体马上瘫软了，困劲儿乏劲儿排山倒海，啥话都不想说，可也睡不着，就那么紧紧地拥搂着。

在这海拔近四千米的地方，大气空透，天空明净，星星、月亮要大得多，漂亮得多，迷人得多。真正是纤尘不染，万籁俱寂。

俩人以前也曾多次野宿过，可都和这次不一样，以往躺倒叽叽喳喳说个不停，从小到大的经历，相互的秘密，等等等等啦，没有不说的，然后就是没完没了地做爱，直到筋疲力尽。可这次就是不一样，怪异的气氛里，四周说不出的诡谲，还莫名的阴冷……

不知过了多久，假寐的兰妮在刚子的臂弯里被什么看不见的东西触动了，她抓着刚子的手臂慢慢转过身子，黑白分明的光影里，一个人形时而清晰时而模糊地出现在她的感知里——

——是女人，又像是男人，雾状的形体轮廓模糊，迈着长腿由远而近，她甚至听到了脚步的声音，一步一步又一步，走得毫不迟疑。兰妮努力想看看他或者是她的脸，但就是看不清楚，也分不出性别，一切都是那样的虚幻、飘忽和刺激，只能深深地深深地嗅着神秘的气息，全神贯注地感知发生的一切，渐渐地，越来越明白的意识告诉她，来的是个死了的人。

意识里的死人并不可怕。

她问你真的死了吗？

来人说是的，死亡是自然的事情，每时每刻都在发生，此时此刻你就在经历。

她说是嘛，这有点儿古怪。她想起有一次在晨光里化妆，突然在眼角发现几道细细的折皱，她喊刚子过来看是不是真的。他躺在被窝里嘟囔了一句什么，不肯起来。她便撅起粉嘟嘟的小嘴，说你要负责啊，这是你弄出来的。边说边把他从被窝揪出来，他笑了，说我真有这本事？她恨恨地说，昨天晚上还没有，这你知道的，可现在有了，是你咋晚上弄出来的，就一夜，你让我老了，一下就老了！别否认，你在我身上留下了可怕的印痕，已经不可逆转地撕裂了我，成了我永远的影子。他有点发呆，因为她说的是真的，昨晚两人在她床上躺下来的时候，天还早，他们不便做那些事儿，只是在灯光下相互细细观看对方，她的肤色细嫩极了，光滑极了，一点儿斑点、一丝皱纹都没有。他奇怪她为什么长得这么完美……但仅仅一夜，她竟然就有了皱纹……见他傻愣，她开心道，不就几道皱纹嘛，我们干吗不纪念一下。说着，系上用丝巾充当的围裙，兴高采烈制作早餐，糟糕的是，她把仅有的两玫鸡蛋不慎碰到了地上，一枚碎得稀烂，而另一枚的蛋清仍紧紧包裹着黄灿灿亮闪闪的完完整整的蛋黄，它们无辜地躺在地板上，像睁着奇怪的大眼睛。他愣了愣，故意玩笑道，你知道的，这是土鸡蛋，土鸡蛋是可以孵小鸡的，你害了两条命。她却笑嘻嘻地说，就算是吧，两条命，代表着我的昨天和现在……

那么死人和活人是否也这样呢？

如果是的话，灵魂也是可以看见的啦?!如果真的能看见，那不就是鬼魂嘛！

恍然间，她似乎看见一团似有似无的东西，在他们的上方扩散开来，很快就将他俩笼罩在雾状的大网里……

天亮了，鸟儿的鸣叫宛如合唱。

兰妮听到刚子喊她，可眼睛涩涩的，后脑沉沉的，有点儿胸闷，还有点儿犯困，像是怎么醒都醒不来的样子，使劲儿一蹬，睁开了眼睛。

刚子正冲她神秘地笑，说昨天晚上我好像听见城堡里敲锣打鼓、唱歌跳舞，还有人不停地吹喇叭，放鞭炮，几乎通宵达旦，热闹极了，你听见了没?

她说没，我咋能听见你梦里的声音?

她说得对，刚子没劲地嘟囔了几句，立刻开始拆卸帐篷，准备回家。

刚子讲到这儿，坦然地望着叔叔，这次像是真的讲完了。

刚鹏端起酒杯又抿了一小口，神采奕奕地盯着侄儿说，故事不错，很吸引人！讲，接着往下讲！后来怎么啦?

刚子不无尴尬地说，没了。

刚鹏饶有深意地点点头，说刚子，叔知道的，你打小就不是吞吞吐吐的人，啥事让你这么害怕?

刚子的脸红了。

刚鹏理解地笑笑，目光一转对兰妮说，妮子，他不想说你说，你俩还遇上啥邪事了，叔爱听！

刚子突然嗓门一高说，叔，你别问了，她不清楚！

刚鹏奇怪地盯着他，说你俩不是在一起的嘛，她怎么会不清楚?

她真的不清楚，好吧，既然叔叔一定要知道，我来告诉你。

4

刚子和兰妮从房顶上下来时，云白风轻，树木翁郁，正在升起的太阳把山顶映照得格外明亮，那些个超大模型似的欧式建筑，全都静静安卧在迷人的画境里。

突然，一阵马达声由远而近，是摩托车，像是停到了城堡的北面，有人来了。准备用酒精炉烧早茶的刚子并不理会，这么早上山来的人十有八九都是些摄影爱好者，人家照人家的像，你烧你的茶，互不相干。可最多两分钟，城堡的后面突然响起宏大刺耳的噪声来，像是铁锤敲击着什么，没完没了，俩人就有些吃惊，就想过去看看，到底咋回事儿。

转过墙角，循声而去，立刻发现了情况。

只见一个模样怪异的老人，骑在城堡二层的拱形窗户上，正在毫无顾忌地挥舞着手里的铁锤，一个刚拆下来的铝窗框，被他扔在草丛里。

猛然看到来人，老人有点儿慌张，但当他看到两人都背着旅行的包包，很快就控制住了不安的情绪，继续挥动榔头，干着手里的活儿。

看明白了的刚子有些生气，这么高这么远的地方，竟然也有人光天化日之下来偷窃，而且明目张胆，毫无顾忌。

喂，你干吗呢？他高声叫道。

老人停下手里挥动的榔头，瞥了他一眼反问道，你们是干吗的?!

你别管我干吗的，我问你干吗呢? 刚子理直气壮。

没看见嘛，取点儿东西。老人警惕而又谨慎地说。

好好的公共财产，你怎么公然破坏?

老人很是诧异地看了看他，像是没听明白，继续干着手里的活儿。

刚子就有些急，嗓门顿时粗猛，喂，说你呢!

老人干脆不理他，压根没看见他们似的，手上的铁锤钳子猛然加力，三下五除二将另一扇窗框拆下，往草窝里一扔，身子一纵跳了下来。

跳下来的老人像是崴了脚，一瘸一拐拎着榔头来到刚子跟前。

刚子这才发现看走了眼，这哪是什么老人，分明是一位五十来岁的壮汉，只是头发白了而已。他的脚并没有崴，是两条腿长短不一。

兰妮害怕了，赶紧挽住刚子的胳膊，使劲儿捅他，叫他千万别惹事。

刚子胸口一阵虚闪，心说是啊，他拆窗框与自己何干，自己是来游山的，干吗没事找事啊……

倒是壮汉没事似的，皮笑肉不笑地说，家里盖了个菌菇房，缺两个通风的窗框，过来取一下，废物利用嘛。你们是干啥的，怎么这么早就上来了?

刚子说，我们昨天就来了，晚上没回去。

壮汉显然吃了一惊，张嘴瞪眼说，你们昨晚住这儿了?

对啊，就在后面那个三层的楼顶上。

壮汉脸色一变，惊讶而又怀疑地说，是那个方楼的上面?

是啊!

就在这时，高大的尖塔上，突然有两只大鸟朝着他们飞过来，到了跟前，悬在空中，亲热地朝着壮汉不断地扑闪着翅膀，大声地说道:

欢迎，欢迎!

早上好，早上好!

壮汉暴口怒骂，滚!

滚!

滚!

两只大鸟学着壮汉的口吻尖声叫喊。

壮汉骂了声杂种，捡起一块卵石，使劲朝着大鸟甩过去。

大鸟被蜂蜇了似的腾空而起，抛下一串刺耳的喊叫声：

杂种！

杂种！

壮汉又骂了句脏口，朝着大鸟消失的方向使劲吐了口痰。

惊讶不已的刚子灵机一动，礼貌地问，师傅，好奇怪啊，这么荒凉的地方，鸟儿咋会说人话呢？

岂止说人话，这老不死的东西……壮汉撂下半截话，掏出烟卷来，点着了使劲朝肺里猛吸几口，过足了瘾，用力将胸腔里的烟雾吹向天空，叹了口气，自言自语似的说，白羊岭啊白羊岭，是只蚂蚁都成精啊！

蚂蚁能成精？刚子不由得追了一句。

壮汉俩眼一瞪，直愣愣地说，当然能，我就见过！有鸡蛋那么大，比屎壳郎还黑，还有黄的，焦黄焦黄，脑袋前面是红的，浑身上下都是脚，嘴里有牙，能把小孩的脚趾头咬掉。

在哪儿，不会就在这里吧？

咋不会，没碰上是你们的运气。

刚子紧盯着汉子，说那大鸟能说人话，是谁教的？这么聪明的鸟儿，干吗把它扔这儿？

壮汉斜乜了他一眼，眼神似乎在说，你咋连这都不知道？

对了，还有一只猫，一只大黄猫！兰妮接着说，昨天傍晚我们看见的，是啥人丢下的？这城堡里住过人吗？是什么人？

壮汉眯着眼睛瞅了瞅他俩，嘬了两口吸剩的烟屁股，神秘兮兮地说，你们的问题太多了，要是没事的话，我劝你们早点下山回家吧。说完，贼兮兮地四处溜了几眼，拎起拆下来的窗框子，捆绑在摩托车上，马达响起，一溜尘烟中，摩托车绕过城堡，很快消失在他们的视野里。

刚子再次爬上那个野宿的房顶，是在早餐之后，吃东西时，他用来切割食物的小刀怎么都找不到了。思来想去，觉着可能是丢在了房顶上，就想爬上去找找。兰妮说算了，丢了就丢了。可他还是固执地爬了上去，那把刀子是他老爸出差时给他买的，不能轻易丢掉。

爬上房顶，寂静的氛围里，明亮的阳光暖暖地照耀着，平整的屋顶上一览无余，除了豆粒大的沙砾，没有任何多余的东西，他转了两圈，就在失望得想要离开时，突然发现离他俩睡觉的地方不到一米的距离，有片怪异的色泽，阳光照射下，相当刺激和诱惑。他很好奇，本能地过去看个究竟，发现被他们蹭开的沙砾下，露出一块儿白乎乎的东西，用脚踩住用力一蹭，白东西上露出一个黑乎乎的窟窿，咋看咋像是骷髅的眼窝子，心里顿时猛一扑腾，用力几脚将原本松散的沙灰踢开，眼前一阵黑眩，心都要破胸而出了……

天哪，真是一块破碎的颅骨！

是男人！男人的头盖骨大多前额后倾，女人的相反。这个骷髅脑门明显后倾，十有八九是男的。他是干吗的？为何死在这儿？是凶杀吗？什么人杀的？杀死之后为何要破碎尸骨？为何藏匿在城堡的房顶上……

刚子，刚子！

兰妮在下面不耐烦地喊叫起来。

他打了个寒噤，回过神来，使劲睁了睁眼，甩了甩头，再次面对骷髅，仔仔细细看了一遍，走到楼檐前，朝她挥了挥手。

你干吗呢？

他努力镇定下来，做了个古怪的样子，没敢大惊小怪，甚至连话都没敢应，要是兰妮知道昨天晚上陪着凶尸睡了一夜，不定会吓成啥样……

刚子从房顶上下来，周围似乎愈加静谧。坐落在城市西山坡上的地标，在尘霾里若隐若现，像海雾里的灯塔。而他的双脚，像是踩在悬浮的雾霾上，轻软，飘忽。莫名的亢奋中，他越过茂密杂乱的草丛，几个大步来到兰妮跟前，想说什么，但傻不兮兮地说不出来，那块残破的骷髅，一直在脑子里闪来晃去，过电影似的……

兰妮不高兴地说，你干吗呢，上去这么老半天？

他还是什么都不说，只是那么呆头呆脑地看着她。

兰妮怪异道，喂，怎么啦，给你说话呢，中邪了呀！

他回过神，歉意地嘿嘿两声，头一低，背起他的大包包抬脚就走。

俩人一前一后走在由人工着色的沙砾铺成的小路上，沙沙的声响里，脚下松软虚空的感觉，以及橙黄的色彩，令刚子心智恍惚，突然间就莫名其妙冒出一句连他自己都吃惊的话来：

要是你不经意间碰见一起可能的谋杀案，会怎么办？

当然是报警啊！兰妮不假思索地说。

要是陈年旧案呢？

兰妮愣了愣，说你到底啥意思啊？

刚子知道自己失常，赶紧说，没什么，瞎想而已。

话说到这，刚子戛然而止，他见叔叔本能地咬着牙齿，大了许多的眼睛里神光逼人。而兰妮的脸色，早已由白变黄由黄变白，没了血色，她战战兢兢地说，刚子，你不会是瞎说吧……咱，咱俩真的和死人睡了一夜？……

5

刚子带着叔叔刚鹏再次来到白羊岭的城堡底下，爬上那个三楼的大平台，不可思议的事情发生了，只见前天发现人颅骨的地方，已经被铲弄得平平整整干干净净，那块嵌在劣质混凝土里的巴掌大的颅骨不翼而飞。

刚子有些傻眼，四处瞅瞅，支吾道，见鬼，真是活见鬼，明明就在这里啊！

刚鹏锐利的眼光紧盯着侄儿，说你没记错地方吧？

没有，绝对没有，就是这儿！

刚鹏仔细观察周围和楼顶后，小心翼翼蹲下来，从工具袋里掏出一个匠人用来抹灰的大号劈刀和毛刷，小心地将沙砾一层层铲剥开来，露出封闭颅骨的混凝土，仔细寻找，什么都没找到。刚子后悔极了，为什么当时不用手机拍张照片呢？实际上，他想到拍照了，由于担心兰妮害怕，没敢拍。刚鹏很耐心，用榔头敲敲打打，反反复复找了一个多小时，还真有成就，不光收获了几块碎骨，还有一颗大牙。刚鹏捏着那颗大牙看了许久。他断定，尸体是被人肢解后在水泥搅拌机里破碎，拌入混凝土的。能把一具尸体在工地上成功破碎，巧妙地搅拌在混凝土里，然后不为人知地封闭在楼顶上，这想法实在够奇特的。能做到这一点的人，不光有着过人的胆量，肯定还有着疯狂的大脑。

一连串问号，伴着强烈的预感，闪电般掠过刚鹏的脑海，七年了，他一直不曾放弃的那个顽强的念头，再次大浪似的翻腾起来，汹涌起来。

但他的神情很淡定，一句多的话没有。

他带着侄儿在白羊岭上转了几个圈子，在那栋楼顶以及周围采集到了不属于刚子和兰妮的新鲜脚印，还在楼顶上找到一个烟头，比对了摩托车来去的痕迹。毫无疑问，昨天晚上，有人骑摩托车来到这儿，趁着月色取走了颅骨。这个人就是刚子他们碰上的那个拆窗框的壮汉，因为两天内白羊岭上出现的四道摩托车轮胎的痕迹完全一样，脚印也一样。

刚鹏一边往高处的楼阁上走，一边往北看！越过白羊岭层层叠叠的树木，可以看到最北边的山顶处，有一个树木环抱的村庄，那是大黑庄。

刚鹏的人生经历中，大黑庄是一个重要的节点。

二十多年前，刚鹏还是圆都县塔布乡派出所的一名民警。一个大清早所长派他去出警，说一个名叫万云的摄影家打来报警电话，他情绪激动，说昨天徒步到大黑庄拍照片，因天晚路远没法下山，住在一个名叫李有禄的老乡家里。之所以住他家，是因为这人养了不少鸟，其中有几只鹦鹉很出色，可以近距离拍特写。结果早上起来，他的摄影包不翼而飞，里面装着价值十多万元的机器设备，还有二十来个待冲的反转胶片，那是他两个多月来在穷乡僻壤跋山涉水拍的好片子，是不可估价的宝贝。问李有禄现在何处，他说不知去向，家里空无一人，他本人现在就在大黑庄。

刚鹏骑着摩托车，经过两个多小时的土路颠簸到了大黑庄，没咋费劲就找到了腿有残疾的李有禄。问东西是不是他拿的？李有禄理直气壮地说，是我拿的，东西在我手上！问他为啥拿人家的东西？李有禄满脸杀气说，我没拿刀捅他就算好的！昨天下午，他到我家来看鸟，拍照片，我叫老婆给他做了擀面条。太阳落山时，我看天晚了没法下山，他又可怜巴巴没处去，就好心让他住到了家里，可这狗日的晚上睡了我媳妇！刚鹏一惊，随之纳闷，是你让他睡你家里的，你又在家，他怎么可能睡你媳妇啊！李有禄的脸由红变白，瞪着冒血的眼睛说，昨天晚上我亲戚家的老母猪下了十来个崽，站不起来了，他知道我懂点儿兽医，叫我去看看，来回也就俩小时，他个挨刀的就把我媳妇给睡了。刚鹏说，你咋知道他睡你媳妇了？李有禄咆哮道，我儿子看见了！刚鹏随即叫来李有禄六七岁的儿子，没等开口问，长得虎头虎脑的小家伙就气哼哼地说，我看见了，他钻我妈的被窝，欺负我妈！问怎么欺负了？说在我妈的身上使劲压！孩童无戏言，一听就是真的。刚鹏心想，这万云真不是东西，人家好心给你吃喝，收留你过夜，你竟干出这样的缺德事，难怪人家要扣你的照相机。接着就去看那女人，当事人的口供是必须要录的。出人意料的是，挨了丈夫暴打的女人死活不说一句话，只是一个劲儿地哭。无奈之下，他只能询问万云。早有准备的万云倒是痛快，说我确实上了她的炕，是她同意的，我付了钱。问他付了多少钱？说100块，但啥事没干，被她儿子给搅了。事情到此，大致算是清楚了。刚鹏问万云打算怎么办？万云说，愿意再出200块，赔礼道歉，要回自己的器材。但李有禄不干，最少要500块，否则不但不还器材，还要到城里去告他。狼狈不堪的万云只能同意，翻遍身上所有的口袋，凑了400块算是了事。

案子处理完了，村书记老刘请刚鹏吃饭。

席间说起李有禄，老刘说，那家人邪得很，爷爷辈上就喜欢捣鼓鸟兽，训练鸟兽，还都懂兽医。这李有禄也算能人，总想往外跑，可惜腿有残疾，是家族遗传，只好待在大黑庄。

提起大黑庄，刚鹏好奇，问庄子为啥要叫大黑庄。

老刘说，庄子历史不长，农业学大寨那会儿，这里长着大片的野生白桦林，还有云杉和落叶松，由于山高路陡很少有人来，野生动物很多，一些人就偷偷摸摸来布沾网、下套子。后来，不知咋叫喜欢打猎的公社书记给知道了，一个冬天下来，林子里的野兔、野鸡就被打杀干净了。没猎可打了的书记随即发现这儿地势相对平坦，林子里的土质肥沃厚实，周边草木茂盛，山崖上还有两个大泉眼，水质甘甜清冽，站在坡顶往南看，通过一道宽阔的沟谷，省城的景象尽收眼底，是一处难得的看风景的好地方。于是，一个奇思妙想就在他的脑海里诞生了，他要组织率领全公社的精壮劳力，拿出一不怕苦二不怕死的革命精神，以英雄的大寨人为榜样，战天斗地，向荒山要粮。

公社书记在向县革委会请示并得到同意后，说干就干。不到三年时间，路修通了，坡上的白桦林也基本上砍完了，只留下了后山的一片原始林。方圆十几里，但凡有灌木和草皮的地方，全都开成了荒坡地。但问题随之而来，这地方远离人烟，上下一趟，即使是最近的大队也得走二十多里山路，实在不便于生活和生产。

但书记有的是办法，在向县革委会请示，并取得同意后，他在全公社的七千多户人中强制分出33户，组成一个生产队，移民到这儿来，这就是现在的大黑庄。为何不叫生产队要叫大黑庄呢？因为分出来的33户人家，包括了全公社的"地主富农坏分子"以及形形色色的"牛鬼蛇神"。

大黑庄名副其实。

然而，塞翁失马，焉知非福，大黑庄虽说地处偏僻，海拔高，气候寒冷，但山高皇帝远，基本上没人管，再加上地多人少，土质肥厚，泉水充盈，种啥成啥。还能养猪养鸡，搞点儿山下想都不敢想的小副业。几十户人家倒也活得滋润。

转眼间，国家拨乱反正，改革开放，土地承包，大黑庄里的"地富反坏右"以及形形色色的"牛鬼蛇神"们，一夜之间大多摘掉了"帽子"，成了和大家一样的正常人。没过几年，庄子里的能人就开始泉水似的往外冒。先是有人利用地多的优势，盖起了塑料大棚，将种植出来的新鲜蔬菜往城里卖。紧接着，有人就在大棚里种植出了更值钱的草莓。有人利用周边无主的荒地，办起了鸡场，养起了细毛羊。还有人办起了食品加工厂。

总之，曾经被批判为资本主义的那些个东西，很短时间内，在这群"牛鬼蛇神"的手里，全都成了红红火火的正当的事业，报纸上、电视上高调宣传，前往参观的各类人员络绎不绝，大黑庄成了全县乃至全省的先进典型。

这里能人里的能人名叫梁建超，他的叔叔当年是西北军阀马步芳手下的一个保镖，武艺高强，跟随马步芳去了台湾。20世纪八九十年代，随着两岸关系不断缓和，梁建超的叔叔的儿子梁胜文代替年迈的父亲回大陆省亲，找到了失散多年的亲人。不久，梁建超就在堂弟梁胜文的强力支持下，利用国家对港澳台商投资大陆的优惠政策，以合资的形式在大黑庄建起了一座名叫黑宝泉的天然矿泉水生产企业，兄弟俩卖水发财，很快成了财大气粗的大老板。

6

刚鹏第二次到大黑庄办案，就与黑宝泉的大老板梁建超有关。当时他从乡派出所调到县公安局刑警队已是三年有余，刚刚升任副队长。案子起初并不复杂，一个名叫秦峰的人，多次状告黑宝泉公司霸占他们的水源，严重影响了他们的农业生产和日常生活，强烈要求黑宝泉公司对他们的损失进行赔偿。诉求无果后，他召集庄子里的村民们到厂门口聚众闹事。结果，双方发生冲突，黑宝泉公司的保安出手打伤了秦峰。

报警电话直接打到了县局，值班员让他们就近与乡派出所联系，他们说不行，乡派出所的人与黑宝泉的人是一伙的。

刚鹏明白群体事件可能的后果，亲自带人到了大黑庄。

此时的大黑庄已是今非昔比，除了矿泉水厂还有沙棘饮料厂和有机食品生产基地，庄子里有了两条像模像样的街道，街面是用厚实的水泥打成的，两边的商铺是清一色的二层小楼，饭馆、商店、储蓄所、洗浴中心应有尽有，比乡政府所在地要热闹得多繁华得多。

刚鹏没见着秦峰，说是送卫生院治伤了，就到矿泉水厂了解情况。听说县公安局的来了，老总梁建超亲自迎接，一开口就滔滔不绝，说这秦峰是十足的刁民，一贯好吃懒做、游手好闲，是典型的无赖。这两年，他多次挑拨村民和企业的关系，多次煽动村民闹事，以致发展到聚众冲击企业，给企业的正常生产造成巨大损失。刚鹏问他干吗要聚众冲击企业？梁建超说，要钱啊！自从黑宝泉建厂以来，他就从没消停过！说着话锋一转，情绪激愤道，刚队长啊，你大概还不知道，黑宝泉这些年来给大黑庄做过多大的贡献，上山的油路是黑宝泉给铺的，庄子里的街面是黑宝泉给修的，小学校是黑宝泉给建的，自来水是黑宝泉给引的，就连他们的村委会都是黑宝泉给盖的。可人心没有满足的时候，尤其这个秦峰，这几年处心积虑，一直带头煽动村民向企业无理索要赔偿。到了今年，越闹越凶，最终导致了冲突的发生。刚鹏问村民们要他赔偿什么？梁建超说，水源啊，他们认为我们矿泉水厂占了他们的水源，应该给他们利润分成，这完全是无理取闹嘛！刚鹏说，出了这么大的事，你们和村委会是怎么沟通的，和乡政府又是怎么沟通的？一听这话，梁建超火冒三丈，说事情就是村委会挑起来的！刚鹏暗暗吃惊，村委会挑事，说明事情很不简单，问到底咋回事？梁建超怒不可遏，说秦峰就是刚当选的村委会主任，他一上任，就以大黑庄要建立自己的有机农产品基地为由，向我们索要水源。刚队长啊，你想想看，像秦峰这种贪得无厌的流氓竟然当上了村委会主任，这大黑庄能稳定吗？不乱才是怪事啊！刚鹏问他接下来打算怎么办？梁建超说，事已经出了，该由企业承担的责任我们会积极承担。我们已经派人把受伤的秦峰送下了山，医药费、护工费都由我们出。今后我们会接受教训，有事立刻和派出所和县公安局以及有关部门联系反映，保证再不发生类似的事件。话说到这儿，事情也就算是解决了，毕竟冲突已经平息，伤者已经送医，接下来的事与公安局关系不大。

刚鹏没有留下吃饭。梁建超再三说，下山的路挺远的，他们已经在后山准备好了便饭，那儿风景很好，吃完饭泡个温泉澡，再走不迟。但他还是毅然决然地走了，而且没有接受梁建超送他的一份特殊包装的礼品。他不知道里面装的是什么，但从年轻漂亮的办公室女主任的嘴里听出了礼品的分量。他的心情有点儿复杂，有那么一瞬间，他差点儿就睁只眼闭只眼，由着那笑靥可人的女主任把东西放他车里了。之所以果断到底，是因为他的直觉。

果然，他的车一出黑宝泉的厂门，就被一伙村民给围了，带头的是一个名叫王永贵的年轻人，说他刚从乡卫生院回来，X光片显示，秦峰的肋巴骨断了两根，是被保安打断的，其他外伤一目了然。

愤怒的村民们围着刚鹏叽叽喳喳嚷成一团，全是控诉梁建超的。

王永贵挥手制止住众人，对刚鹏说，警官同志，谢谢你来大黑庄！我叫王永贵，现在我代表大黑庄全体村民向你们反映黑宝泉矿泉水有限公司，也就是梁建超的种种违法行为。你都看见了，我们大黑庄是个平山顶上的庄子，之所以能在这高山顶上生存下来，就是因为北边的山崖下有两眼泉，我们叫它双龙泉，它是我们大黑庄的命根子！我们的人畜饮水、生活用水，浇菜浇地全靠它呀！可自从黑宝泉公司占了我们的水源地，我们的生活就乱了套，首先是没了浇地用的水。山上的地本来就干旱得厉害，老天爷不下雨的话，地里的庄稼轻者减产，重者绝收，我们是叫天天不应叫地地不灵啊！当初，梁建超、梁胜文两兄弟占泉建厂的时候我们就不答应，大家知道会有这一天，是乡上、县上强行这么做的，他们派来工作组，把带头反对的人一一说服，最终他们成功招商引资，上了报纸上了电视。我们哑巴吃黄连，有苦说不出。现在，整个大黑庄缺水的情况越来越严重，不少重度缺水的耕地已经被迫撂了荒，就连村民们的日常用水也成了问题。我们找他们论理，他们不但不理睬，连我们的面都不见。我们被迫到厂里去找梁建超，结果他们的保安就打伤了我们的秦主任。警官同志，你说天下哪有这样的道理！

刚鹏说，发生这样的事，你们应该及时向政府有关部门反映啊。

王永贵说，反映了啊！秦峰没当村主任的时候就一直在反映，从乡政府到县委县政府省委省政府，各级五大班子新闻媒体全都反映了个遍，可就是没人管啊！

有位妇女情绪冲动，大声说，这是我们的村庄，他们在我们的地盘占泉卖水发大财就天经地义，我们受罪遭殃就活该？

一个胡子拉碴的中年人挤到跟前，直愣愣地瞪着刚鹏说，他们不光占了我们的双龙泉，还占了我们仅有的一片森林和绿地，在那里修园林，修别墅，还修了个专门供人洗澡、游泳的浴霸山庄，用的都是双龙泉的矿泉水，专供当官的享乐！

王永贵紧接着话头说，庄子东边的有机农产品生产基地和养殖场也是他们的，地是他们从村民的手里买的，国家严禁买卖耕地，他们明目张胆在违法。

胡子拉碴的中年人用更高的嗓门说，他们已经和市里签订了合同，将白羊岭的土地买到了手，要把白羊岭开发成一个旅游胜地，据说使用权是50年。

刚鹏说，白羊岭是荒山地，搞旅游开发不好吗？

王永贵说，不是不好，而是他搞开发，我们遭殃。

刚鹏不解，人家搞开发，与你们啥关系啊？

因为他吸的是我们大黑庄的血。你现在就可以看见，白羊岭上只有灌木和杂草，因为缺水，长不了树。他搞开发，首先是从我们的双龙泉引水，然后从我们的原始老林里移树，引水工程即将开始，几个月后，大量的原始林木就将被移栽到白羊岭上，据说所有的手续他们都已经办下来了。

话说到这儿，众人七嘴八舌，群情激奋，都朝刚鹏嚷嚷，好像他是县委书记是县长似的。

刚鹏没敢多话，但例行公事的表态是必须的，他避开正面话题，好言安慰村民们，对大伙强烈要求依法办理打人凶手的呼声，表示一定认真调查，依法处理！

刚鹏在众人失望的眼神中离开大黑庄，他一向沉稳平和的心情全变了，不仅莫名的亢奋，而且莫名的混乱。他觉着，这个看似简单的案子一点儿也不简单，那个名叫秦峰的村委会主任，似乎并不是梁建超所说的无赖，而是一个不为强势敢为村民维权的难得的人才。毫无疑问，道义上他是他的支持者。但他只是一名刑警队的副队长，发生在大黑庄的这件事，他的作为仅限于治安范围之内。说到底，事件背后的事件，与他的职权和责任没有关系。

7

　　然而，树欲静而风不止，大黑庄的村民们在秦峰的带领下，没有罢手，他们继续在黑宝泉的厂门前聚众抗议。梁建超为了息事宁人，以伤病赔偿为由，暗地里给秦峰送了五万块钱，想要一了百了。出乎意料的是，秦峰没把钱装进个人腰包，而是交给了村委。他明确表示，他们所要求的不是对他个人的伤害赔偿，而是对大黑庄每一个村民的经济损失的赔偿。个人是个人，集体是集体，二者不能混为一谈。为了达到目的，村民们在秦峰的带领下，围堵企业大门，拦截梁建超的轿车，并准备组织人员到省政府乃至北京静坐上访。眼看事态持续发酵，随时都有可能升级为更加剧烈的群体事件，县委县政府开始高度重视，一面封锁消息捂盖子，一面派出工作组到大黑庄现场办公，力求尽快平息事态。刚鹏是工作组的副组长之一。他的头上压力巨大，工作组长是常务副县长，他把工作组带到大黑庄，控制住局面后，召集有关人员开了两个会，就把工作组交给第一副组长民政局局长和刚鹏，自己匆匆离开了。临走前特别指示刚鹏，立刻拘留秦峰。擒贼先擒王，拘押秦峰，改选村委，事态自然平息。但刚鹏认为不能这么做，这不仅是简单粗暴的问题，还是一个法律的问题。他认为必须掌握秦峰确凿的违法行为，才能对他依法进行拘押，否则就是对法律的践踏。但又不能公然对抗领导，两难之下，他决定先找秦峰谈话。

糟糕的是，工作组一上山，精明的秦峰似乎预感到了什么，他把精心准备好的几份材料交给村书记老刘，自己躲了起来，不知去向。

刚鹏只能去找村书记老刘，俩人打过交道。

老刘很客气，把那些复印的材料交给刚鹏一份，说同样的材料，秦峰复印了很多份，除了工作组每人一份，县里市里省里的有关领导全都寄送了。刚鹏看了一下材料，上面反映的主要还是水源纠纷以及村民们要求企业依法赔偿的诉求。考虑到工作责任，刚鹏动员老刘认清形势，以大局为重，带领村委全力配合工作组，积极做好村民们的思想工作，尽快平息事态，并找到藏匿的秦峰。

老刘慢腾腾地吸着烟，嗓子里吭吭咔咔地说，村民们的工作我们一直都在做，难度很大啊！主要是大伙儿都认为秦峰说得对，都愿意听他的。秦峰说，他已经豁出来了，就是要维护全村人的合法权利，只要活着，不管在大黑庄也好，在监狱里也好，都不会放弃。他把梁建超叫人渣。说大黑庄坑蒙拐骗的第一人，就是梁建超。刚鹏询问究竟。老刘说，传说的事儿多了，告诉你两件我亲眼看到的。

我没当书记那会儿，梁建超的堂弟梁胜文还没从台湾来找他，他从森林里偷木材赚了些钱，就开始搞贩运，主要是贩卖洋芋和农产品。大黑庄远离城镇，周围不是大山就是深沟，形成一道道自然的隔离带，加上3700多米的海拔，充足的日照，巨大的昼夜温差，冷凉的气候，以及土壤疏松肥沃等因素，种植的土豆、蚕豆、豌豆、青稞病虫害少，品质十分优良。

一天深夜，我闹肚子，迫不得已去卫生所找医生。经过梁建超家，看到院里灯火明亮，里面热火朝天，不禁好奇，这半夜三更的干啥呢，忍不住就到大门上，从门缝子往里一瞅，哟，院子里人来人往，梁建超正指挥大家往白天收购来的洋芋上淋水呢。我很是纳闷，不由得又看了会儿，就见他们将山上一种黏性很高、分量很重的沙土往洋芋上撒。看着看着，我明白了过来，这是在增加洋芋的重量啊，你说这不缺德嘛！

这是第一件事，第二件事就不仅是缺德了。我告诉你，当初这梁建超不仅倒卖农产品，还收购当地产的中药材。你别看大黑庄偏僻，偏僻有偏僻的好处，周围的草滩上灌木中林子里到处都有野生药材。梁建超家的院子里，就经常堆满了摞在架子上的叫不上名的中药材，周围的空气里充斥着刺鼻的气味。这气味不是药味，是点燃了的硫黄的味道。庄子里的人都知道，他家的人专给草药熏硫黄。为啥要熏硫黄呢，因为草药都是新鲜的，用硫黄熏上两天，就不用往干里晒了，而且淋雨也霉变不了，放上几年都不会招虫。这药材是治病的，他为了赚钱，明目张胆用毒烟熏，你说他是啥人吧！

但这还不算啥。

有一天，我到乡上去办事，他让我顺便帮他买两条烟，我回来天已经黑透了，去给他送烟的时候，他家的院门没关，看门狗也没叫唤，我见西屋大亮着灯，就直接去找他。一进门，就见他趴在桌上，正专心致志地干活儿，听到我进来，头也不抬地说，给我倒杯茶来。我知道他搞错了，把我当成是他老婆了，我说梁老板，是我。他大吃一惊，极其恐慌地想要掩饰手里的活儿，但已经来不及了。我清楚地看着他从桌上的布袋里拿出一根冬虫草，吹掉上面的土，用一把小刷子在一个颜料碗里蘸了一下，然后将黄不兮兮的类似于虫草表面的颜料小心翼翼地刷在虫草上。你来干什么？谁让你来的！他突然爆筋瞪眼冲我吼叫起来。我吓了一跳，急忙把手里的烟递给他，说我给你送烟来了。他反应过来，脸一下子就红得发亮，连脖子根都红了。而我一下子就明白了，他正在干的，就是传说中的毒虫草。啥叫毒虫草，你肯定知道，那时人们已经不往冬虫草的芯子里扎大头钉之类的东西了，也不用模具做假的了，只要刷上一层铅粉，1斤里面随随便便就可以增重几十克，几十克就是几千块钱。铅粉是用颜料配好的，里面含胶，刷到虫草上待到风干，在土里打个滚，跟真正的虫草一模一样，不是行家根本看不出来。你说说，这虫草是病人用来滋补身体，调配方药治病救命的，他刷上有毒的铅粉，不是故意害命嘛！我这人最恨的就是谋财害人的骗子，因为我阿妈的一只眼睛就是因为买了骗子的假药，小病变大病，最后变瞎的。他见我看穿了他的勾当，故作镇定地笑笑，从布袋里抓出一把虫草给我说，你瞧瞧，这草多好，是从牧区收来的！草的个头比往年大得多，你拿去泡酒吧。我盯了他几秒钟，心里狠狠骂了几句，扭头走了。那之后不久，他家在台湾的亲戚就找上了门，他摇身一变成了台亲台属，再然后，就把我们大黑庄的双龙泉谋到了手。

刚鹏说，就这些？

老刘说，可不止这些。你知道的，大黑庄名气大，一是靠黑宝泉牌矿泉水，二是靠矿泉水公司开发出来的有机农产品。矿泉水嘛就不说了，那所谓的有机农产品，纯粹是假冒！实话告诉你，梁建超不光自己开挖了不少土地，还从一些村民手里私下买卖了百十亩的林边好地，专门用来种植所谓的有机农产品。实际上，那些产品像我们一样使用化肥农药，根本就不是有机的。

刚鹏不由得说，这些事情，政府部门不知道吗？

老刘咧咧嘴，说能不知道嘛，你看看这些材料，上面都咋写的。说着，像被烟呛了，猛咳几声，唉声叹气道，我们乡里人一年苦到头，累死累活刨光阴，秋后也就落个汗水钱。一旦遇上春旱和冰雹，颗粒无收，会有多惨你想吧！哪像他们，灌灌泉水动动脑子就来大钱。明明是和我们一样的产品，人家贴上有机商标，就成了能创造家的温暖，睡眠的甜蜜，时间的美丽，还有爱的灵犀和健康滋味的有机品，价格比我们的能高十倍，而且还供不应求，你说这叫啥事情嘛！

这次谈话，使刚鹏对秦峰的看法由平面变成了3D，对事件的判断和处理也更加慎重起来。

他约见了黑宝泉公司的老板梁建超。

梁建超的准备更加充分，所有材料一应俱全，都由律师起草，各种视频、照片完整丰富，证人证词随要随到。并拿出相关文件，经刚鹏过目后，信誓旦旦地说，黑宝泉企业在大黑庄的所有建筑用地，包括林木、水源等等都是经过政府有关部门依法审核批准，并严格公证后，企业掏钱买下的，使用期限都是50年。在充分展示、证明，冲突责任完全在村民一方后，梁建超十分大度地说，他作为企业的总经理，已经把情况向在台湾的董事长梁胜文进行了详细的汇报。董事长已明确表态，对村民们无理取闹的行为表示理解，如果能对别有用心的个别人依法进行处理，维护企业的合法权益以及生产的稳定，企业愿意拿出一笔钱，为大黑庄新建一个小广场，供村民们休闲娱乐，并招收 12 名男女青年进厂工作。至于其他问题，愿在政府的协调下合理解决。

刚鹏未动声色，在梁建超的陪同下，将黑宝泉公司里里外外参观了一番。他第一次见到会说人话会唱歌的鹩哥，就是在梁建超的浴霸山庄里。

8

那天，刚鹏在梁建超的带领下，一进浴霸山庄正门的前厅，就见一只黄嘴、黄耳，浑身黑亮的鸟儿，从一棵盆养的高大的观赏树上腾空而起，冲着他们飞过来，轻盈地落在梁建超的肩膀上，用近乎小女孩的动人嗓音喊道：

主人好，欢迎，欢迎！

梁建超手臂一伸，鸟儿往前一跳，落在他的手掌上，嗓音更加清脆，唱歌似的叫道：我爱你，爱你，爱你！

紧接着，大厅里挂在落地窗前的七八个大鸟笼里的鸟儿都像是受到了召唤，叽叽喳喳叫成一片，喊叫的全是问候人的话。

刚鹏大为惊讶，简直惊得目瞪口呆。

梁建超得意地托着手上的鸟儿，骄傲地说，这只鹩哥是我最喜欢的，它是泰国品种，在台湾受过特别的训练，发口早，还不到两岁呢。那边有个4岁的鹩哥，会唱京剧，会喊口号，会背唐诗，还会和人对话！

刚鹏愈加吃惊，不由得说了声真的啊？

梁建超微微一笑，大着嗓门喊了两声有禄！一个目光精诚、身板干练，约莫三十多岁的跛脚男人从侧门内应声出来，恭敬地迎向梁建超。梁建超说有禄啊，你给客人见识见识咱们的哥王。说着，目光一转对刚鹏介绍说，他叫李有禄，我管他叫鸟神，我这儿的鹩哥都是他训练的。

刚鹏立刻认出了李有禄。对方的眼神清楚地表明，也已认出了他。但俩人都装着互不相识的样子。

随着李有禄一声悠长的口哨，一只鹩哥扑啦着翅膀飞到他伸展的胳膊上。又一声短促的口哨后，手臂上的鹩哥尖着嗓子说道：

床前明月光，疑是地上霜……

李有禄从口袋里捏出两粒豆状的食物奖赏它。

鹩哥大喊：

万岁，毛主席万岁！

李有禄又奖赏它两粒食物，吹了声口哨。

鹩哥摇头晃脑似唱非唱地说开了京剧《红灯记》里李玉和的唱腔：

临刑喝妈一碗酒，浑身是胆雄赳赳……

梁建超看着刚鹏震惊的神情，愈加兴致勃勃，说我这人就喜欢养鸟，千年的八哥万年的鹩，鹩哥比八哥好玩儿，可以学会在人的手里玩耍，学会洗澡，训练得好了，还能学会杂技，活十几岁不成问题。说着，亲自给鹩哥喂了几粒食，伸手托住鹩哥往起一抛，鹩哥腾空而起，大厅里顿时回荡起它的叫声：

我爱你，爱你，爱你！

刚鹏情不自禁赞叹起来，鸟儿如此神奇，太不可思议！

梁建超见刚鹏感兴趣，把他带到落地窗前，指着鸟笼里的鹩哥很是自豪地介绍起来，这是从云南买来的，这是特意从缅甸弄来的，这是台湾来的等等。

刚鹏好奇地问，这么多鹩哥，你自己养啊？

梁建超说，我哪有时间，它们都由鸟神照料。鹩哥的饲养很讲究的，除了从广东那边购买专用饲料，一个鹩哥每星期要吃 2 个新鲜的蛋黄，蛋壳不能扔掉，要粉碎后随蛋黄一起喂给它。每天还得吃 4 条专门育成的大炮虫，一岁以上每天喂一个苹果，三天喂一个梨作为辅助饲料，一年 365 天不可间断。只有这样，才能保证它毛色油亮，发口早，音质圆润。队长要是喜欢的话，我送你两只？

刚鹏还真喜欢，但他不能要。

他接着参观，在山庄宽大舒适的休息室和宴会厅里，看到了装嵌在镜框里的大量照片，都是梁建超、梁胜文和省内外领导以及各类名人的合影。数量可观的名人字画随处可见。在后院，见识到了山庄所谓的温泉浴场，里面设施超级豪华，泉水温度可随意调控，桑拿、药浴、按摩推拿、氧吧一应俱全。水质碧透的泳池里，几个身条惹眼的服务小姐穿着比基尼，在练仰泳。梁建超指着她们说，这些女孩都是外地的，全都经过专业培训，前天晚上县长和你们局长还来过。

而在大片的种植园里，刚鹏见识到了公司的有机蔬菜基地。

梁建超骄傲地说，我们的这个种植园，是在省市县三级有关领导的大力支持下建成的，是咱们省最早的有机食品生产基地。凡是这儿生产的蔬菜、草莓，生长过程中没有使用过任何农药、化肥，转种期都在三年以上，绝对不含转基因成分。这儿的空气质量、水体质量、土壤质量都是绝对优级，长出的蔬菜水果不仅绝对安全，而且营养特征相当突出，比那些所谓的绿色食品、无公害食品的质量层次要高得多。

刚鹏说，不看不知道，一直以为梁老板经营的是矿泉水，没想到还搞温泉浴场，搞有机产品。

梁建超说，我是在县长的启发下搞起来的，算是发挥优势，综合开发。

刚鹏问，你们的有机产品市场咋样？

梁建超不无神秘地说，好我的队长哟，这么高端的产品，市场上怎么可能见得到，我们的服务和产品根本不对外。

刚鹏不解，说这么好的产品，产量又不小，投入肯定巨大，不对市场不对外，亏损受得了吗？

梁建超说，这都是我兄弟胜文的主意，他在台湾搞过有机产品，对有机食物情有独钟。开始搞的时候，只是为了自己的需要，可搞着搞着，就发现这是块宝地，结果身不由己越搞越大，就成了现在的规模。实话告诉你吧，省市县许多领导家的蔬菜水果，都是由我们特供的，以后你们家的菜我们包了。

从黑宝泉公司回到驻地，刚鹏的双腿像是爬了山，酸溜溜沉甸甸，真想倒头就睡。可思维异常活跃，打了兴奋剂似的。黑宝泉公司的实力太强大了，而且大家都已经知道，他们通过种种手段，用很低的价钱，买到了白羊岭200公顷也就是3000亩的山荒地，要投巨资，把那儿开发打造成旅游胜地，这是省里的大项目。如此强势的公司面前，以秦峰为首的村民们，想要获得他们期望的结果，是不可能的！况且，当下绝大多数的村民在工作组的积极宣传、动员、教育下，思想认识已经有了很大的改变，他们原本害怕惹事，只是在秦峰等人的蛊惑下跟着起哄，想得点儿好处罢了，有些纯粹是凑热闹，一看工作组带着公安，立马就鸟兽散了，谁也不想没事找事。毫无疑问，秦峰身边的几个死党都将被一一分化，所谓的堡垒很快将被攻破，他即将成为孤家寡人，不要说维权打官司，恐怕到时候连申诉的机会都没有。

再三考虑后，刚鹏打电话给支书老刘，让他设法找到秦峰，来个电话。

第二天上午，秦峰的电话来了，说他因个人私事，七八天后才能回来。无奈间，刚鹏不得不在手机里对秦峰好言相劝，让他立刻回来，停止错误举动，不再聚众闹事，否则后果严重。并向他保证，只要主动认错改错，啥事没有。另外，既然企业愿意出钱给村里新建小广场，答应在村里招收工人，应该积极响应，有事协商，友好相处，见好就收。真有什么其他诉求，要通过正规渠道逐级反映，切不可组织村民寻衅闹事，更不能围堵企业影响生产，等等。

可一根筋的秦峰死理认到家，拒绝妥协。他坚定地认为，工作组上山是他们抗争的结果，他当过兵，上过老山前线，知道什么是犯法，坚信党和政府一定会维护农民群众的基本利益，等等等等。再然后，就开始倾诉，将他们为何走到这一步的艰难和冤屈以及基本生活所面临的困境，来了个竹筒倒豆子。末了，更加坚定地说，大黑庄村民们的艰难处境就是黑宝泉公司造成的，黑宝泉霸占村里的水源，侵占村里的森林，违法占地，买卖耕地，干的是黑心事，发的是不义之财。他之所以带领村民们维权，完全是被迫的，是为了伸张正义讨说法，他将为此抗争到底，义无反顾。

到了这份上，刚鹏知道，简单的调解不可能有用，事情的结果将对秦峰极为不利。良心上，他对他深表同情，甚至有那么点儿莫名的敬意。但他不能支持他的做法，也不能说胳膊拧不过大腿之类的废话。两难之下，只好说，凡事要往远里看，你要立刻回来，要认清形势，相信组织，相信政府。

没想到秦峰说，我相信你！

刚鹏就愣了，这话太出乎意料，说我们根本不认识，连面都没见过，你凭什么相信我？

因为你到梁建超的温泉没洗澡，吃喝嫖赌都没沾。

刚鹏的眼睛顿时大了一圈，说你怎么知道的？

心直口快的秦峰毫不避讳地说，这是大黑庄的地盘。实话告诉你吧，梁建超的事我知道得多了，那个浴霸山庄就是个腐败场，专供各级官员和有钱人赌博玩女人，省市县的大官们在里面干了些啥，我都知道。

刚鹏惊得不轻，说秦峰，这话可不能胡说啊！

没胡说，我了解过！

你了解啥了？

有人在里面泡温泉抽大烟，有人专门玩弄没成年的女孩子，凡是去那儿的官员们，十有八九都下水。

刚鹏立刻正色道，你亲眼看见了？

秦峰似乎钝了一下，说没。

那你手里有证据吗？我指的是可以作为法律依据的证据。

没……

那就是听说啦，道听途说的事，如果事关重大，涉及他人隐私、利益或个人名誉，随意传播，不仅要负责，还可能吃官司的！

我没看见，但有人看见，而且肯定是真的！他们挂着台商的标牌，占着国家的资源，干着投机钻营、唯利是图、缺德害人的勾当！在我眼里，他们跟披着人皮的狼没啥两样！

面对情绪冲动、疾恶如仇的秦峰，刚鹏握着手机一时没了主意，他自己也是农民家庭出身，对农民的情感、处境和生活不是不清楚，不到走投无路迫不得已，他们是不会闹事的。就说秦峰，你能说他的诉求不对嘛！问题是，诉求归诉求，道理归道理，真要解决问题得靠策略，非要认死理，宁折不弯抗到底是行不通的。他想着怎么叫秦峰赶紧回来，他想尽快见到他，但对方挂机了，而且是关机。

第二天，刚鹏找了几个了解秦峰的人谈话，掌握了更多他的情况。

秦峰的爷爷秦志贵最初是个生意人，抗战那会儿在包头被土匪劫了货，不得已跑到延安参加了共产党。武工队、正规军他都干过，打完日本打老蒋，然后雄赳赳气昂昂，跨过鸭绿江，是中国人民志愿军中的一名老连长。不幸的是，战场负伤成了俘虏。后来说是被国民党特务策反去了台湾。秦峰的父亲秦友民，当年之所以被当作"牛鬼蛇神"发配到大黑庄，就是受了叛徒父亲秦志贵的牵连。改革开放后，拨乱反正，叛徒秦志贵的事儿不知怎么突然就弄清楚了。原来，跑到台湾的那个秦志贵和秦峰的爷爷是同名，真正的秦志贵是在被俘后，因伤重不治而去世的。换句话说，他是因伤被俘，不是叛徒。秦友民为了真正还父亲一个清白，两年的时间里跑遍了能跑的地方，找遍了能找的人，最终在父亲老战友的帮助下，使父亲获得了平反。秦峰之所以能当上兵，与爷爷秦志贵的平反有很大关系。他之所以敢挑头对梁建超发难，也与爷爷有关。在他看来，爷爷身经百战是好汉，在战场上负伤而死是英雄！而梁建超的叔叔是什么人，是军阀马步芳的保镖，是拿着刀枪跟共产党拼杀的人，谁知道手上有多少血债。这种人的后代，回国后居然成了众人仰慕的香饽饽，享受国家给予的各种优惠，待遇好得像功臣。而自己的爷爷、父亲遭了那么多的罪，受了那么多的委屈和冤枉，就像是活该，几句话就打发了。再想想自己在云南前线守卫老山的日子，几个月天天窝在直不起腰的猫耳洞里，炮弹炸、机枪扫、暑热蒸、蚊叮鼠扰蛇虫咬，不知流了多少汗，脱了几层皮。一次出击，子弹在他脖根里开了道槽，鲜血直流，差点儿没要他的命，可他还是拼命往前冲，硬是抓了个俘虏，立了三等功。他觉着没立一等功二等功，是运气不好，战场没给他立大功的机会，只有短短几个月就换防了，否则他坚信自己能成好汉。你梁建超无才无德，靠着不义之财，称霸一方，凭什么呀！他的心里不平衡，不服气啊！

刚鹏的调解不成功。秦峰不把劝告、警告当回事，认为工作组和梁建超是一伙的。他把控告黑宝泉公司的材料贴到了网络上，里面牵扯了不少头头脑脑，最终被派出所抓了回来，免去村委主任职务，开除党籍，强制拘留。期间，他拒不认错，不服管教，大闹监房，被判三年劳教。

9

两年后，刚鹏通过国家司法考试，从圆都县刑警队调到了县检察院，成了一名检察员。又两年后，随着中心城市的不断扩张，圆都县成了省城的一部分。刚鹏经过一番努力，调到了城北区检察院，任检察官。

此时的白羊岭已今非昔比，原先杂草丛生、灌木横陈的山岭上大树成林，郁郁葱葱，西式的尖顶城堡、回廊、拱门拔地而起，欧式雕塑、艺术造型随处可见，一些别致的宫殿式建筑和别墅正在兴建，报纸上电视上溢美之辞令人心动。

一个细雨霏霏的周末，刚鹏在办公室里等着下班，检察长苏祥突然来电话，把他叫到办公室，说城北区公安局要求批捕的人员中，有个叫秦峰的，案子有些特别，争议不小。这个人是圆都县塔布乡大黑庄的村民，考虑到刚鹏在塔布乡派出所和圆都县公安局干过，熟悉那里的情况，叫他全力以赴把案子尽快审核一下，如有必要，可独立侦查。

刚鹏拿到卷宗一气看完，强烈的不安笼罩心头。

原来，秦峰三年劳教期满，回到大黑庄后，不但没有认命服输，成为"老实人"，反而更加激进，他先是围绕着梁建超的所谓非法行为，到处上诉，到处控告，告梁氏兄弟、告政府、告公安、告劳教所，等等。无果后，竟然变卖家产，公开组织一些人搜集梁建超所谓的罪状，列了十八条，召集几乎全村的村民签名画押，向国家有关部门举报，在网络上大肆披露。煽动群众印制小册子和传单，在黑宝泉公司的大门口、省政府门前以及公共场所到处散发。还放话说，如果他们的诉求得不到解决，就上北京，扳不倒梁建超誓不罢休。因秦峰的行为不仅针对梁建超本人，还对一些领导干部进行了揭露，有些语言相当过激，行为近乎疯狂，在社会上造成了强烈影响，随时可能引发严重后果。为此公安部门已经对他进行了两次拘留，但一经释放，他就变本加厉。

第二天一早，刚鹏带着助理赵佳，驱车前往大黑庄，找到了仍然担任村支书的老刘。他正背着手观看几位老人在村头小广场的棋摊子上下象棋，见检察院的来找，急忙起身，神情紧张地迎上前来。见是刚鹏不由得一愣，紧接着就满脸堆笑与刚鹏握手。几年前，刚鹏作为工作组的副组长来大黑庄蹲点时，俩人没少打交道。刚鹏紧紧握着老刘的手，一番自我介绍后，说明来意。出乎意料的是，提起秦峰，老刘的热乎劲立马就成了撒气的皮球，要么闭口不谈，要么避开话题，似有什么难言之隐。刚鹏只得再次诚恳地说明来意，打消对方的疑虑。

老刘有意远离棋摊子，压低嗓门问，你们是来抓他的吗？得到否定的答案后，十分意外地说，不是说要抓他嘛，怎么还不抓呀！作为支书，我说说个人的看法可以吗？

当然可以啊！刚鹏痛快地说。

那好，我实话实说，以前的那些事，你都知道，我就不说了。就说现在吧，秦峰自从劳教回来，就没安分过，动不动就和政府作对，召集庄子里的闲汉们聚众闹事，搞得庄子里乌烟瘴气，派出所都进了几次了！这种人，你们怎么能不抓呢？以我说，要维护我们大黑庄地区的安定和团结，秦峰非抓不可！

这话太出乎刚鹏的意料，在他的感觉里，老刘和秦峰是曾经的搭档，关系相当不错，老刘曾明确支持过秦峰维权的主张，再怎么着也不会落井下石吧。

见刚鹏不表态，老刘眼神飘忽，像是顾忌似的说，刚才说的是我个人的看法，仅供你们参考。对不起，我家里有点急事，要下山办，得先走一步，你还有什么事的话，我们村长负责接待。

老刘说完匆匆而去。

刚鹏决定找村长聊聊，就到棋摊子上想找个人问问村长在哪儿。有个矮个老头，先是充满敌意地瞅着刚鹏，见刚鹏面相亲善，口气和蔼，便靠上来，吸着半截烟，眨巴着细眼睛，小心翼翼地说：

你们真是来抓秦峰的？

刚鹏不禁反问道，谁说我们要抓秦峰？

矮个老头愣了愣，说不抓就好，一些人总说秦峰是坏人，其实不是！派出所、公安局动不动就抓他，关他，是不对的。

刚鹏兴趣起来，说怎么不对啦？

就是不对！他们对秦峰的做法，都是成见造成的！不信，你问问大家。他并不是有意挑事闹事，那些所谓的罪状，也与违法犯罪没关系。你不信是吧，实打实地讲，他干的那些事儿，全都是为了大黑庄群众的切身利益，全都光明正大，没有一件是见不得人的！真的，我老了，脑子落后了，跟不上形势了，但好人坏人还能分得清。

说这话的时候，棋摊子散了，六七个人围上来，一个个严肃得泥人似的，似乎天大的事儿就要发生。

矮个老头见状，胆子更大，人更精神，猛吸两口烟屁股，豁出来似的说，良心讲，他那根本就不叫聚众闹事，如果非要说是闹事，那也是给逼出来的！这不光是我的看法，也是大黑庄全体村民们的看法！

刚鹏说，你一个人能代表全村？

他听出话里的意思，嘿嘿一笑说，当然不能，但起码能代表一大半。

刚鹏脑子一转，随意问一大胡子老人，说阿爷你好，他的观点能代表你吗？

阿爷吧嗒了两下眼皮子，直愣愣地盯着刚鹏诚实地说，差不多吧。

刚鹏暗自一惊，这可不是上了岁数的人轻易说的话，立刻抓住话题说，那就是说能代表，既然能代表，在你看来，秦峰有没有错？

阿爷马上狡猾地回避说，有没有错不好说，我也不知道，有啥事你还是自己去问他本人吧。

本来就没错！人群里有人嘀咕了一声。

刚鹏见是一个头发雪白面容慈祥的老者，怕有七十多岁了，他恭敬地说，老人家，请往下讲，你凭什么说他没错？

我是看着他长大的。我姓焦，焦裕禄的焦，名叫焦治中，大家叫我焦先生。他上学那会儿，我是村里的代课老师，教过他几年，他是班上最好的学生。不光学习成绩好，品德也是最好的，是我的好助手！不瞒你说，当时学校里有三十来个娃娃，四个班级，就我一个代课老师，顾不过来。他上三年级的时候，就常常帮我教一年级的学生，还经常帮我改作业，做得非常好。他当兵上过战场，在老山前线立过三等功。复原回来的时候，县上乡上都进行了隆重的欢迎。

有人插话说，县上照顾他，还给他分配过工作呢！

焦先生挥手打断人家，接着说，可惜他阿爸得了脑血栓，瘫在了床上，他整整伺候了两年，离不开。后来阿爸死了，妹子嫁人了，留下他阿妈一个人，身体又不好，更是离不开，就守着母亲留在了大黑庄。像这样一个上能报效国家，下能孝敬老人，性格刚直，敬职敬业，疾恶如仇的人，能有什么错？不就是打抱不平，维护大家的利益嘛！不信你问问，这些事儿大家都知道！

是啊是啊，我们都知道！

众人纷纷附和。

大胡子阿爷接着说，焦先生说的没错，同志啊，你可能还不知道，焦先生的父亲在新中国成立前是有名的大文人，要不是五八年被打成右派，他们一家十几口子可都是吃香喝辣的城里人。他替秦峰鸣不平，代表的就是我们大家！

刚鹏说啥没想到，一个劳教了三年，被派出所频频拘留的人，在村民中有这么好的口碑，有这么高的威望，就想多了解点情况。

不等他发话，又有一个老人冲他激昂起来，同志啊，你见过秦峰没有啊？我就知道你没见过！给你说吧，现在的秦峰也就四十多岁，头发比我的还白，又黑又瘦，脸上给人暗地里砍了一刀，半个脸都是疤，是那狗日的梁建超雇凶砍的。

刚鹏又是一惊，说老人家，你说梁建超雇凶伤人，有证据吗？

我哪儿有证据。

没证据，凭什么这么肯定？

因为秦峰揭他的短，坏他的事，前两年梁建超就公开说过，谁要是跟他作对，秦峰就是样子，轻者判劳教，重者判刑。

这也不能证明梁建超雇凶伤人啊。

肯定是他干的，秦峰揪住他的狗尾巴不放，惹急了，啥样的邪招不敢使啊！

刚鹏转问大胡子阿爷，说这事你咋看？

我还能咋看，大黑庄能干出这事的还能是谁！

你是说梁建超？他可是企业的大老板，你们这样说，不怕吃官司吗？

不怕，他的老底子我们都清楚！

你们知道什么？

包产到户那会儿，为了多分几棵树，他就雇人把我们当时的村长给打了，那时他还是穷光蛋呢！

话音落地，立刻有人插嘴说，坑蒙拐骗他啥都干过，我们都知道！

众人嘻嘻哈哈一阵附和。

刚鹏转念一想，转移话题说，派出所抓到袭击秦峰的人了吗？

焦先生说，抓什么呀，他们是一伙的！

刚鹏心口一震，说老人家，这话可不能胡说啊。

焦先生愤愤地说，我都这么大岁数了，有必要胡说嘛！你们想想看啊，除了梁建超，秦峰有仇人吗？没有！和谁有利害冲突吗？没有！劳教回来后，就因为绝不妥协，继续为大黑庄维权，动不动就抓人家，一关就是几天，凭什么呀？是啊，我们老百姓文化不高，不懂法，可认理！不像现在有些人，眼里认的是钱财，心里想的是权利！表面一套，背后一套。

刚鹏见情势不对，就想脱身，说你们村长在吗？

还村长呢，和书记一样，早叫人家贿赂成奸了！

不知啥时候来了个妇女说，其实秦主任怪可怜的，大黑庄最可怜的人就是他！

刚鹏问，你说的秦主任是秦峰吗？

是啊！

焦先生接过话头说，虽然秦峰早就撤职了，还给劳教了三年，但庄子里的人还是习惯叫他秦主任。同志，这可不能怪群众，大家念叨的是他这些年为大伙儿分忧解难谋利益的好处。

刚鹏点点头，继续盯住女人问，他怎么可怜了？

女人得到支持，立刻来了精神，说我和秦主任家是邻居，他劳教的时候，老婆带着孩子跟人跑了，跑哪儿去了没人知道。他劳教回来，四处打听过老婆孩子，没有任何音信。没多久，老母亲也病死了。我那口子没少劝他，明明斗不过人家，认了就算了。可他就是一根筋，死活不听劝。结果晚上回家，被等在家门口的人给砍了，惨得很啊，差点儿没把半个脸砍掉。

焦先生说，他现在不光是一根筋，而且豁出命了！他这脾气有家传，当初给他爷爷平反的事儿，就是他阿爸背着干粮上北京上辽宁，硬是找到证人证据才成功的。

矮个老头说，好了好了，不说了，检察院的同志找他有事呢。说着，掏出手机拨弄了一番，不高兴地说，他咋又关机了。

女人接话说，秦主任不在家，今天一早我见他朝白羊岭走了。

矮个老头显出无奈样，眨巴着眼睛对刚鹏说，他这人现在无牵无挂一身轻，很少在家里待，要是事情重要的话，你们去白羊岭找找看，他最近正在调查了解白羊岭上发生的事儿，十有八九在那儿。

刚鹏说，白羊岭有什么特别的事情吗？

焦先生神秘兮兮地说，你见到秦峰就知道了。

刚鹏没去白羊岭，而是去黑宝泉公司找到了梁建超。

听完梁建超对秦峰的种种指责和控诉，得到了相关的材料，见到并倾听了有关的证人证词后，天色已近傍晚。刚鹏拒绝了梁建超的再三挽留，再去大黑庄找秦峰。遗憾的是，秦峰手机还是关机，家里铁将军把门。他想了想，决定回市里。今天的收获相当多，那些朴实真性的老人们，不经意间实实在在给他上了一课。

现在，他对秦峰这个人不是一般地感兴趣。

他要把了解到的情况和相关的信息好好梳理一下，过几天再来找秦峰。

10

四天后，刚鹏和赵佳再去大黑庄，秦峰失踪了！

村书记老刘神色复杂地说，就是上次你来那天晚上失踪的，据白羊岭上打工的人说，那天下午他们还看见过他。

刚鹏说，你估计他会去哪儿？

老刘说，不知道，十有八九是跑了。

也就几天没见，你怎么知道他跑了？

老刘说，这不是我说的，庄子里的人都这么传呢，说秦峰到处上诉，到处举报，乱告政府，煽动群众滋事，严重扰乱企业的生产秩序和社会治安，公安局要抓他，这次不是劳教，是坐牢，至少判三年。他害怕，就跑了。

刚鹏想了想，说刘书记，你知道这话是谁最先说出来的吗？

老刘说，可能是从赵新明家传出来的，新民的侄儿是派出所的。

村民们都啥反应？

反应大了，有人说秦峰听到了不利的消息，畏罪潜逃。有人说，他可能去北京上访去了，此前他说过这话。还有的说，他媳妇跟人跑山西去了，他得到了确切消息，去找媳妇了。总之，说啥的都有。

谁能联系上他啊？

老刘挠着秃顶的头皮说，这还真不清楚，他的手机老是不通，家里没啥亲戚，有个妹子早嫁人了，平时好像没啥来往。自从劳教回来，媳妇孩子没了，人变了许多，脾气令人琢磨不透，性子也怪了，有时沉默寡言，有时激动起来样子吓人，动不动就换手机号。

能不能找他朋友问问？

找过了，知道你要来，我都打问了，没人知道他去了哪儿。

告别老刘，刚鹏去了派出所。

所长听明来意，不以为然地说，听他们胡说八道，秦峰是个认死理的人，多少年了，根本就没认过错，性子犟得赛叫驴，见了棺材都不落泪。这种人，失踪是不可能的！请你们先等等，他一冒出来，我就汇报。

但秦峰就是失踪了，整整四个月没有任何音信。若是一般人，三四个月不见，人们不会大惊小怪。当今社会经济发达，交通方便，随便一个理由，就可能去往天南地北。一些外出打工的，两三年不回来，也不是什么新鲜事。可刺儿头秦峰的消失就不同了，关注他的人不光有公安局、检察院、派出所，还有当地的政府部门，还有大黑庄的村民们。

到了年底，秦峰还是无影无踪，一些谣言在当地流传开来，说秦峰不是失踪，是被人害死了！正月十五之后，谋杀论持续发酵，人们议论纷纷，说秦峰是被梁建超雇凶干掉的，一些细节被传得有鼻子有眼，惊心动魄。与此同时，公安局、检察院都收到了强烈要求法办杀人凶手梁建超的匿名信。

城北区检察院决定调查。

在与公安部门充分沟通，取得相关信息后，刚鹏和赵佳再次来到了大黑庄，没费多大周折，就在当地派出所的协助下，找到了谣传的制造者。

这人名叫王永贵，四十出头，也当过兵，与秦峰关系密切。梁建超在白羊岭的项目一上马，他就在那儿打工，移栽树木、拉运砂石、侍弄机械他都干过。在派出所的讯问室里，他对自己的所作所为供认不讳。

刚鹏问他为什么要这么做？

他紧锁眉头，毫不避讳地说，我没瞎扯，我有我的道理，秦峰根本就没有失踪，他就是被梁建超给害死的！

刚鹏心中震惊目光平静，说有证据吗？

没有，我是推测。

怎么推测的？

我是秦峰的朋友，我知道他当时没有任何外出的打算。

说清楚点儿，他的打算，你是怎么知道的？

是他自己说的，他被失踪的前几天，我们一起喝过酒……

几个人喝的？

就我们两个。

在什么地方？

我家。

接着说。

他说他已经把黑宝泉公司这些年生产假冒有机农产品的事实基本上调查清楚了，搞到了不少重要的证据，人证物证还有视频都有。说接下来他要结合水源地纠纷的诉讼，调查搜集黑宝泉公司违法毁林占地和违法买卖土地的事。再然后，依法向法院起诉黑宝泉公司。说他以前不懂法，只知道瞎告状，倒是在劳教所民警们的教育下，知道了学法，还在里面的图书室读了不少法律的书，现在他要依法做事。他失踪前两天，每天都去白羊岭，主要是去数那儿的大树。

刚鹏不解，说干吗数大树啊？

那些树都是从大黑庄后山的原始森林里移过来的，有云杉，有落叶松，有红桦树，还有柏树。秦峰说他们的移植行为违反了国家的《森林法》，是典型的违法行为。说那片森林在我们大黑庄的地界内，所有权应当属于我们大黑庄，是集体所有，黑宝泉公司根本没权利移植！说森林不仅是我们大黑庄的财富，还是延续美好环境，让子孙后代可以生存下去的保证。说政府支持他们以开发白羊岭发展旅游经济为名破坏森林，是错误的，是断我们老百姓的生路。说梁建超贿赂各级政府官员，大黑庄的书记和村长早就被他摆平了，这谁都知道。说他这次要有的放矢，所有上访材料都要请律师起草，他的一个有能力的战友答应帮忙，已经为他申请法律援助，并约见了律师。还说最近感觉很不好，没准会出事。我劝他不要胡思乱想。他说不是胡思乱想，是预感，万一我有三长两短，或是被人杀了，就是梁建超干的。

这话石破天惊，俩人目光相遇，王永贵两眼直视，既不躲闪，也不飘忽，一看就是心地干净令人放心的那种人。

你认为他现在在哪儿？

可能真的没了。

既然你知道这么多，为什么不早向派出所反映？

我也是刚回来不久，秦峰被失踪后没几天，我帮叔叔跑物流，去了四川，期间和他有过几次联系，每次都联系不上，我以为他又换了手机号，他有换手机号的毛病，回来过年，才知道他出事了。

他有什么债务纠纷吗？

不清楚。

会不会像你一样出去打工？

不会，他要想打工早就走了，一定是出事了！

他有仇人吗？

除了梁建超，没有别人，几年前梁建超就指使手下的保安打伤过他，他被判劳教，也与梁建超有关……

等等，你怎么知道都与梁建超有关？

是他自己说的，他劳教回来后，被人砍伤，也是梁建超干的！

怎么这么肯定？

因为整个大黑庄，秦峰只有一个冤家对头，就是梁建超！而梁建超只有一个仇人，就是秦峰！

刚鹏严肃地说，请注意，你怎么知道秦峰只有一个冤家？又怎么知道梁建超只有一个仇人？

他俩都是大黑庄的人，我自然了解啦！

刚鹏的肌肉愈加紧巴，不客气地说，你这不是自信，是自负！你在没有任何证据的情况下，仅凭个人的感觉，就对并不清楚的事情随意推测，妄下结论，并四处散播，给社会带来了混乱，给他人名誉造成了不良影响。知道这种不负责的行为，会有什么后果吗？

知道！可我就是怀疑梁建超，给你们的匿名信就是我写的！

为什么不光明正大反映问题？

因为……因为我从没做过这事，有些害怕，万一惹祸上身怎么办……现在我想通了，既然你们已经找到了我，我把知道的全都说出来！

11

离开大黑庄，刚鹏直接驱车去了白羊岭。

此时的白羊岭艺术公园，已初具规模。主要建筑的外部装修已经完成，石板路面平整大气，园林甬道四通八达。从大黑庄森林里大面积移植而来的树木，成活得非常好，远近相望，生机盎然，郁郁葱葱。刚鹏在里面转了一圈，发现掩映在绿树丛中的欧式建筑和西式艺术仿制群，有些尚未竣工，有些外部很漂亮，内部是毛坯，周围没有机器轰鸣的嘈杂，也没有忙碌的工人，整个白羊岭工程处在停工状态，完全不像在建的样子。突然就想到有关白羊岭建设资金短缺，以及有关黑宝泉牌矿泉水有严重质量问题的传闻。

黑宝泉牌矿泉水的质量问题不是新问题，刚鹏对此有过关注。

几年前，质检部门根据消费者的反映，查出黑宝泉矿泉水根本达不到国家对矿泉水最起码的卫生质量标准，而且氟化物超标，连自来水都不如。如此水质，怎么就变成了优质矿泉水，是哪里的质检部门检测的，又是哪些部门批准生产允许上市的，质疑频频。按说这是重大事件，应立即停产。但一些主管部门和有关部门相互配合，迅速捂住了盖子。调查结果是，黑宝泉矿泉水历次检测结果全部符合国家卫生要求，有关质量问题是检测失误，事情不了了之。

待到质疑声再起，一些媒体立刻辟谣，报纸上电视上大量报道黑宝泉企业无偿投资教育，以及在当地积极扶贫等先进事迹，一篇有关梁建超种种善举的报告文学开始在晨报上连载，事态很快再次平息。

直到黑宝泉矿泉水的问题被人捅到国家质检总局，有人还公开为梁建超辩护，说黑宝泉公司，毕竟是省内的第一家台资企业，为改革开放、两岸交流做出过重大贡献。不管怎么说，人家的初衷是好的，毕竟为我们投的是真金白银，引进的是先进设备和领先的技术。还有人说，教训应该接受，但不要求全责备。要知道，存在的问题，也是由多方面的因素造成的嘛！比如说，当时的水质检验设备就很落后，跟不上生产和形势的需要嘛。再比如说，当时两岸破冰，国家鼓励积极发展两岸经贸往来，招商引资是地方上的头等大事，迫于引资和政绩的压力，圆都县委县政府积极推动黑宝泉公司的诞生，使黑宝泉牌矿泉水一度成为省内最著名的产品之一，对我省的经济发展产生过十分积极的促进和影响。这些成就有目共睹，就是今天看来也相当突出嘛！甚至有人企图用地质变化引起水质变化来掩盖真相。

刚鹏出于职业敏感，曾就黑宝泉矿泉水的事儿问过一个知情记者对事件的看法，俩人是高中同学。同学喝着纯正的雨前茶，轻描淡写说，你问这事干吗？你又不是不知道，现在上届领导的事儿，下届谁要过问那就是傻瓜，更不用说问责了。黑宝泉上马都哪辈子的事了，谁还追究啊。刚鹏说，直接饮用的矿泉水虚假成这样，咋能麻木不仁呢？同学说，你看你又当真了吧，咱们这还没发达呢，老百姓尤其农民，不要说事不关己不疼不痒的事从不过问，就是受害入骨入髓的事儿，大多能忍就忍，这是多少年来形成的传统，是特性。而对大多数的市民来说，你说水有问题，我不再喝就是了，受害是个人的事，监管是政府的事。至于媒体，政府部门不便公开的事，你永远是看不到的。正因为这样，一些问题非到发酵成冲天气浪，上面是不会关注的。这样的观点，刚鹏并不完全同意，俩人争辩了几句。同学说，对不起，我差点儿忘了你的职业了。我跟你不一样，对我来说，类似的事见识得多了去了。实话说吧，利益向来就不是孤立的。有些事与其较真，不如当茶点，或者当酒水，你明白我的意思，茶酒官场都是文化，怎么品味怎么感受完全是个人的事。

同学的话，使刚鹏的内心更加复杂。

事实上，黑宝泉事件他早已想透，他的注意力是在梁建超身上。梁建超之所以积极开发白羊岭，就是因为矿泉水问题持续发酵，巨大压力下，他明白矿泉水肯定是做不下去了。他一面将已有的利益最大化，一面寻找华丽转身的机会。很快，机会来了，有人把白羊岭的巨大商机送给了他。几千亩待开发的荒山地，仅以区区 300 万元就拿到了手，而且是以公开招标的形式拿到的。土地一到手，马上就和政府主管部门签订共同开发的合同，第一笔政府投资就是 8000 万。刚鹏不得不佩服，梁建超干得相当漂亮，他等于成功地用政府的钱给自己买到了 3000 亩的土地，又用政府的钱开始在白羊岭上为自己的未来大兴土木。

现在，刚鹏对秦峰的兴趣越来越大，他望着气势诱人、一派寂静的白羊岭，突然明白，秦峰早已不是过去的秦峰，不论他以何种形式现身，都将引发一场后果难测的震动。

带着种种疑问和困惑，刚鹏回到了检察院，在向检察长详细汇报之后，他提出了自己的想法，应对秦峰的失踪进行侦查。

检察长的看法恰恰相反，他认为，现在没有任何有力证据支持秦峰的消失为失踪，村民王永贵应对有关梁建超的种种谣言负主要责任。也就是说，有关秦峰被害以及所谓的凶手，完全是王永贵的主观臆想，纯属谣传。王永贵在没有任何证据的情况下，仅凭主观推测就妄下论断，并四处宣扬，在社会上造成了极其恶劣的影响，这是他文化程度有限、法律意识淡薄造成的，应该进行严肃的批评教育，如何处罚由公安部门决定。至于秦峰究竟发生了什么，作为检查部门，在没有重要事实证据的情况下，不可轻易做出侦查的决定。

刚鹏心口堵得慌，很想坚持自己的主张，但检察长的话很有道理，他又苦于没有任何证据支撑已有的想法，只能暂时作罢。

那之后，刚鹏一直主动关注白羊岭工程的进展情况以及秦峰的下落，时不时地打个电话，了解一下相关的情况。几个月后，大黑庄村委改选，老刘书记下马休息。王永贵再次外出打工。几个曾跟着秦峰维权的人，早就进城的进城，务工的务工，个人过着个人的日子。又过了几个月，有关秦峰的传闻传到了刚鹏的耳朵里，说有人看见他跟一个女人在乌鲁木齐做干果生意呢，好像是一家人。还有人说，在哈密的批发市场上也看见过他，还在一起喝了酒。总之，秦峰是在新疆安了家，生意做得很不错。到了年底，有关秦峰的种种谣传和猜疑，有如天上的云，虽然带来过雷电，带来过阵雨，但都被八面的风，吹散得无影无踪。而白羊岭上的工程起伏不定，各种传闻不期而至，有说工程质量问题大的，有说资金短缺已烂尾的，等等。最大的事件，是黑宝泉牌矿泉水的停产。一夜之间，市场上就没了黑宝泉矿泉水的踪影，没有解释，没有公告，报纸上也没有发表任何声明。黑宝泉矿泉水责任有限公司注销后，有人说梁建超搞白羊岭文化工程是明目张胆的洗钱，等等。刚鹏也有过类似的闪念，但仅仅是闪念。

12

三年眨眼就过。

习惯定期整理重要卷宗和疑案资料的刚鹏，不经意间又看到了有关大黑庄秦峰的失踪案。自从秦峰失踪后，每次看到或听到秦峰两个字，他就说不出地纠结。这个从未见过又绝不陌生的男人，不知不觉成了他的一个心病、一个痛点，一有感知，就让他莫名的折磨。这不仅是职业习惯，还与他强烈的直觉有关，他总觉着什么地方不对劲儿。比如说，大黑庄的人提起秦峰，都知道有人在乌鲁木齐还有哈密见过他，但没人说得清见过秦峰的人究竟是谁。还有，秦峰怎么就在和梁建超斗法的关键时刻，毫无兆头地去了新疆呢？如果是害怕公安局抓他，那么类似的事情以前就有，他为什么不怕？事实上，从他坚定为大黑庄的村民们维权开始，就没有顾忌过个人的安危与得失，无论是拘留还是劳教，都没有让他屈服过。退一步讲，如果他真的去了新疆，能让他放弃信念的是什么？他去那儿，有人介绍吗，那儿有熟人吗，这些人是谁？如果确有女人和他在一起，这人又是谁？秦峰是个认死理的直杠杠，不达目的死不休，在既没有犯罪，也没有被通缉的情况下，为什么会凭空消失？

疑问越多，推论越多。

一句话，秦峰的下落不该是谜。

　　刚鹏决定再去大黑庄和白羊岭看看，去干吗，不知道，就想去那儿看看走走。

　　此时的白羊岭艺术公园，因政府主管部门换届，加之道路严重塌方，各家银行拒绝贷款，梁建超新成立的公司资不抵债宣布破产，已成名副其实的烂尾工程。

　　成功破产的梁建超，在项目资产清算后，去台湾投奔堂弟梁胜文。

　　一度兴旺的大黑庄转眼归于沉寂。

　　现在，人们都已经知道，大黑庄的水不是好水，人喝了长氟斑牙，对身体有害，用它浇灌出的粮食，与有机产品没有任何关系，最好用来滋养野草和林木。年轻人和一些有见识的人能走的都走了，他们不想在偏僻闭塞的山上忍受孤苦，不想让自己的孩子长氟斑牙。留下来的大多是一些上了岁数折腾不起的老人，他们又过起了靠天吃饭的日子，反正土地多得是，想种什么种什么。还有的，就是利用地多的优势搞大棚种蔬菜的人。山崖下，黑龙泉水量倍增，涌进引水设施，浇灌白羊岭上的树木、植被。丰裕的泉水，还形成清澈的溪流，哗哗啦啦淌到山下，顺着山沟注入川内的河流。遭受严重毁坏的森林里鸟儿多了，野兔、野鸡也不知从哪儿冒了出来。梁建超建起的那些温泉设施、山庄别墅，被人拆了个七零八落，像是地震后的废墟。那些在灌木丛中开垦出来的所谓的有机良田，又成了野草茂盛的荒地。只有那面用钢筋水泥精心塑造起来的巨大的仿石墙，还毫发无损地屹立在那儿，上面是有机产品广告，浮雕似的字迹依然生动洒脱——

　　——有钱能买到房子，但买不到家；有钱能买到床，但买不到睡眠；有钱能买到钟表，但买不到时间；有钱能买到血，但买不到生命；有钱能买到性，但买不到爱；有钱能买到书，但买不到知识；有钱能买到医生，但买不到健康；有钱能买到地位，但买不到尊重——

　　——有机生活创造家的温暖，睡眠的甜蜜，时间的美丽，爱的灵犀，健康的滋味，尊重的感受。黑宝泉尽心竭力，让一切有灵性的生命——伴着快乐——美丽地活着！

刚鹏驱车到了庄子里，空旷的街道上跑着几条肮脏的流浪狗，几个老人围坐在墙根里晒着太阳玩纸牌，天空中有大群的乌鸦聒噪着掠过。

刚鹏停车，想象着几年之后，再来这里会是怎样的景象。他的目光掠过大黑庄的主街，落在肥沃的山坡上，那里盖有百十个种植蔬菜、草莓的大棚，远远望去，白茫茫一片。大棚间看不到运送蔬菜的车辆。草坡上没有成群的绵羊。撂荒的地里杂草茂盛，破败的房屋随处可见，寂静笼罩着四周。

身着便衣的刚鹏朝着玩牌的老人们走过去，礼貌地冲他们致意。老人们也都对他神情友好。其中一个观战的认出他来，艰难地起身，乐呵呵地说，又来了啊，你没忘记我吧，我叫焦治中，大家叫我焦先生。上次你和一个闺女来过，我们见过面，说过话。刚鹏赶紧上前握住老人的手，寒暄过后，指着山坡上的塑料大棚说，庄子都散架了，谁还在这搞这么多大棚？焦先生看看左右，神秘兮兮地说，还能有谁，李有禄呗。看样子，他很有钱啊。是啊，他那种人咋能没钱呢！刚鹏听出他话里有话，职业性地问，他一直搞大棚啊？焦先生又看看左右，本能地离开大伙，低腔低调说，这些大棚都是今年刚建的。接着用更低的腔调说，他是年前回来的，出去两三年了，是从台湾跑回来的。刚鹏暗暗吃惊，问是咋回事？焦先生说，他以前是梁建超的手下。梁建超的公司垮了，就把他带去了台湾。刚鹏不解，既然去了台湾，干吗又回到这穷地方啊。焦先生说，他家里有老母亲，老婆没文化带不出门，孩子像他一样有残疾，能不回来嘛。刚鹏心里不禁一跳，说他有残疾？对啊，他家的人都一条腿长一条腿短，他的父亲爷爷都一样，是遗传病。要不是有这缺陷，这人早成精了。我告诉你，他家的人都是能人，他爷爷是跟耍猴艺人流浪过来的，虽有残疾，但会武术，会看兽医，还能听懂鸟兽的话。他父亲接了爷爷的班，凭着给牲口看病，养狗养猫养八哥，娶上了媳妇买上了地，结果土改被定了个地主的成分。他这人别的能耐没继承，唯独会养鸟，训练出的鹩哥会说人话，会背古诗，还会唱戏，了不起得很……听到这，刚鹏眼前打晃，想起几年前在梁建超的浴霸山庄见到过的那个被尊称为鸟神的人。刚鹏愈加感兴趣，问李有禄现在是不是还养鹩哥？焦先生咬着纸烟说，不太清楚，也没听啥人说过，可能不养了。那梁建超以前养的那些鹩哥呢？都放生了。放生？对啊，鹩哥一般人不会养，也伺候不了，梁建超走的时候，就搞了个仪式，将它们全都放生了，有十几对呢。说是与其被不懂鹦哥的人养死，不如让它们在大自然里听天由命，自生自灭。

告别老人们，刚鹏不禁触景生情，不远的过去，这儿还是个兴旺繁盛的村镇，眨眨眼，就成了这副摸样。不远的将来，它还会起死回生，会再次热闹起来吗？也许会，毕竟大黑庄经过几十年的艰苦奋斗，在荒山上开出过近三千亩麦田，现在科学这么发达，双龙泉里的有害物质说不定啥时候就能除掉。也许不会，因为再怎么着，随着人们健康意识的增强，正常人是不会来这儿冒险的，谁都知道，水有问题，土壤肯定好不了，长出来的粮食蔬菜能安全吗？专家在报上说了，大黑庄原本就不适宜人类生活，更不适于搞开发。海拔这么高的地方，你把原本好好的森林破坏了，把数千年形成的植被破坏了，硬要向荒山要粮，结果遭到大自然的嘲弄。每年春秋时节，呼啸而来的季风卷起裸露的尘土，将山下的城市笼罩在遮天蔽日的烟尘里……

但无论怎样，昨天已经死去。

然而，昨天真的死了吗？

刚鹏的脑细胞异常活跃，他想到更多可能的可能，甚至想到将来这儿的森林地貌恢复了，科技更发达了，人的思维能力更强大了，玩赌博的方式变样了，又会是怎样的情形。有预见的人，是否应该像当初的梁建超那样，将整个大黑庄买下来呢？当然，他也想到远在台湾的梁建超当下在干什么，想到活不见人死不见尸的秦峰到底在哪里。

唯一没想到的是，下山之后他的右胳膊有些发麻，手指突然就不那么灵活了。开始没在意，两天后症状频发，浑身乏力，眼前时不时就会炫黑，这才急了。到医院一查，CT显示，他的脑膜组织细胞异常增生。换句话说，他患了脑瘤。

医生说病情很重，建议立刻开颅手术，结果难料。

妻子、父母不必说，所有的亲戚全都惊动了，所有的人脉关系都调动了起来，几个小时内，就通过关系的关系搭上了省医院脑外科的主任，联系到了北京天坛医院的专家，于第二天一早前往北京。

他没有崩溃。他想到了死前的遗嘱、想到了植物人、想到了半身不遂、想到了父母妻子孩子以及所有的亲朋好友，唯独没有想到康复。他的意识、他的思维、他的情绪有如迷幻的梦境，从诊断清病情到前往北京，短短几十个小时，和所有有过类似遭遇的人一样，死神笼罩下，在难以想象的绝望的折磨里，演绎着人生最后的悲情。之后，便是绝对的宁静，他想知道，在他即将死去时，最重要的事情是什么？遗憾的是，所有想到的事情，都有与他无关的结果。他在世上活了一趟，临死竟然找不到最重要的该做的事，那还有什么放不下的呢？

死神的阴影就此消失，求生的欲望自然淡去。

他本来就是个相信运气、绝不迷信的人，再也不想无谓地挣扎了。

进手术室前，和亲人们告别，他的内心没有紧张，思维异常平静。躺在手术台上，快速的心跳里，他甚至感觉到了强大的麻醉感袭来时，意识远去的那个神秘而又虚空的永恒的瞬间……

结果手术非常顺利，9个小时后，他平安地醒了过来。

几个月后，他又经历了两次修补手术，都很成功。医生说，他的康复是个奇迹，他的病例催生了一篇很有价值的医学论文。

为了有利于身体的彻底康复，刚鹏申请办理了病退手续。

13

刚鹏挎着个包，站在了城北区人民检察院的大门前。七年了，曾经老旧的楼房变成了气势雄壮的建筑，他望了望正门上方巨大的国徽，望了望大门旁年轻精干的武警，掏出手机给里面打了个电话。现在的检察长是新上任的，他不认识。但有一位名叫赵佳的女副检察长，是从本院提拔的。当年他带她去大黑庄了解有关秦峰的案情时，她还不到三十岁，年轻人进步真快。

很幸运，他立刻找到了要找的人。

刚鹏在赵佳副检察长的办公桌上拉开包，从里面拿出一个黑塑料袋，打开袋口，小心翼翼掏出几个封闭的透明塑料袋，里面装的是几块人的骨骼，有牙齿，有髌骨，还有一节脚趾骨。

赵佳惊讶地看着他，不知究竟。

刚鹏不紧不慢地说，赵副检察长……

赵佳急忙谦虚地说，不不不，您还是叫我小赵！

小赵，你还记得八九年前，咱俩几次去大黑庄出差的事吗？当时城北区公安局要逮捕一个名叫秦峰的人，检察长慎重起见，派我俩去大黑庄核查案情。基本情况是，秦峰劳教三年期满，解教后行为激进，到处上诉申冤，控告黑宝泉矿泉水公司的老总梁建超。

当然记得了，他闹得够凶，说扳不倒梁建超誓不罢休。

对对对，你还记得大黑庄的村民们怎么评价秦峰的吗？

记得呀，他们说秦峰的行为与违法犯罪没关系，不是寻衅滋事，是为大黑庄的群众维权，做得光明正大，很得人心。

刚鹏兴奋，说没错！他劳教期间，老婆带着孩子跟人跑了，没了任何音信。他解除劳教没多久，老母亲也病死了。

对！他解教回来还遭过暗算，脸上被人砍了一刀，险些丧命。

没错！你还记得大黑庄有个名叫王永贵的年轻人吗？他和梁建超是一伙的。

赵佳想不起来，摇了摇头。

刚鹏不满道，这么重要的事，咋能忘了呢！秦峰失踪后，当地谣言四起，说他被梁建超雇凶杀害了，检察院收到了强烈要求法办杀人凶手梁建超的匿名信，院里派咱俩又去了大黑庄……

想起来了，想起来了！赵佳说，那个王永贵好像也当过兵，他说秦峰消失的前一天晚上，俩人见过面，聊过天。秦峰告诉他梁建超贿赂了不少官员，大黑庄的书记和村长早就摆平了。说秦峰正申请法律援助，已经约见了律师，要到法院起诉梁建超。

没错！很重要的一点是，当时王永贵说，秦峰告诉他，万一他遇上三长两短，或是被人杀了，就是梁建超干的。而且王永贵坚信，秦峰不是失踪，是遇害！

赵佳吸了口冷气，锐利的目光射向桌上的塑料袋，情不自禁拿起装着一颗大牙的袋子，谨慎而又疑惑地说，你是说，这……这是秦峰的？

对，这颗牙齿就是秦峰的！村民们的猜疑和民间的议论不是空穴来风，秦峰不是失踪，是遇害，杀死他的人就是梁建超。

有证据吗？

有！

14

刚鹏对赵佳副检察长讲完刚子和兰妮在白羊岭上的奇遇后，又将在大黑庄和黑宝泉矿泉水公司了解到的情况回忆了一遍，肯定地说，秦峰失踪前的那个晚上，已经完全掌握了梁建超从大黑庄的原始林中大批违法移栽林木到白羊岭的准确情况。虽然梁建超的行为，得到了有关部门的批准，但还是违法，是重大事件。已经找过律师咨询的秦峰知道这一点，他紧紧揪住梁建超的尾巴不放，令梁建超极其恼火。在没有什么好的办法的情况下，梁建超再次想到了私下解决。这一次，不是委派别人，是亲自出马。你还记得王永贵是怎么说的吗？他说那天晚上他也在白羊岭，临近傍晚时他和秦峰正准备回家，秦峰接了个电话，说梁建超找他。王永贵见他面露犹豫，一副不想去的样子，问梁建超在哪？他说就在城堡内，说要和我谈谈，你陪我去吧。王永贵说，人家找的是你，我不去。王永贵目送秦峰朝着城堡走去，看到天色阴沉，像是要下雨的样子，心中突然有点儿异样，就想留下来等等秦峰。他在那儿抽了三支烟，不见秦峰出来，想打电话又觉着不合适，眼看天已黑了，山风又紧，没准阵雨说来就来，又不知道秦峰和梁建超要谈多久，就骑上摩托走了。在他下山时，他似乎听见身后传来两声沉闷的响声。那之后，再也没有人见到过秦峰。

赵佳松了口气，说仅凭这些，你就认定秦峰在那天晚上被梁建超杀了？

刚鹏口气坚定地说，是的，我认定！那天晚上，梁建超把秦峰叫到城堡内，原想用金钱收买秦峰。他一直以为，秦峰之所以和他过不去，就是为了钱，纯属无赖的讹诈。既然小鬼难缠，他决定给秦峰一笔钱，一了百了。没想到，向来办事一根筋的秦峰根本不买他的账，毫无妥协的余地。这使他怒火万丈。他是个专横跋扈惯了的人，从没想过和秦峰这样的人讨价还价，尤其当着手下的面，是可忍孰不可忍，自大到绝不容他人冒犯的梁建超，冲动之下拔出了手枪。

你是说，梁建超是激情杀人？

对，这就是真相！对梁建超这样的人来说，拔出手枪，就意味着箭在弦上。

这似乎不是证据啊？

这当然不是，但本案有一个目击证人，他目睹了整个以上的过程，他就是我刚刚给你讲到过的那个专门给梁建超饲养鹩哥的鸟神李有禄！我刚才给你讲过，我的侄儿刚子和他的女友兰妮，在白羊岭上见到过一个前去拆解铝合金窗框的跛脚汉子，他就是鸟神李有禄。我在大黑庄第一次办案去的就是他家，在梁建超的浴霸山庄见到过他的表演。我最后一次去大黑庄，那个名叫焦治中的老先生告诉我，梁建超走的时候把李有禄也带去了台湾，但李有禄惦念家里的老母和妻儿，又从台湾回到了大黑庄，想要靠着塑料大棚发大财。现在，你明白了吧？在那个山雨欲来的阴黑的夜晚，住在城堡里的梁建超，知道了秦峰在查他破坏原始森林的事，思前想后，他决定与秦峰私了恩仇。但出乎意料的是，秦峰不为金钱所动，这彻底激怒了梁建超，在秦峰断然离开时，发狂的梁建超亲手朝他开了枪。王永贵听到的那两声沉闷的响声，就是枪声。当时在现场目睹的人，就是鸟神李有禄。他吓坏了，但他的意识反应和心理素质都还好，巧妙地挡住了来看究竟的人。既然大祸已经闯下，梁建超开始费尽心机处理尸体，怎样才能在神不知鬼不觉的状况下毁尸灭迹滴水不漏呢？面对阴沉的夜空，他听到了工地上机器的轰鸣，看到了正在作业的水泥搅拌机，一个大胆的想法顿时在脑海里灵光四射。

你是说梁建超把秦峰的尸体在水泥搅拌机中粉碎？……

没错！帮助梁建超做这事的人就是鸟神李有禄。他们把尸体充分肢解后，趁着浓稠的夜色，在水泥搅拌机中打碎搅拌，直接浇筑到了那个平顶的大房子上。这才有了刚子和兰妮的发现。当我听到他们看到鹩哥的时候，我还只是本能的兴趣。但当他们说出尸骨说出那个跛脚汉子的时候，我马上就想到了秦峰。我的直觉告诉我，必须立刻把那块颅骨拿到手。没想到，颅骨不但不见了，房顶上还有人进行了伪装。我顿时豁然开朗。是谁那么害怕有人上到藏有秘密的房顶，又做贼心虚上去查看，将那半块暴露的颅骨在那么短的时间内拿走了呢？只能是知道秘密的人！而知道那房顶上有人上去的人只有一个，就是那个跛脚的汉子李有禄！

赵佳表情淡定下来，说仅凭这些是不能立案的。

刚鹏自信地说，当然不能马上立案，所以我才来找你嘛！这几块尸骨到底是不是秦峰的，通过DNA很容易测定，相信那个房顶上还有更多的证据。那个名叫李有禄的鸟神，就在大黑庄，我已经了解过了，他的确是个孝子，给老母亲换了两次肾脏，花了近百万。不幸的是，老母亲只活了两年就去世了。之后，他给儿子在省城买了房子娶了媳妇，他哪来那么多钱，毫无疑问是梁建超给的，或者说是奖赏。他现在就在大黑庄。我和刚子上去查看现场时，在楼顶上以及城堡周围取到了他的脚印，还有他留在楼顶上的含有他DNA的烟头。大黑庄的前任书记老刘，还有王永贵等一些可以作为证人的人都能找到。梁建超虽说在台湾，但相隔的不就一道不深也不浅的海峡嘛。他这类土豪，相信的只是钱。当然，有钱或许真的能招神唤鬼，但可以肯定，神是假神，鬼是小鬼。

就这么简单？

对，有时候石破天惊，并不一定电闪雷鸣。

白羊岭上的鹩哥是咋回事？

梁建超离开时，把他养的鹩哥和名猫都放生了。

为什么要放生，而不是送人呢？

这与贪官喜欢拜佛，乐于参加放生节的心理大概是一样的。那些鹩哥原本是好品种，都已适应了当地的气候，白羊岭上林木茂密，食物丰盛，只要没有人为干预，寿命十几年应该是不成问题的。

可你根本没有见过那个名叫秦峰的人呀！

我的确没有见过他，可他失踪后，一刻也没离开过我。说到这儿，刚鹏一句到了嘴边的话硬生生地咽了回去。他从塑料袋里拿出那颗坚硬的牙齿，走到窗前，在阳光中用两根手指转动着不同的棱面，自言自语道，我一直想见你，一直在找你，我知道我们一定会见面，没想到是以这种方式。放心，真相即将大白于天下。牌和一张，错不了的！

原载《北京文学》2015 年第 11 期